윤신현 신무협 장편소설

WISHBOOKS ORIENTAL FANTASY STORY

곤륜패선 5

윤신현 신무협 장편소설

초판 1쇄 찍은 날 | 2020년 4월 13일
초판 1쇄 펴낸 날 | 2020년 4월 21일

지은이 | 윤신현
펴낸이 | 권태완 우천제

기획 | 위시북스
편집책임 | 한준만
편집 | 위시북스

펴낸곳 | ㈜케이더블유북스
등록번호 | 제25100-2015-43호
등록일자 | 2015. 5. 4
KFN | 제2-29호

주소 | 서울시 구로구 디지털로31길 38-9, 401호
전화 | 070-8892-7937 팩스 | 02-866-4627
E-mail | fantasy@kwbooks.co.kr

ISBN 979-11-293-5260-6 04810
979-11-293-4618-6 (set)

※ 이 도서의 국립중앙도서관 출판시도서목록(CIP)은 서지정보유통지원시스템 홈페이지(http://seoji.go.kr)와 국가자료공동목록시스템(http://www.nl.go.kr/kolisnet)에서 이용하실 수 있습니다.

崑崙霸仙
곤륜패선
5
Wish Books

崑崙霸仙
곤륜패선

… 목차 …

… 제1장 …

보고 싶었다(2)

"오냐. 이 몸이 패선이니라."

곳곳에서 펼쳐지는 살벌한 전투에도 마치 마실이라도 나온 양 유유히 걸음을 옮기던 벽우진이 자신을 부르는 소리에 싱긋 웃으며 대답해 주었다.

하지만 정작 그 대답을 들은 장한은 몸을 부르르 떨었다. 처음부터, 벽우진이 뱃전에 있을 때부터 자신을 유심히 바라보고 있었다는 것을 알고 있었기 때문이다. 창졸간의 그 마주침 때문에 지금껏 움직이지 못했던 것이기도 했고.

"꼭, 꼭 이렇게까지 해야만 했냐!"

"그럼 난 가만히 당하고만 있어야 했냐?"

똑같이 받아치는 벽우진의 말에 독사를 닮은 듯한 삼각형 모양의 얼굴을 가지고 있는 흑구채주가 두 눈을 부릅떴다. 설마하니 이렇게 맞받아칠 줄은 몰라서였다.

그러나 설아린은 이런 광경을 한두 번 본 게 아니었기에 뒤에서 조용히 웃었다.

"내가 수채들을 깨부수고 다니는 걸 알았다면 왜 이러는지도 눈치챘을 텐데? 그 정도 머리는 다들 가지고 있잖아? 설마 생각하는 게 귀찮아서 그런 건 아니겠지?"

"왜 당신 정도의 고수가……."

"정말 모르겠느냐?"

벽유진이 여전히 뒷짐을 진 채로 심유한 눈빛을 뿌렸다.

사방이 난리도 아니었지만 그는 전투와는 상관없다는 듯이 홀로 고고한 기도를 뿌리며 서 있었다. 마치 이런 게 진짜 고수라는 듯이 주변의 영향을 전혀 받지 않는 것처럼.

"한 번쯤은, 그냥 넘어가 줄 수도 있잖아! 너 정도의 고수가 뭐가 아쉽다고! 곤륜산에 그냥 있어도 되건만!"

"그래서 나왔어. 너무 동네북이 된 것 같아서. 너희들 같은 놈들에게 경고도 좀 할 겸. 요즘 말로 그런 말이 있더라고. 가만히 있으면 호구가 된다고. 난 그 말이 정말 싫거든. 아량? 용서? 물론 정도(正道)에 필요한 요소이긴 하지. 근데 그건 사람에게나 해당되는 소리야. 사람이길 포기한 놈들에게까지 그 범위를 넓힐 필요는 없지."

흑구채주가 이를 악물었다. 그 어떤 말을 하더라도 결과는 달라지지 않는다는 것을 눈치챈 것이다. 더구나 여기까지 찾아왔다는 건 말 그대로 끝장을 보자는 이야기.

흑구채주는 반평생을 함께했던 낭아봉을 움켜잡았다.

"여기까지 찾아온 것을 후회하게 될 것이다. 나를 만만하게 본 것을 말이야."

"말만 그럴싸하게 하지 말고, 진짜 날 후회하게 만든 다음에 그 말을 꺼냈으면 더 멋있었을 텐데 말이지."

"넌 다치지 않겠지. 하지만 제자들은 과연 멀쩡히 이곳을 벗어날 수 있을까?"

"당연히. 내가 어떻게 키운 아이들인데. 평소에는 순한 강아지 같은 아이들이지만 적 앞에서는 달라. 맹수가 되어버리지. 내가 그렇게 키웠으니까."

순둥순둥한 얼굴과 달리 제자들의 실력은 결코 약하지 않았다. 비천단으로 내외공을 급격히 끌어 올린 후 기초부터 탄탄히 다진 데다가, 거기에 경험이 차곡차곡 쌓이고 있었기에 현재 제자들의 수준은 강호 명문의 후기지수들과 비교해도 크게 뒤떨어지지 않는 수준이었다.

쌔애애액!

하지만 흑구채주는 벽우진의 말을 귀담아듣지 않았다. 그 시간에 한 번이라도 더 공격하는 게 이득이었다. 특히나 지금처럼 방심하고 있을 때야말로, 그가 이길 가능성이 조금이라도 있었다.

스읏.

그러나 맹렬한 파공음을 토해내며 뻗어오는 흑구채주의 낭아봉을, 벽우진은 딱 낭아봉의 타격점만큼 고개만 까딱이며 피했다. 때문에 낭아봉이 끌고 온 날카로운 바람에 머리카락이

거칠게 휘날렸지만 벽우진이 입은 상처는 없었다.

"치잇!"

그 모습에 흑구채주가 아쉬운 얼굴을 잠시 지었다가 재차 봉을 휘둘렀다.

쭉 뻗은 상태에서 벽우진의 머리를 향해 횡 베기를 하듯 팔을 휘저었던 것이다.

스르릉.

그러나 순식간에 이어지는 연계기에도 벽우진은 미끄러지듯이 공격을 피해냈다. 흑구채주의 입장에서는 정말 아슬아슬하게, 복장 터지게 미꾸라지처럼 회피하는 모습이었다.

파바바밧!

하지만 흑구채주는 포기하지 않았다.

이번 공세가 어쩌면 처음이자 마지막일 수도 있다는 걸 너무나 잘 알고 있었다. 십존 중 둘을 때려잡고 무려 그들이 경배하는 북해빙궁주조차도 처치한 이인 만큼 지금 이 순간에 모든 것을 걸어야 했다.

'지금이 아니면 기회는 없다!'

도망이라는 선택지도 있었지만, 그는 처음부터 그것을 버렸다. 내빼다가 꼴사납게 잡히느니 희박하더라도 싸우다가 죽는 게 나았다. 최선의 방어가 공격이라는 말처럼 어쩌면 천운이 따를 수도 있으니까.

더구나 방심한 고수를 하수가 쓰러뜨리는 경우는 무림에서 의외로 많았다.

'심장과 목 혹은 머리를 노려야 해. 일격 필살만이 살길이다!'

흥분한 듯 보였지만 흑구채주는 그 어느 때보다 냉정한 상태였다. 또한 목숨이 경각에 달리자 집중력 역시 극도로 상승해 있었다.

슈욱! 슈우욱!

곧 매서운 파공성과 함께 낭아봉이 연신 허공을 꿰뚫고, 강기가 줄기줄기 뿜어져 나오며 벽우진의 사혈만을 노렸다.

하지만 대부분은 허초였고 진짜는 머리와 목, 심장과 단전이었다.

'제발 하나만! 한 번만 맞으면……!'

흑구채주가 간절한 마음을 담아 낭아봉을 휘두르며 혼신의 힘을 다해 평생을 고련한 절초들을 펼쳤다.

하지만 안타깝게도 그중에 벽우진의 몸에 닿는 것은 아무것도 없었다. 벽우진은 마치 그의 초식을 다 알고 있는 것처럼 너무나 절묘하게, 종이 한 장 차이로 벗어났다.

쿠웅.

그리고 벽우진이 드디어 본격적으로 움직였다.

벽우진은 가볍게 땅을 구름과 동시에 처음으로 흑구채주에게 손을 뻗었다.

'붙잡히면 죽는다!'

머릿속에서 울려대는 경종이 아니더라도 흑구채주는 본능적으로 느꼈다. 지금 붙잡히면 그것으로 끝난다는 사실을 말이다.

그렇기에 흑구채주는 전력을 다해 뒤로 보법을 펼치며 벽우진의 권역에서 빠져나오려고 했다.

덥석!

"큭!

그러나 안타깝게도 그의 노력은 헛된 것이었다. 벽우진과 달리 흑구채주는 너무나 쉽게 멱살을 내어주고 말았다.

"원 없이 무공을 펼쳤으니 여한은 없겠지."

"개×끼! 씨×! 남자 ×끼가 쪼잔하게……!"

흑구채주가 온갖 욕설을 토해냈다. 그는 마치 삶을 포기한 것처럼 아는 욕을 모조리 쏟아냈다.

하지만 실제로는 정반대였다. 혹시라도 벽우진이 흥분하면 조그마한 틈이라도 생기지 않을까 싶어서 욕을 지껄인 것이다.

"시끄럽네."

짜아악!

벽우진이 심드렁한 얼굴로 멱살을 잡지 않은 반대 손을 휘둘러 따귀를 때렸다.

그러자 흑구채주의 입에서 피를 머금은 이빨들이 우수수 떨어졌다. 내력 하나 실리지 않은 일격이었지만 그 한 방에 입 속에 있던 이빨들이 모조리 밖으로 배출되었다.

"으어어어……!"

동시에 흑구채주가 울부짖었다. 왼쪽에 한 방 맞은 것뿐인데 오른쪽 이빨까지 모조리 털리자 고통이 장난 아니었다.

"넌 아직 볼일이 남아 있으니."

단 일격으로 흑구채주를 무력화시킨 벽우진이 고개를 돌렸다. 제자들이 잘 싸우고 있나 살펴보는 것이었다.

북해빙궁과의 전투도 있고, 간간이 수적들과의 싸움을 겪어서 그런지 제자들은 제법 무인답게 잘 싸우고 있었다. 중간중간 고수급이라고 할 수 있는 수적들이 있었지만 서예지와 도일수, 양일우의 활약으로 전세는 서서히 이쪽으로 기우는 중이었다.

"무룡대도 많이 늘었죠?"

"안 늘면 이상하지. 노력한 시간이 얼만데."

"모두 장문인 덕분입니다."

"각자가 노력한 결과지. 내가 뭐 한 게 있다고."

펑! 퍼펑! 펑!

벽우진이 대답하며 손가락을 튕겼다. 망루에 남아 있던 궁수들이 저격하듯 화살을 쏘자 지풍으로 처리한 것이었다. 보이는 칼보다 보이지 않는 화살이 훨씬 더 위험했으니까.

"사람들을 부를까요?"

"응, 당장 불러. 여기도 확실하게 털어가야지."

"길잡이는 어떻게 할까요?"

"이미 죽었어."

"예?"

설아린이 깜짝 놀란 표정을 지었다. 그러고는 재빨리 고개를 돌려 타고 온 도룡선을 쳐다봤다.

"망루에 있던 녀석들 중 한 명이 저격한 모양이야. 여기까지 찾아왔다는 건 길 안내를 해준 이가 있다는 뜻이니까."

"힘을 덜었네요. 장문인께서 손을 쓰지 않아도 되니."

"뭐, 죽어야 할 놈이었으니 잘 죽었지. 죽은 놈이야 억울하겠지만."

벽우진이 직접 들 가치도 없다는 듯이 흑구채주를 허공에 둥둥 띄운 채로 걸음을 옮겼다.

그가 걸어가자 앞쪽에 있던 수적들이 일제히 무기들을 던지며 몸을 돌렸다. 수적들은 벽우진이 화살들을 역으로 돌린 광경이 생생하기에 감히 대적할 생각을 하지 못했다.

철썩! 철썩!

그리고 그게 시작이었다.

벽우진이 흑구채주를 허공섭물로 띄우고서 걸음을 옮기자 사방에서 도망자들이 속출했다. 더 이상의 전투는 무의미하다고 여긴 것인지 다들 도피를 선택했던 것이다.

"우아아아!"

"이겼다!"

"승리했다!"

그 광경에 무룡대가 포효했다.

수적으로 불리했으나 결과적으로는 그들이 승리한 데다가, 부상자도 별로 없었기에 무룡대의 기세는 끝없이 올라갔다.

반면에 제자들은 담담한 얼굴이었다.

"쫓아갈까요?"

"그건 저 녀석들에게 맡기고. 힘이 남은 모양인데 제대로 쓰게 해줘야지."

조용히 다가와서 묻는 서예지에게 벽우진이 히죽 웃으며 말했다. 그러자 기다렸다는 듯이 서예지가 무룡대에게 지시를 내렸다. 어떻게 보면 뒤처리라고 할 수도 있지만 무룡대에게는 이 역시도 경험이었다.

"뒷정리는 저희가 하겠습니다."

"지금 하는 노동에 대한 것도 확실하게 분배해 주마."

"감사합니다."

"들어가자."

벽우진이 위풍당당한 걸음걸이로 시체들이 가득한 거리를 가로질렀다. 목적지는 흑구채주의 처소였다.

경험상 그곳에 많은 것들이 쌓여 있었기에 벽우진은 가장 화려하고 높은 건물로 향해 걸어갔다.

그리고 그런 벽우진의 뒤로 아이들이 마치 보필하듯 뒤따랐다.

··· 제2장 ···

속가제자 정시 모집

계획했던 일정을 모두 마무리 짓고 벽우진은 곤륜산으로 복귀했다. 흑구채도 말끔히 털어먹고는 미련 없이 돌아왔던 것이다.

"슬슬 시작할 때가 되었지."

평소 감정 변화가 거의 없는 벽우진인데 오늘은 달랐다. 그는 얼굴 가득 설레는 표정을 지으며 청민이 열심히 작성한 기획안을 찬찬히 읽고 있었다.

"언제까지 우리가 소규모, 소수 정예로 나갈 수만은 없으니까. 명성은 갖춰졌으니 이제는 규모를 키울 때가 됐지. 암."

벽우진이 감회가 새로운 표정을 지었다.

처음 시공간의 진에서 탈출한 후 그는 세상을 다 가진 듯한 기분을 느꼈었다.

얼마의 세월인지 정확히 알 수 없지만 한 가지만은 확실하게

인지할 수 있었다. 적어도 수십 년의 세월을 갇혀 있었다는 것.

때문에 벽우진은 그 빌어먹을 진에서 빠져나가면 하고 싶은 것을 모두 다 하면서 살 생각이었다.

그러나 안타깝게도 현실은 그런 벽우진의 바람을 허락하지 않았다.

"정말 깜짝 놀랐었지."

기억 속의 곤륜파는 사라지고 폐허가 된 사문의 모습에 벽우진은 할 말을 잃었었다. 과거의 영광이었다는 듯이 처참하게 망가진 모습에 망연자실할 수밖에 없었다.

하지만 청민이 곤륜파의 터를 홀로 지키고 있는 것을 보며 마음을 다잡을 수 있었다. 다시 시작할 수 있다고 말이다.

"그리고 결국 여기까지 왔지."

벽우진이 흐뭇한 미소를 지었다.

자신과 청민뿐이던 곤륜파는 더 이상 없었다. 이제는 제법 일대제자다운 모습을 보이는 아이들이 있었고, 청범과 청하상단이 있었다. 자신에 이어 청민도 제자를 받아들였고 말이다.

"율석이도 있고, 호법들도 있으니."

이제 시간이 흘러 4년 정도만이 남아 있었지만 그래도 아직 기회는 있었다. 사람의 정이라는 게 뜻대로 쉽게 끊을 수 있는 게 아니어서였다.

게다가 호법들은 나이가 많은 만큼 맥을 이을 제자도 찾아야 했다. 비인부전이라는 말이 있지만 그래도 맥이 끊어지는 것보다는 기준에 못 미치더라도 받아들이는 게 나았다. 그렇게 이어지다 보면 정작 딱 맞는, 오히려 과분한 이에게 맥이 이어질 수도 있으니까.

"그 부분은 차차 생각해도 되고. 일단 당면한 문제부터 해결해야지."

"사형."

"들어와."

"너무 바로 대답하는 거 아닙니까?"

문을 열며 들어오던 청민이 헛웃음을 흘렸다. 말을 꺼내기도 전에 허락이 떨어져서였다.

"너인 거 알고 있는데 뭐 하러 시간을 끌어. 물론 내가 좀 바쁜 것도 이유 중 하나이고."

"사형께서요?"

자연스럽게 한쪽 자리에 앉으며 청민이 고개를 갸웃거렸다. 농땡이와 게으름의 대명사인 벽우진이 바쁘다고 하자 어이가 없었다.

"왜 그래? 나도 할 일은 다 해. 개인 수련도 빼먹지 않게 하고. 나보다 하루를 알차게 보내는 사람은 진짜 몇 없을걸? 율석이는 그래. 나도 인정해."

밤낮을 가리지 않고 일에 매진하는 배율석은 벽우진도 인정했다. 아무리 기본공을 익혔다지만 대장간에서 사는 모습을 보면 가끔 과로로 쓰러지지 않을까 걱정이 될 정도였기 때문이다.

물론 찰나의 순간에 명작이 나올 수도 있기에 그리하는 건 이해하지만 배율석의 나이가 있는지라 걱정이 될 수밖에 없었다.

"서류의 양이 그대로인 것 같은데요?"

"꼼꼼히 봐서 그래, 꼼꼼히. 근데 무슨 일로 찾아온 거야? 무슨 일이라도 생겼어?"

"일이라면 일이라고 할 수 있겠네요. 물론 좋은 일이지만요."

"네 선에서 해결 안 돼?"

벽우진이 피곤하다는 표정을 지었다.

하지만 청민은 넘어가지 않았다. 벽우진이 얼마나 강철 체력인지 그가 가장 잘 알아서였다. 단지 귀찮아하는 것뿐이었다.

"가능은 하지만 보고는 해야 할 것 같아서요."

"그럼 서면 보고로 해도 되잖아."

"안 보시잖아요."

"……보기는 봐. 시간이 좀 걸릴 뿐이지. 너도 봐봐. 내가 봐야 할 게 한두 장이야?"

벽우진이 하소연하듯 말했다.

그러나 청민의 태도는 단호했다. 한 문파의 장문인이라면, 수장이라면 이것 역시 감내해야 할 부분이었다.

"저는 사형을 믿습니다. 모든 걸 하실 수 있다는 것을요."

"아니, 믿지 마. 나 역시 일개 인간에 불과하니까."

"신선이시잖습니까. 최소 반선은 아닐까 생각합니다만."

"과대평가야."

벽우진은 맞아도 인정하기 싫다는 듯이 손을 휘저었다. 여기서 인정했다가는 더 고역스러운 일을 맡을 것 같았기에 확실하게 선을 그었다.

"두고 보면 알겠죠."

"어째 점점 더 능구렁이가 되어 가는 것 같아. 순수했던 청민이 그립구나."

"사람은 다 변하게 마련입니다."

"에휴."

벽우진이 진심을 담아 깊게 한숨을 쉬었다. 갓 나왔을 때의 청민이 정말로 그리워서였다.

"보고드리겠습니다."

"그래, 해. 어차피 내가 안 듣겠다고 해도 할 거잖아."

"맞습니다."

청민이 씩 웃었다.

다른 이들은 이렇게 따박따박 대답할 수 없지만 그는 가능했다. 호법들 중에서는 진구가 유일했고.

"뭔데 아침부터 찾아온 건데?"

"두 가지가 있습니다."

"좋은 소식이 두 가지나 있다고?"

"예."

벽우진이 눈을 빛냈다.

나쁜 일이라면 머리가 아파 오겠지만 좋은 일은 많으면 많을수록 좋았기에, 그는 얼른 말하라는 듯이 눈빛으로 보챘다.

"예상했던 것보다 속가제자 모집에 대한 반응이 격렬합니다. 청해성에서 이름 좀 날린다 싶은 권문세가들은 다 문의를 해온 상태입니다."

"그렇게 후손들이 많다 이건가?"

"기본적으로 부인과 첩을 두니까요."

"근데 많으면 뭐 해? 실속이 있어야지."

확실히 좋은 소식이기는 했지만 벽우진은 이내 심드렁한 얼굴로 돌아왔다.

잘 먹고 잘 자고 잘 싸면서 자란 아이들인 만큼 신체적으로 건강하기는 하겠지만 딱 거기까지였다. 무재와는 큰 상관이 없었다.

"사형께서는 무재는 많이 안 보시지 않습니까?"

"대신 인성을 보지. 개차반이나 싸가지 같은 놈들은 무조건 걸러야 해. 괜히 한 놈 때문에 다른 애들까지 물들 수 있어. 썩은 콩 하나가 멀쩡한 다른 콩들을 썩게 만드는 것처럼."

"그 부분에 대해서는 저도 동의합니다. 하지만 그래도 인원이 적은 것보다는 낫지 않겠습니까?"

"그렇긴 하다만."

벽우진이 입맛을 다시며 고개를 주억거렸다. 그러나 여전히 몸은 의자에 눕듯이 널브러진 상태였다.

"감숙성과 사천성에서도 문의가 제법 있었습니다. 느낌으로 보건대 두 곳에서도 많은 이들이 지원하러 오지 않을까 싶습니다."

"꽤 큰 피해를 입긴 했지만 그래도 본산이 멀쩡한 청성파와 아미파가 있는데 여기까지 올까?"

"대신 중진이 될 수 있는 기회이지 않습니까. 10년만 수련하면 본 파의 중역이 될 수 있으니까요. 더구나 사형께서도 계시니."

"야망이 있어서 나쁠 것은 없지. 너무 과하면 문제가 되지만. 두 번째 좋은 소식은?"

속가제자 모집에 많은 이가 지원한다면 벽우진으로서는 좋았다. 일정이 고달파지기는 하겠지만 그마저도 기껍게 받아들일 수 있었다. 많은 이들이 속가제자가 되기를 원한다는 건 그만큼 곤륜파의 명성이 높아졌다는 것을 뜻하기도 하니까.

벽우진이 직접 황하수로채를 쓸어버리고 다닌 데에는 이런 이유도 있었다. 물론 가장 큰 이유는 본보기를 보여주어 경고하는 것이었지만.

"사천당가에서 서신을 보내왔습니다."

"왜? 따로 챙겨줄 것이 있데?"

"그런 게 아니라 태상가주께서 본 파를 방문할 예정이랍니다."

"……민호가?"

벽우진이 미간을 좁혔다. 왜 또 오는지 이유가 짐작 가지 않았다.

"저도 방문 목적이 궁금합니다."

"재능 있는 아이를 빼내려고?"

"……사천당가의 무공은 문외불출이지 않습니까. 최소한 방계라도 되어야 가문의 무공을 허락하는 곳이 사천당가입니다."

"그럼 데릴사위?"

"사형을요?"

벽우진의 눈매가 더 이상 치솟을 수 없을 만큼 솟구쳤다. 그 정도로 어이가 없는 발언이었다.

"뭐라고?"

"죄송합니다. 제가 실언을 했습니다."

"지금 나를 뭐로 보고!"

"그런데 태상가주님의 눈빛이 심상치 않기는 했습니다. 손녀와 사형을 번갈아 쳐다보는 게 제 눈에만 몇 번이나 걸렸습니다."

청민이 격노하는 벽우진을 향해 변명하듯 말을 이었다.

그러나 벽우진은 흥분을 가라앉히지 않았다. 아무리 그가 속물이라고 해도 친우의 손녀를 처로 앉힐 정도로 막 나가지는 않았다. 나름 도의를 지키는 이가 바로 그였다.

"헛소리하지 말고. 그게 말이 된다고 생각하느냐?"

"조심해서 나쁠 것은 없다고 생각해서 드리는 말씀입니다."

"내 나이가 일흔다섯이다. 결혼이라니, 말이 되는 소리를 해."

"저쪽에서 원할 수도 있지 않겠습니까. 정략결혼이야 명문세가에서는 늘 있는 일이니까요. 더구나 사형의 무명이 천하에 알려지기도 했고요."

청민은 만약의 경우도 있을 수 있다는 식으로 말했다.

하지만 그 역시도 그럴 가능성은 희박하다고 생각했다. 벽우진이 펄쩍 뛰는 것처럼 당민호 역시 손녀사위로 벽우진을 생각하지는 않을 테니까.

"좋은 소식이라고 하면서 끔찍한 말을 하고 있어."

"그래도 좋은 소식인 건 맞지 않습니까. 이제는 한 명만 남은 친우인데요."

"썩 좋은 친우는 아니지만."

벽우진이 예전에 했던 계약을 떠올리며 대답했다.

하지만 벽우진도 완전 손해를 본 것은 아니었다. 비천단과 상청단을 준 대가로 충분한 것을 얻었으니까.

'일단 필교가 남는다고 했으니.'

상급자가 수두룩한 사천당가와 달리 곤륜파에서 기술자는 당필교가 유일했다. 게다가 이번에 배율석이 터를 잡게 되면서 같이 어울릴 사람도 생겼기에 당필교는 사천당가에서 생활하던 때보다 행복한 나날을 보내고 있었다. 그렇다고 딱히 가족이 있는 것도 아니었으니까.

"저 역시 그 부분에 대해서는 동의합니다. 합당한 거래이기는 했지만, 사실 당가가 좀 더 이득이었으니까요."

"내 일부러 빚을 남겨둔 것이지. 그걸 이자까지 합쳐서 받아올 날이 있을 게다."

"저도 기억하고 있겠습니다. 안 되면 혁문이에게라도 전달하겠습니다."

"암. 그래야지. 원한도 잊으면 안 되지만 직접 한 선행 역시 기억해야 해. 그래야 나중에 은혜를 갚는다고 할 때 어버버대지 않지."

"맞습니다."

이럴 때는 참 죽이 잘 맞는 두 사람이었다. 아니, 정확하게 말하면 청민이 벽우진에게 많이 물들었다고 보는 게 옳았다.

"그래서 언제 온다고 그러는데?"
"내일 도착한답니다."
"……내일?"
벽우진이 기가 차다는 표정을 지었다. 출발할 때 알려주는 것도 아니고 도착 하루 전날에 알려주는 게 무슨 심보인가 싶어서였다.
"원래는 더 일찍 보냈다고 하는데 중간에 전서구가 죽었다고 합니다. 그거 확인하느라 시간이 늦었답니다."
"아, 그래?"
전서구라고 늘 완벽하지는 않았다. 인간에게 길들여진 비둘기일 뿐 맹금류에게 사냥을 당하는 경우는 비일비재했다. 그래서 아예 전서응을 길들이는 경우도 있었고.
전서응은 속도도 빠르지만 일단 비둘기보다 안전성적인 부분에서 훨씬 뛰어났다.
"그렇게 말하니 저로서도 따질 수가 없더라고요."
"잔머리일 가능성은?"
"너무 삐딱하게 생각하시는 거 아닌가요? 굳이 사천당가가 그럴 이유가 없다고 생각합니다."
"하긴, 천하의 사천당가에서 뭐 얻어먹을 게 있다고 그러겠어. 이제는 남궁세가도 거의 따라잡았는데."
"이번에 무명이 상당합니다. 당가주가 독절(毒絶)이라 불린다고 하더라고요."
청민이 말하면서 살짝 부러운 표정을 지었다. 이제 막 강호에 이름을 알린 그와 달리 한참이나 어린 당문경은 어느새 천하고수의 반열에 올라 있었다.

"상청단을 먹었는데 그 정도도 안 되면 재능이 없는 거지. 민호가 곁에서 도와줬을 텐데."

"그런 거겠죠?"

"길게 봐, 길게. 우리에게는 아직 시간이 많아."

"흐음."

청민이 침음을 흘렸다.

한창 젊을 때의 육체를 지니고 있는 벽우진에게야 많은 시간이 남아 있겠지만, 그는 아니었다. 비천단으로 환골을 이루기는 했지만 길어 봐야 30년이 한계일 터였다.

'30년도 엄청 긴 세월인데 말이지.'

청민이 속으로 피식 웃었다.

홀로 폐허가 된 사문을 지키고 있을 당시만 하더라도 그는 내년을 장담하지 못했었다. 그 정도로 건강은 물론이고 심적으로도 매우 힘든 상태였다. 한데 지금은 그때와 비교할 수 없을 정도로 강건했다.

"큰 사고만 없으면 30년 정도는 어찌어찌 살 수 있지 않을까 싶습니다."

"그전에 환골탈태하면 되지. 반을 이뤘는데 나머지 반을 이루는 게 어렵겠어?"

"하늘이 허락하지 않으면 힘들지 않겠습니까."

"흠."

벽우진이 의자에 늘어진 채로 청민을 쳐다봤다. 언제 흐리멍덩했냐는 듯이 벽우진의 눈빛은 진지했다.

"하늘의 허락을 바랄 게 아니라 네가 뚫고 나가야지. 뭔 허락을 받느니 마느니 하고 있어. 네 인생은 하늘이 결정짓는 게 아냐. 네가 만들어 나가는 거지. 하늘은 네 인생에 조금도 관심이 없어. 그냥 지켜볼 뿐이지. 하늘의 뜻이니 뭐니 하는 건 다 개소리다. 인간의 자기 합리화에 불과해. 하늘의 뜻을 어찌 인간이 짐작할 수 있겠어?"

"어, 그러고 보니 그러네요."

"자기 편하게 해석한 헛소리에 불과해. 차라리 그 시간에 널 가로막고 있는 벽이나 깨부술 궁리나 해."

"가끔 사형은 참 멋있는 것 같습니다. 특히 무공에 관해서는 더욱더요."

"난 원래 멋있었어. 잘생기지는 않았지만 매력이 철철 넘치지."

청민의 칭찬에 벽우진이 콧대를 세우며 특유의 거들먹거리는 표정을 지었다.

하지만 말했던 대로 무공에 있어서 벽우진은 대종사였다. 심지어 곤륜파의 무공을 전부 다 익히고 있기도 했고.

'잠자는 시간을 빼면 모든 시간을 무공을 수련하는 데 썼다고 하니까. 그것도 무려 58년 동안이나 말이지.'

말이 58년이지 그 시간은 강산이 무려 여섯 번 가까이 바뀔 만한 시간이었다. 더구나 벽우진이 말하기를 시공간이 비틀려 있기에 그것보다 더 흘렀으면 흘렀지 적게 흐르지는 않았을 거라고 했다.

'난 버티지 못했겠지.'

겉으로 보기에는 한없이 뺀질거릴 것 같은 벽우진이었지만 적어도 무공에 관해서는 누구보다 진지했다. 또한 근성과 오기 역시 엄청났기에 그 말도 안 되는 공간에서 버티는 게 가능했을 터였다. 단지 그렇게 노력하는 모습을 다른 사람들에게 보여주지 않기에 뺀질거린다고 생각하는 것이고.

"무슨 생각을 그렇게 해?"

"사형께서 그래도 나름 객관적으로 자신의 외모를 보고 계시는 것 같아서 참 다행인 것 같습니다."

"남자는 외모도 중요하지만 그보다 더 큰 힘을 발휘하는 건 바로 매력이야. 난 그 매력이 철철 흘러넘치고."

청민은 대답하지 않았다. 굳이 대답할 필요성이 없어서였다. 대신 자리에서 일어났다.

"보고를 다 했으니 이만 일어나 보겠습니다. 편히 쉬십시오, 사형."

"와, 지 할 말만 하고 가는 것 보소."

"이제 저에게는 가르쳐야 할 제자가 있지 않습니까? 제 개인 수련에, 문파 내정에, 거기다 혁문이까지 가르치려면 시간이 모자랍니다."

"허!"

합당한 명분에 벽우진이 헛웃음을 흘렸다. 이런 식으로 빠져나갈 줄은 몰라서였다.

"그럼 수고하십시오."

"……."

벽우진은 대답하지 않았다. 대신 뚱한 표정으로 손만 휘저었다.

그러자 청민이 옅게 웃으며 집무실을 나섰다.

"진짜 많이 바뀐 거 같아요."

"풍광은 그대로지. 다만 세인들의 평가와 인식이 달라졌을 뿐."

"저는 대충 예상했지만 말이죠."

당소윤이 과거와 달리 제법 많은 사람들이 오르는 산길을 보며 새삼스러운 표정을 지었다.

지난번에 찾아왔을 때에는 이 산길에 사천당가의 사람들만 있었었다. 그런데 지금은 일반 양민들이 상당히 많았다. 속가 제자를 모집한다는 소식 때문인지 곤륜산 아래에 자리 잡은 마을에도 사람들이 꽤 많은 상태였고.

"예상 못 하는 게 이상하지. 그 녀석이 있는데."

"그때의 충격은 아직도 생생해요."

"패선이라는 별호가 붙을 만하지. 그 녀석의 성격을 생각하면."

당민호가 혼자 고개를 주억거렸다. 친우의 평소 행실을 생각하면 패선이라는 요상한 별호가 붙어도 하등 이상할 게 없었다.

“좀 독특한 별호이기는 한데 또 계속 듣다 보니 입에 익었어요.”

“그게 바로 별호니까. 나는 너무나 잘 어울린다고 생각한다.”

“장문인을 잘 아시니까요.”

“한데 왜 따라온 것이더냐?”

당민호가 묘한 눈빛으로 옆에서 걷고 있는 손녀를 쳐다봤다. 자신이야 벽우진과 친우 사이라지만 당소윤은 딱히 깊은 관계가 아니었다. 기껏해야 몇 번 본 게 전부인 관계.

“집에 있기 불편해서요.”

“불편할 게 뭐 있더냐? 집인데. 누가 너한테 뭐라 하는 것도 아니고.”

“뭐라 하는 사람은 없지만, 귀찮을 정도로 편지가 많이 오잖아요.”

“허허허허.”

얼굴 가득 귀찮은 기색이 가득한 손녀의 모습에 당민호가 웃었다. 누구에게도 줄 생각은 없지만 그래도 인기가 많으니 기분은 좋았다.

“할아버지도 싫으시잖아요.”

“난 좋은데. 내 손녀에게 연정을 품은 이들이 많다는데 어찌 싫을까. 오히려 관심이 전혀 없는 것보다는 훨씬 낫지.”

“제 성에 차는 이는 없어요.”

"나 역시 마찬가지다. 하지만 그래도 아예 없는 것보다는 적당히 있는 게 좋아. 게다가 네가 감당해야 하는 몫이기도 하고."

당민호가 의미심장한 표정을 지었다. 그러자 당소윤이 입술을 삐죽 내밀었다.

"본 가의 위세가 높아져서 그렇다는 말이죠?"

"그저 그런 가문의 여식이었다면 이 정도의 관심까지는 없었겠지. 물론 우리 손녀의 미모가 있으니 구애 편지야 끊임없이 왔을 테지만."

"병 주고, 약 주시는 건가요."

당소윤이 흥흥거렸다. 조부의 말이 마치 약 올리는 것처럼 느껴져서였다.

하지만 그녀도 어느 정도는 자각하고 있었다. 사천당가의 위상이 높아질수록 자신의 가치 역시 높아지고 있다는 사실을 말이다.

"있는 그대로를 말해주었을 뿐이다."

"새로 받아들였다는 제자들도 강하겠죠? 서 소저처럼요."

"아마도. 이미 수적들을 상대로 상당한 활약을 펼치기도 했고."

서예지만 하더라도 단기간에 당소윤 못지않은 고수로 성장했다.

당민호는 비천단과 상청단에 대해서 알고 있는 몇 안 되는 사람이었다. 때문에 새로 들였다는 제자들 역시 비천단을 하사받았을 가능성이 크다고 생각했다.

'그게 아니라면 말이 되지 않으니까.'

당민호의 눈이 반짝거렸다.

그는 비천단과 상청단의 효능을 직접 봤기에 새로운 제자들의 활약이 놀랍지 않았다.

동시에 자기도 모르게 입맛을 다셨다. 상청단은 불가능하겠지만 비천단은 구할 수만 있다면 더 구하고 싶었다.

'딱 세 개만 더 있으면 좋겠지만, 욕심이겠지.'

당민호는 이게 자신의 욕심임을 너무나 잘 알았다. 지난번의 계약 역시 벽우진이 친구이기에 많은 부분을 양보해 주었다는 것도.

비천단 같은 영단을 일반 철검 찍어내듯이 만들 수 없다는 걸 알기에, 당민호는 욕심이 나지만 그것을 입 밖에 꺼낼 수가 없었다. 그 정도 염치는 있었으니까.

"할아버지는 어떻게 생각하세요?"

"응? 무엇을 말이더냐?"

"제 말 못 들으셨죠?"

"허허허. 잠깐 우진이를 생각하느라고. 뭐라 물었더냐?"

당민호가 부드럽게 웃으며 물었다. 비천단을 떠올리자 자기도 모르게 깊은 상념에 빠진 듯해서였다.

"곤륜파요. 곧 구대문파에 다시 오르겠죠?"

"일단 빈자리가 있으니. 하지만 형산파와의 관계가 문제다."

당민호는 확답을 하지 않았다.

역사와 전통, 지금의 위상을 감안하면 곤륜파는 당장 구대문파의 지위를 손에 넣어도 하등 이상할 것이 없었다. 북해빙궁의 침략으로 공동파, 점창파, 종남파, 화산파가 멸문지화에 가까운 피해를 입었으니까.

게다가 태산북두라 불리던 소림사 역시 반파 이상의 피해를 입은 상태였기에 곤륜파가 공석이라 할 수 있는 자리를 차지하는 건 어렵지 않을 터였다.

"제가 보기에는 형산파에 밀릴 것 같지 않은데요."

본산을 잃은 문파들만큼은 아니더라도 형산파 역시 오독문으로 인해 큰 피해를 입은 상태였다. 그렇기에 곤륜파를 신경 쓸 여력이 없을 거라고 당소윤은 생각했다.

"단순한 전력으로 보면 밀리지 않겠지. 하지만 인원이 너무 적어."

"일인문파도 있는데요."

"그렇긴 한데, 글쎄다. 이 문제는 민감한 문제라. 하지만 근시일 내에 제자리를 되찾을 것은 분명하지. 그 시작이 속가제자들을 모집하는 것일 테고."

"시기가 시기인 만큼 꽤 많은 이들이 지원할 것 같아요."

당소윤이 그리 말하며 주변을 훑었다.

단순히 사당을 방문하기 위한 사람들이라고 하기에는 나이 어린 이들이 상당히 많았다. 마치 다른 의도가 있는 것처럼 주변을 곁눈질하기도 했고.

"생각이 있다면 그럴 수밖에 없지. 일단 입문과 동시에 일대제자와 같은 항렬이니까. 장로라고 해봐야 둘뿐이고."

"게다가 떠오르는 신성도 있고 말이죠."

"일흔다섯 살 먹은 노물을 신성이라 하기에는 조금 애매하다만."

당민호가 친우를 신랄하게 까댔다.

하지만 그 모습에 당소윤은 오히려 웃었다. 이렇게 티격태격하는 게 둘의 일상이었기에.

"어서 오십시오."

"자네가 우진이의 막내 제자인가 보군."

"도일수라고 합니다."

"허어."

많은 사람이 오가는 산문에서 유일하게 곤륜파의 도복을 입고 있는 도일수가 다가와 인사를 하자 당민호가 눈을 빛냈다. 사천성에 있었지만 곤륜파에 대한 소식은 주기적으로 받고 있었기에 단번에 도일수를 알아봤던 것이다.

그런데 도일수를 본 당민호의 눈에 이채가 서렸다. 손에 박힌 굳은살이 장난이 아니었기 때문이다.

'수없이 벗겨지고 벗겨진 손이로군.'

보고받았던 대로 도일수는 평범했다. 수재도 귀재도 아닌, 말 그대로 범재의 화신이라 봐도 무방할 정도로 특징이 없었다. 그나마 다행스러운 점은 무재가 아예 없지만은 않다는 것 정도.

'지극히 평범한 아이로구나.'

어디를 봐도 장점이라고 볼 수 있는 것이 없었다.

하지만 그건 오로지 신체적으로 봤을 때였다. 오성이나 끈기, 집중력 이런 것들 역시 재능의 한 부분이었다. 만약 보이지 않는 이 부분들을 도일수가 풍성하게 가지고 있다면 말은 달라졌다.

'그렇다고 해도 신체적 한계를 뛰어넘기는 쉽지 않겠지만, 우진이에게는 그 해결책이 있으니.'

다른 무문이었다면 도일수는 거들떠도 보지 않았을 터였다. 이왕이면 근골이 좋은 아이가 고수로 성장할 가능성이 높았고, 더구나 도일수는 무공에 입문하기에는 나이가 너무 많았다.

"모시겠습니다."

"내가 도착할 시간을 알고 있던 모양이구나."

"저는 그저 사부님의 지시를 따를 뿐입니다."

인자하게 웃으며 묻는 당민호의 말에 도일수는 사무적인 태도로 대답했다. 그러자 당소윤의 눈썹이 꿈틀거렸다.

하지만 평소와 달리 성질을 부리지는 않았다. 이곳이 어떤 곳인지 당소윤도 너무나 잘 알고 있어서였다.

"가자꾸나."

"그럼."

잘 참았다는 듯이 당민호가 손녀의 어깨를 다독일 때 도일수는 몸을 돌렸다. 그러고는 익숙하게 발걸음을 옮겼다.

중간중간 당민호와 당소윤에게 집중되는 시선들이 있었지만 도일수는 신경 쓰지 않고 두 사람을 옥청궁으로 데려갔다.

똑똑똑.

"사부님. 손님들을 데려왔습니다."

"들어와."

벽우진의 허락에 도일수가 천천히 문을 열었다.

그러고는 두 사람을 이끌고서 집무실로 들어갔다.

"오랜만이야."

"시간이 꽤 흐르긴 했지. 근데 여긴 어쩐 일이야?"

"앉으라는 말도 안 하냐?"

"말 안 해도 앉을 거잖아?"

까칠한 대꾸에도 당민호는 넉살 좋게 의자를 빼내서 앉았다. 그러고는 당소윤에게도 눈짓으로 앉도록 지시했다.

"저는 물러나 보겠습니다."

"그래, 수고했어. 안 그래도 준비하느라 정신없을 텐데."

"아닙니다."

도일수가 단호하게 고개를 저었다. 이 모든 게 다 사문을 위한 것임을 알기에 자신이 하는 일이 조금도 힘들지 않았다. 오히려 즐거우면 모를까.

"조금만 더 고생해 줘."

"그럼 나가보겠습니다."

진짜로 힘들지 않다는 듯이 빙그레 웃어 보인 도일수가 공손히 인사한 후 집무실을 나갔다.

벽우진은 그 모습을 흐뭇하게 쳐다봤다. 역시 그의 예상대로 느리지만 차근차근, 확실히 성장하고 있었다.

"비천단이지?"

"글쎄. 근데 넌 본 파에 꿀이라도 발라놨냐? 왜 이렇게 자주 와?"

벽우진이 구박하듯 인상을 찌푸리며 한 소리를 했다. 그러나 당민호도 만만치 않았다.

그는 아무렇지 않은 얼굴로 익숙하게 찻주전자의 차를 공력으로 데워서 두 개의 찻잔에 따랐다. 하나는 자신의 것이고 나머지 하나는 당소윤의 것이었다.

"허!"

그 모습에 벽우진이 어이없다는 표정을 지었다. 태연해도 그렇게 태연할 수가 없었다.

"우리 사이에 뭘 그래? 우리는 친구 사이 아닌가? 꼭 도움을 주고받아야만 친구 사이인가?"

"딱히 도움을 받은 것 같지는 않은 것 같은데."

"필교한테서 서신이 왔더라고."

당민호가 짐짓 근엄한 표정을 지으며 말했다. 본 가에서, 그러니까 한창 그가 가주로서 활동할 때 자주 짓던 얼굴이었다.

"그건 필교의 결정이지. 네가 뭐라 할 수 있는 부분이 아니다. 필교 나이도 생각해야지."

"문외불출이라는 말 모르냐?"

"당가의 기술은 공사를 마무리 짓는 것으로 끝이다. 그 외의 창작물은 필교의 것이지. 또한 연을 아예 끊겠다는 것도 아니고 필교 나름대로 당가 쪽에 자신의 공부를 남길 생각도 있다던데."

"……언제부터 준비한 게냐?"

찌르기 무섭게 반박하듯 쏟아지는 벽우진의 대답에 당민호가 결국 헛웃음을 흘렸다. 어디 하나 빈틈이 보이지 않아서였다.

"공사가 시작하는 와중에. 이왕이면 전문가가 관리하는 게 우리 쪽에도 좋으니까. 그리고 당가에서 이리로 보낼 정도면 무조건적으로 필요한 인재는 아니라는 뜻일 테니까. 필교 역시 그 부분에 대해서 잘 알고 있고."

"흐으음."

당민호가 못마땅한 표정을 지었다. 하나같이 맞는 말들이라 반박할 수 있는 부분이 없었다.

"아쉬우면 나한테 따지지 말고 필교를 찾아가서 마음을 돌렸어야지. 이러는 건 나한테 투정 부리는 것밖에 안 된다."

"투정이라니. 그냥 넌지시 물어본 거다."

"넌지시라는 단어에 진지함이 들어가 있던가?"

벽우진의 비아냥거림에 당민호가 입맛을 다셨다. 역시 입심으로는 벽우진을 당해낼 수 없다고 생각하며.

"오늘따라 왜 그렇게 날이 서 있어? 속가제자 모집하는 행사 때문에 정신없어서 그런 거냐?"

"난 원래 이래."

"평소보다 더 까다로운 거 같은데."

"난 말을 자꾸 돌리는 네가 더 수상한데."

두 사람의 눈빛이 허공에서 부딪쳤다.

그리고 그 모습을 당소윤이 조마조마한 심정으로 쳐다봤다. 이러는 게 하루 이틀이 아니었지만 오늘은 유독 둘 다 날이 서 있는 것 같았다. 더구나 둘은 천하에서 독황과 패선으로 불리는 고수들이었다.

"그냥 놀러 오면 안 되는 곳이냐?"

"뭐 하러 여기까지 와? 이제는 사람이 없는 것도 아닌데. 밑에 애들 많은 집에 있는 게 최고 아니냐? 네 수발들어 줄 애는 여기에 없어. 우리 애들은 그럴 시간도 없고."

"진짜 야박하게 구네."

"내가 해준 걸 생각하면 넌 그런 식으로 말하면 안 되지."

"끄응!"

한마디도 지지 않는 벽우진의 모습에 당민호가 결국 고개를 저으며 항복 선언을 했다.

"나 바쁜 사람이야. 얼른 용건부터 말해."

"차 한잔할 시간도 없다고?"

"알잖아. 곧 심사해야 하는 거."

"원래 일 안 하잖아."

당민호의 시선이 벽우진의 책상 위에 산처럼 쌓여 있는 서류 더미로 향했다. 정확하게는 맨 위에 먼지가 쌓여 있나, 없나를 확인한 것이다.

"안 하기는. 다 해. 남들에게 보이지 않아서 그렇지. 할 거는 다 한다고."

"그래?"

"설마 구경하러 온 것은 아닐 테고. 네 가문은 외부인을 문내로 들이지 않잖아. 방계들도 재능이 없으면 무공 한 구절 가르치지 않는 곳이면서."

"구경하러 온 것도 반쯤은 포함되어 있는데? 이 아이가 따라올 줄은 몰랐지만."

꾸벅.

눈이 마주친 당소윤이 공손하게 머리를 숙였다. 처음 만났을 때와는 확연히 다른 태도였다.

그래 봤자 벽우진의 시선은 창졸간에 다시 당민호에게로 향했지만.

"나머지 반을 말해. 다른 때라면 모를까 요즘 속가제자 모집하는 것으로 정신없어서 널 일일이 챙겨줄 수 없다."

"이걸 주려고."

"뭐야?"

"읽어봐."

당민호가 빙긋 웃으며 품속에서 고급스럽게 포장된 서찰을 꺼냈다. 그것도 당가주의 인장이 찍혀 있는 서찰을 말이다.

"쓸데없이 돈 쓴다니까."

"품위 유지비의 일종이야."

"그러시겠지."

"도문과 속세에 속한 가문을 똑같이 생각하면 안 되지. 참고로 금색 비단으로 포장된 서찰을 받은 사람은 널 포함해서

열 명이 안 돼."

당민호가 의미심장하게 웃으며 말했다. 그리고 그 말이 뜻하는 바는 분명했다.

"특별 대우라도 해주는 것처럼 말하지 마라. 그럴 수밖에 없는 상황이라는 걸 아니까."

"좀 좋게 넘어가 주면 안 되냐?"

"응."

벽우진이 단칼에 자르듯이 대답했다. 속이 너무 뻔히 보여서 넘어가 주려고 해도 넘어가 줄 수가 없었다.

"쯧!"

"어디 보자."

살짝 삐친 듯한 친우의 모습에도 벽우진은 개의치 않았다. 그저 약간 호기심이 서린 표정으로 금색 비단을 풀어 서찰을 꺼냈다.

"영광으로 알아야 해. 이 몸이 여기까지 직접 온 것을 말이야."

"영광은 무슨. 마실 겸 나온 거 다 아는데. 봉문하면서 짱박혀 있었으니까 답답해서 싸돌아다니는 거 아냐?"

"말을 해도 참……."

당민호가 어이없다는 듯이 실소를 흘렸다.

중요한 건 완전히 틀린 말은 아니라는 점이었다. 소싯적 당민호는 역마살이라도 있는 것처럼 온 강호를 유람하고 다녔었다.

"뭐야? 고작해야 이거 알려주려고 이렇게 비싸게 포장했단 말이야?"

"고작이라니!"
당민호가 고성을 터뜨렸다. 다른 것도 아니고 자신의 생일을 고작이라고 하자 흥분한 것이었다.
"생일연 하나 여는데 이 정도까지 할 필요가 있나 싶다는 거지."
"단순히 내 생일연을 여는 게 아니라서 그렇다."
"주인공티를 톡톡히 내겠다, 가세도 좀 보여주면서?"
"겸사겸사."
무신경한 것 같으면서도 의외로 날카로운 통찰력을 가지고 있는 게 벽우진이었다. 그리고 그 사실을 당민호는 알고 있었고.
때문에 그는 크게 놀라지 않았다.
"하긴. 칠순연을 제대로 하지 못했을 테니."
"그건 너도 마찬가지다만?"
"나야 아직 한창이지. 그리고 난 아직 내 나이 인정 못 한다."
"내가 있는데?"
가장 확실한 증거가 자신이라는 듯이 당민호가 손가락으로 스스로를 가리켰다.
그러나 그 모습에도 벽우진은 미간을 좁히며 그 어느 때보다 진지한 얼굴로 고개를 저었다.
"너만 죽으면 내 나이를 증명할 이는 아무도 없지."
"청민도 있잖아."
"사제인 청민이 내게 안 좋은 말을 할 리가 없잖아? 청민이랑 청범은 무조건 내 편이지. 너랑은 같은 선상에 둘 수가 없어."

"마치 나보고 일찍 죽으라고 말하는 것 같다?"

당민호가 짐짓 서운한 표정을 지었다. 너무 대놓고 차별을 하니 섭섭했다.

"네가 한 짓을 생각해 봐. 과연 누가 그동안 손해를 봤는지."

"끄으응!"

"정보력을 빌려준다고 했는데 한 게 뭐 있어? 오독문이나 쳐부수러 갔지. 천하제일가의 이름을 손에 넣겠다고 말이야."

"……원하는 게 뭐야?"

정곡만 쏙쏙 찌르는 벽우진의 말에 당민호가 항복하듯 두 손을 들어 올렸다.

당소윤은 그 모습을 옅게 웃으며 쳐다봤다. 본 가에서는 그렇게 근엄하고 위엄 넘치는 조부가 벽우진만 만나면 어린아이로 되돌아가는 것 같았다. 그래서 그녀는 옛말에 나이 먹으면 어린아이가 된다는 말이 문득 떠올랐다.

"영단을 다시 빼앗아 올까?"

"무, 무슨 소리!"

당민호가 눈에 띄게 당황했다.

두 개를 남겨놓았지만 그건 말 그대로 후대를 위해 남겨놓은 것이었다. 그런 만큼 절대 되돌려 줄 수는 없었다. 얼마나 아까웠으면 연구조차 하지 않고 있는 상태였다.

"빼앗는다는 말은 어감이 좀 그러니까 되찾아 온다는 단어가 낫겠지?"

"왜 그러는 거야?"

"계약 이행이 제대로 되지 않아서 그런 거 아냐. 사천당가 측에서 제대로 했어 봐. 내가 이런 서운한 감정을 품었겠어?"

"……돈이 필요한 거냐?"

당민호가 결국 백기를 들었다. 칼자루를 벽우진이 들고 있다는 걸 순순히 인정한 것이다.

"나 돈 많아. 아직 못 들었나 본데 내가 이번에 황하를 좀 털었거든."

"청해성, 감숙성 쪽을 싹 다 턴 건 들어서 알고 있다. 아예 탈탈 털었다던데."

"하지만 민초들에게 욕을 먹진 않았지. 관부도 좋아하고, 나도 좋고. 무려 일석삼조의 효과랄까."

벽우진이 어깨를 으쓱거렸다.

어떻게 보면 자기 마음대로 행한 일이었지만 일단 명분이 곤륜파에게 있었고, 수적들은 세상에 해악만 끼치는 존재들이었다.

더구나 벽우진은 수채에서 턴 재화들을 결코 혼자 독식하지 않았다. 정확히 반을 주인에게 돌려주거나 인근에 거주하는 양민들에게 돌려주었기에 민초들은 다시 한번 벽우진을 칭송했다.

"그런 쪽으로는 잔머리가 참 잘 돌아가."

"잔머리라니. 다 민중을 위한 나의 하해와 같은 마음인 거지. 난 명문대파인 곤륜파의 장문이니까. 엣헴!"

다시 한번 콧대를 세우는 벽우진의 모습에 당민호가 못 볼

꼴을 봤다는 듯이 고개를 돌렸다. 아무리 비위가 좋은 그라도 더 이상은 봐주기가 힘들었다.

"제자들의 활약이 대단했다고 들었어요, 장문인."

"우리 애들이 많이 크기는 했지. 네가 꽤 발전한 것처럼."

"저기, 장문인."

당소윤이 몸을 비비 꼬았다.

왈가닥으로 사천성에서 유명하며 한때 벽우진에게도 그 모습을 보이기도 했지만 그래도 시간이 좀 지났다고 당소윤은 눈치를 살폈다.

벽우진이 자기보다 더하면 더했지 덜하지는 않다는 걸 알고 있기도 했기 때문에 그녀는 예전과는 다르게, 고분고분하게 말문을 열었다.

"왜?"

"한 가지 부탁드리고 싶은 게 있는데요."

"안 돼."

"예?"

"안 된다고."

말을 꺼내기도 전에 거절하는 벽우진의 모습에 당소윤이 멍한 표정을 지었다. 이렇게 들어보기도 전에 거절하는 경우는 처음이었다.

그런데 웃긴 건 마치 벽우진은 자신이 어떤 부탁을 할지 알고 있는 것 같은 얼굴이었다.

"제, 제가 무슨 부탁을 드릴 줄 알고요?"

"뻔하지. 그 할아비에 그 손녀일 텐데. 보나 마나 자기에겐 이득이고 나한테는 귀찮은 걸 부탁하겠지."

"크흠!"

당민호가 헛기침을 했다. 그러고는 자연스럽게 시선을 돌려 창밖의 구름 가득 낀 하늘을 지그시 쳐다봤다.

"사천당가는 이미 쓸 수 있는 건 다 끌어다 썼어. 나에게, 곤륜파에게 갚을 것만 남았지."

"네에……."

단호한 벽우진의 말에 당소윤이 시무룩한 표정을 지었다.

천하의 당민호도 어쩌지 못하는 인물이 벽우진이었다. 한낱 후기지수에 불과한 그녀가 조른다고 될 상대가 아니었다.

"그보다 얘기 좀 해봐. 오독문은 어떻게 된 거야? 넌 자세한 상황을 들었을 거 아냐?"

"어디까지 아는데?"

"이겨서 몰아냈다는 것 정도?"

"얼추 알기는 하네. 근데 내가 보기에는 반쪽짜리 승리야."

다시 벽우진에게로 고개를 돌린 당민호가 마뜩잖은 표정을 지었다. 아들에게 듣기로 이기긴 했으나 확실하게 이겼다고는 말하기 힘든 상황이었다.

"그건 또 무슨 소리야?"

"오독문주와 사군(四君)이 건재해. 다섯 명 다 적지 않은 상처를 입긴 했지만 그렇다고 중상을 입은 건 아냐. 즉 부하들은 싹 다 죽었지만 다섯 명은 살아 있다는 뜻이지."

"후환이 남았군."

벽우진은 왜 당민호가 반쪽짜리 승리라고 표현했는지 이해했다.

그 다섯 명을 놓쳤다면 이겨도 이긴 게 아니었다. 언제라도 다시 세력을 일굴 수 있을 테니까. 차라리 부하들이 많이 남았더라도 다섯 명을 처치하는 게 중원무림에게는 훨씬 더 이득이었다.

"악착같이 추격했으나 결국에는 실패했다고 하더라고."

당민호가 답답하다는 표정을 지었다. 이기긴 했으나 너무나 큰 우환거리를 남겨놓아서였다. 결국 남만의 제 영역으로 돌아갔으니 오독문주와 사군은 칼을 갈며 복수의 날만을 준비할 터였다.

"그럼 쳐들어가면 되잖아?"

"쉽지 않아. 남만은 독초와 독충이 우글거리는 땅이다. 우리가 알지 못하는 독물들이 너무 많아. 본 가조차도 웬만해서는 남만에 들어가지 않는데 다른 이들은 두말할 필요가 없겠지."

"환경적인 부분이 문제가 되는군."

벽우진이 턱을 쓰다듬었다.

바위를 부수고 강을 가르는 괴력을 지닌 게 무인들이었지만 그래도 인간의 범주를 벗어나지는 못했다. 그리고 인간은 절대 자연을 뛰어넘을 수 없었고.

"정말 원정을 가야 한다면 만반의 준비가 필요해. 하지만 안타깝게도 백도무림은 원정을 성공적으로 실행할 결속력이 부족해."

"수직적이 아니라 수평적 구조이니까. 이건 어쩔 수가 없어. 무림맹이 결성되어도 삐꺽거리는 게 백도무림인데."

"내 말이."

"그렇다면 결국 지켜만 봐야 한다는 거로군."

"다들 자신들이 입은 피해 먼저 복귀해야 한다는 쪽이라."

당민호가 가슴을 탕탕 두드렸다. 어느 것 하나 제대로 확실하게 매듭짓지 못하는 모습에 너무나 답답하고 짜증이 났다.

반면에 곤륜파는 그냥 싹 다 쓸어버렸다. 벽우진이 늘 하는 말대로. 당민호는 그게 너무나 부러웠다.

"어쨌든 결과는 나왔으니 늦게나마 칠순 잔치를 열겠다? 나이 일흔다섯에?"

"못 한 건 해야지. 갈 날이 얼마 남지도 않았는데 한을 남기면 쓰나."

"그러니 나도 와라?"

"친구가 너 하나뿐인 걸 어떡해?"

당민호가 능글맞게 웃었다. 왠지 모르게 음흉하게 느껴지는 미소였다.

툭.

"생각 좀 해보고. 나도 일정을 좀 봐야 하니까."

"아직 여유 있는데? 10월이면 꽤 남았어."

"왜 이래? 나 곤륜파 장문인이야. 평소에 해야 할 일이 얼마나 많은데. 뒷방 늙은이가 된 너랑은 사정이 다르다고."

“……”

틀린 말은 아닌데 묘하게 신경을 팍팍 긁는 벽우진의 말에 당민호가 인상을 썼다.

그러나 그가 얼굴을 찌푸리든 말든 벽우진은 신경 쓰지 않았다.

“진짜 이러기냐? 이렇게 튕길 거야?”

“일단 기억은 해둔다니까?”

“친구 생일 축하해 주는 게 그렇게 어려워? 내가 이렇게 직접 초대장을 주러 왔는데?”

“알았어. 일단 적어는 놓으마.”

“비싼 척 굴기는.”

당민호가 고개를 저었다. 어째 지난번보다 더 콧대가 높아진 것 같았다.

하지만 이해가 안 되는 것은 아니었다. 그때의 벽우진과 지금의 벽우진의 위상은 완전히 달라져 있었다. 사천당가에서 와주기를 바랄 정도로 말이다.

“그게 사실인 걸 어떡해?”

“에잉!”

“넌 인정하기 싫겠지만, 어쩔 수 없어. 이게 현실이야. 독황은 잊었지만 패선은 현재 진행형이지. 크크크!”

“숙소는 원래 쓰던 별채 쓰면 되지?”

당민호가 자리에서 일어났다. 더 이상의 굴욕은 당하고 싶지 않아서였다.

"밖에 나가면 알아서 안내해 줄 거야."

"설마 다른 곳이냐?"

"늘 같은 곳만 쓸 수는 없잖아? 이참에 다른 곳도 써봐야지."

"허어."

당민호의 얼굴에 불만스러운 기색이 떠올랐다.

반면에 당소윤은 크게 신경 쓰지 않는 모습이었다. 벽우진과의 대련은 물 건너갔지만 대신 그녀에게 있어 호적수라 할 수 있는 서예지가 있어서였다. 게다가 여기까지 안내해 준 도일수 역시 만만치 않은 존재였다.

'심심하지는 않겠어.'

당소윤이 눈을 빛냈다. 그러고는 조부와 함께 옥청궁을 나섰다.

○

이른 아침부터 곤륜산이 부산스러웠다. 평소에도 적지 않은 사람들이 곤륜산을 올랐지만, 오늘은 그야말로 어마어마한 수준이었다.

문전성시라는 말로도 표현하기 힘들 정도로 모여드는 사람들의 모습에, 어제 가까스로 곤륜파에 도착한 비호표국의 사람들이 두 눈을 휘둥그레 떴다. 지원자가 많을 거라고 생각을 하기는 했지만 이 정도로 많을 줄은 몰랐기 때문이다.

"확실히 위상이 달라지기는 한 거 같습니다. 처음 곤륜산에

오를 때만 해도 찾아오는 이가 한 명도 없었는데."

이제는 대표두가 된 정휴가 격세지감을 느낀다는 듯이 입을 열었다.

그러나 그 안에는 깊은 자부심이 서려 있었다. 만약 벽우진의 선택이 없었더라면 지금의 그 역시 없었을 것이다.

'지금의 성취도 없었을 테고 말이지.'

오랜 세월 마치 철벽처럼 굳건히 서서 그를 가로막았던 벽을 뚫게 해준 게 곤륜파였다.

물론 곤륜파의 무공을 익히지는 못했다. 다시 익히기에는 그가 지금껏 익힌 무공을 버릴 수가 없었으니까.

하지만 소속이 곤륜파인 것은 분명했고, 속가제자가 됨으로써 수박 겉핥기식으로나마 곤륜파의 무공을 전수받을 수 있었다. 그 덕에 가로막고 있던 벽을 부술 수 있었고.

"달라질 수밖에 없지 않겠나. 강북 무림을 초토화시킨 북해빙궁을 물리쳤는데."

"청해성의 웬만한 권문세가의 자식들은 다 오지 않을까 싶습니다. 상계 쪽 가문들도 마찬가지고요."

"인연을 맺어두는 것만으로도 가치는 충분하니까. 이미 청해성을 넘어 중원 전역에 장문인의 이름이 쭉쭉 퍼져 나가고 있지 않나."

"안 그래도 저에게 넌지시 청탁해 오는 이들이 상당히 많았습니다."

"둘뿐인 대표두이지 않나. 허허허."

영세한 표국이었던 비호표국이 이제는 당당히 청해제일표국이 되었다. 곤륜파라는 든든한 뒷배가 생기자 그야말로 가파르게 성장했던 것.

더구나 청하상단도 옆에서 도와주었기에 비호표국은 그 어떤 표국과도 비교할 수 없을 정도로 빠르게 성장했다. 예전에는 굽실거리기 바빴던 그가 이제는 남이 굽실거리는 걸 보는 위치가 되었을 정도로 말이다.

"국주님은 더 많으셨겠지요?"

"꽤 많이. 그것도 부탁을 거절하기 쉽지 않은 이들이 많았지."

"허어."

조용히 있던 또 다른 대표두 마종석이 장탄식을 흘렸다. 자세히 듣지 않아도 어떤 상황이었을지 눈에 훤했다.

"진짜 부담스러우셨겠네요."

"맞네. 근데 생각해 보니까 어려운 문제가 아니더라고."

"어렵지 않으셨다고요?"

정휴는 물론이고 마종석도 두 눈을 끔뻑거렸다. 거물들이 은근히 부탁해 오는 걸 거절하기가 어렵지 않았다고 하자 의아했다.

"응, 어차피 결정권자는 내가 아니니까. 우리가 할 수 있는 건 참고 사항 정도를 전달하는 게 전부니까."

"아, 그렇군요. 모두 다 넘기신 거군요."

"험험! 장문인께 넘겼다기보다는, 현실을 있는 그대로 말한 것뿐이지. 막말로 내가 추천한다고 장문인께서 어이쿠 좋다

하며 받아들이겠는가?"

"절대 그런 분이 아니시죠."

정휴와 마종석이 동시에 고개를 저었다.

두 사람이 알고 있는 벽우진은 청탁과는 거리가 먼 인물이었다. 속물적인 근성도 없지 않아 있지만, 곤륜파와 관련된 부분에서는 칼과 같았다. 명확한 기준이 있기에 세 사람이 아무리 추천을 한다고 한들 벽우진이 세운 기준에 부합되지 않으면 거들떠보지도 않을 터였다.

"호법님들도 이번에 마음에 드는 아이가 있으면 제자로 삼겠다고 말씀하셨답니다."

"그래?"

"예, 지나가다 우연히 들었습니다. 진 호법님이 다른 호법님들과 대화하는 것을요."

"하긴. 호법님들은 연세가 상당히 많으시지."

유한열이 고개를 주억거렸다.

막내인 진구만 하더라도 벽우진보다 연장자였다. 대호법인 설백의 경우 나이가 세 자리 숫자였고. 그런 만큼 지금이라도 구해야 하는 건 사실이었다.

"아드님을 넌지시 보여 드리는 것은 어떨까요?"

"안 그래도 데려왔는데, 별다른 말씀이 없으셨네."

유한열이 작게 한숨을 내쉬었다.

정휴가 생각한 것을 그라고 생각하지 못했을까. 하지만 우연을 가장해서 호법들에게 아들을 인사시켰지만 딱히 관심을 보이는 이는 없었다. 심지어 벽우진조차도 그냥 두어 번 고개를 주억거린 게 다였다.

"성에 차지 않았던 모양이네요."

"그런 게지."

씁쓸하지만 받아들일 수밖에 없는 현실이었다.

그러는 사이 비호표국과 청하상단에서 온 인원들이 빠르게 산문을 넘어오는 이들을 분류하기 시작했다. 속가제자에 지원하러 온 이들을 나이에 따라 분류했던 것이다.

"청하상단도 고생이 많네요."

"고생이라고 생각하면 안 되지. 다 망해가던 가문을 일으켜 준 게 본 파인데."

"그, 그렇죠."

천검문으로 인해 상단 자체가 사라질 뻔했던 게 불과 1년도 채 지나지 않았다. 그렇기에 청하상단은 아예 그런 생각을 하면 안 되었다.

"물론 우리도 마찬가지고. 장문인께서 거둬주시지 않았다면 다들 백수나 한량이 되었을 게야."

"그 정도까지는 안 가지 않았을까 싶습니다. 하하."

"우리는 그렇지만 밑에 있는 애들은 장담할 수 없어. 특히 쟁자수들은."

마종석의 말에 정휴가 입을 다물었다.

확실히 틀린 말은 아니었다. 실력 있는 아이들이야 일자리를 구하는 게 그리 어렵지는 않겠지만 못 구하는 이들도 분명히 있을 터였다.

"자자, 이제 그만 움직이세. 오늘 오후까지는 얼추 선별을 끝내놓아야지."

"첫날에 이 정도면 마지막 날에는 더 많겠지요?"

"그만큼 우리의 사문이 커진다는 말이기도 하네. 또한 사제들이기도 하고."

도일수에 이어 곤륜파의 제자가 된 세 사람이었다.

차이점이 있다면 도일수는 본산제자이고 세 사람은 속가제자라는 점이 달랐지만, 어쨌든 지원자들이 이번에 합격해서 속가제자가 된다면 셋의 사제가 되는 셈이었다.

"사제들이라……."

"속가제자들 중에서는 저희가 최고참이네요."

"흐흐흐흐!"

마종석의 말에 정휴가 괴상한 웃음을 흘렸다. 표국주인 유한열과 무기명제자라 할 수 있는 서예지를 제외하면 속가제자들 중에 그보다 항렬이 높은 이는 없어서였다.

이번에 50명만 속가제자로 받아도 그 밑으로 50명이나 되는 사제들이 생기는 것이었다.

"또 헛된 상상 하고 있군. 사제로 들어와도 핏덩이들이야. 거의 아들뻘이라고."

"그러고 보니 그러네."

"애들 갈궈서 뭐 하게. 오히려 우리가 욕먹지."

"그건 생각 못 했네."

망상을 하던 정휴가 나지막하게 한숨을 쉬었다. 좋다가 만 느낌이었다.

"아직 실망하기에는 이른 것 같은데. 의외로 나이대가 다양한 것 같으니."

유한열의 시선이 한 곳으로 향했다. 그곳에는 조손지간이나 부자지간과는 달리 나이가 제법 있어 보이는 남자가 산문 주위에서 두리번거리고 있었다.

"하긴. 장문인께서는 나이에 딱히 연연하지 않으시니까요."

유한열이 바라보는 곳을 응시하던 마종석이 입을 열었다.

가까운 예로 도일수만 보더라도 나이에 상관없이 직계제자로 받아들이지 않았던가. 이럽 정도로 보이기에 쉽지는 않겠지만 그렇다고 포기하기에는 일렀다.

"자, 우리도 일하지."

"예, 국주님."

시간이 흐를수록 점점 더 모여드는 인파에 유한열이 소매를 걷어붙였다.

하지만 세 사람이 합류했음에도 곤륜산을 오르는 이들은 계속해서 늘어났다.

… 제3장 …

늦은 것은 없다. 다만 포기하는 자만 있을 뿐

장하삼은 말간 눈으로 주변을 두리번거렸다.

예상을 하기는 했지만 역시나 그보다 나이가 많아 보이는 이는 단 한 명도 보이지 않았다. 그나마 많아 보이는 아이가 십 대 후반에서 이십 대 초반. 그처럼 서른을 훌쩍 넘은 이는 보이지 않았다.

"역시 늦었나……."

장씨 집안에서 여름에 태어난 셋째라 별다른 뜻도 없이 하삼(夏三)이라는 이름을 부모님께 받은 그가 씁쓸한 표정을 지었다.

형들과 함께 가업을 이으며 지금껏 살아왔지만 그에게는 누구에게도 말하지 못한 꿈이 있었다. 그건 바로 무림인이 되는 것. 하지만 평범한 가정에서 태어난 그에게는 이룰 수 없는 꿈이었다.

꾸욱!

십 대 후반까지만 하더라도 그는 운명을 믿었다. 언젠가는 그의 무재를 알아보는 무인이 나타나 데려갈 것이라고 말이다. 하지만 그 환상이 깨지는 데 그리 오랜 시간이 걸리지 않았다.

그때의 기억이 떠오른 장하삼은 습관적으로 양손을 움켜잡았다.

"마지막이다. 오늘마저도 안 되면 깨끗이 포기하는 거야. 그 마음으로 온 거잖아."

20년 가까이 해왔던 주방 일을 내려놓고서 부모님과 형들에게 여행을 떠나겠다는 편지만 써놓고 곤륜파까지 온 그였다.

그런 만큼 이대로 돌아가고 싶지는 않았다. 적어도 결과는 얻고 돌아갈 생각이었다. 비록 그 결과가 그가 원한 것은 아니라고 하더라도 말이다.

"이만큼 했는데도 안 되는 거면, 정말 안 되는 거니까."

어릴 때부터 무인이 되고 협객이 되어서 세상을 이롭게 하는 게 꿈이었기에 장하삼은 형들이 주방에서 칼질을 하고 밀가루로 반죽을 할 때 동네 무관을 기웃거렸다. 그렇게 어깨너머라도 내공심법을, 운기토납법을 배우고자 했다.

하지만 문하생이 아닌 자에게 무관에서 그런 걸 가르칠 리가 없었고, 형들을 따라 주방 일을 하면서 번 돈으로 무공서를 살 수밖에 없었다. 그마저도 대부분이 사기꾼들이 작성한 것이라 효과 없이 돈만 날렸고.

몇 번 그런 경험을 한 후 장하삼은 한동안 꿈을 잊었다. 약관이 지나고 이립이 되면서 자신은 무인이 될 수 없다고 포기했던 것이다.

그렇게 하루하루 의미 없이 관성적으로 살아가고 있을 때, 손님들에게서 곤륜파에 대한 소식을 들었다. 정확하게는 속가 제자를 모집한다는 소식이었다.

그 말을 들은 순간 벼락을 맞은 듯한 느낌이 들었다. 아직 포기하기는 이르다고, 어쩌면 이게 마지막이라고 말이다.

"예전의 명문대파라고 하기에는 아직 갈 길이 멀지만, 그래도 대단한 문파이지. 만약 지금과 같은 특별한 상황이 아니었다면 내가 문턱을 넘지도 못했을 문파지."

말 그대로 지원자들로 바글바글한 경내를 둘러보며 장하삼이 중얼거렸다.

개중에는 아무것도 모르는 장하삼이 보기에도 범상치 않아 보이는 이들이 있었다. 누가 보더라도 귀티가 흐르는 아이들을 심심찮게 볼 수 있었는데, 수발을 드는 시종까지 데려온 모습에 장하삼은 내심 부러운 표정을 지었다.

짝짝!

"정신 차리자!"

하지만 부러워한다고 달라지는 것은 없었다. 그 사실을 35년간 살아오면서 처절하고 확실하게 느꼈기에 장하삼은 양손으로 자신의 양 뺨을 때렸다. 그러자 정신이 좀 돌아오는 것 같았다.

"괜찮으십니까?"

"으헉!"

"많이 긴장하신 것 같습니다."

"고, 곤륜파의 제자십니까?"

"예."

곤륜파 특유의 연푸른빛 도복을 입고 있는 청년의 모습에 장하삼이 퍼뜩 놀랐다. 기척도 없이 다가와 말을 거니 깜짝 놀랄 수밖에 없었다.

하지만 그는 이내 곤륜파 제자로 보이는 청년을 빠르게 살펴봤다.

'나이가, 좀 있네?'

장하삼이 두 눈을 끔뻑거렸다. 여기저기 바쁘게 돌아다니는 제자들과 달리 지금 눈앞에 있는 청년은 이십 대로 보였다.

노안일 수도 있지만 오랜 사회생활로 얻게 된 감이 그에게 말해주고 있었다. 눈앞의 청년이 십 대는 절대 아니라고 말이다.

"지원하러 오셨다면 간단하게 작성해야 할 서류가 있습니다. 어려운 것은 아니고 간단하게 자신을 증명하는 작업이라고 생각하시면 됩니다."

"신상 정보를 말씀하시는 것이로군요."

"예, 그렇게 생각하시면 됩니다. 간혹 신분을 속이는 경우가 있다고 해서요."

"당연히 확인해야지요. 원래부터 명문대파이던 곤륜파가 아닙니까."

"감사합니다."

은근슬쩍 아부 발언을 섞는 장하삼의 모습에 도일수는 담담하게 감사함을 표했다. 자식의 합격을 위해 아부하거나 아첨하는 이들이 지금껏 적지 않아서였다.

다만 그들과 다른 점은 장하삼은 지원자라는 것이었다. 그것도 나이가 상당히 들어 보이는.

"만약에 작성한 것이 거짓이라면 어떻게 됩니까?"

"합격자라면 불합격 조치됩니다. 시작으로 거짓말을 일삼은 이를 제자로 받을 수는 없으니까요. 불합격자라면 애초에 문제가 되지 않고요. 우선 저를 따라오시죠."

"지원 자격에 나이 불문이라고 명시되어 있었는데, 사실인가요? 혹시 말만 그런 것은 아닌가요?"

장하삼이 조심스럽게 물었다.

자격 조건에 나이 불문이라고 적어놓은 곳은 많지만 실제로는 대부분 나이 어린 지원자를 뽑았다. 굳이 무문(武門)이 아니라 일반적인 업종에서도 말이다. 그렇기에 나이 불문이라고 공표가 되어 있음에도 신경이 쓰일 수밖에 없었다.

"나이가 큰 부분을 차지하는 것은 사실입니다. 하지만 저의 경우에 빗대어볼 때 나이는 크게 중요하지 않은 것 같습니다. 만약 나이가 중요했다면 제가 사부님의 제자가 되는 일은 없었을 테니까요."

"실례지만 나이가 어떻게 되시는지요?"

"스무 살입니다."

"아직 어리시군요. 허허허."

장하삼의 얼굴이 미약하게 굳어졌다. 서른다섯 살인 그에 비하면 눈앞에 있는 제자의 나이는 한참이나 어렸다.

그게 너무나 부러웠다. 고작 스무 살에 한창 떠오르는 문파인 곤륜파의 제자가 되었으니까.

"아직 실망하시기는 이릅니다. 심사는 시작도 하지 않았으니까요."

"그렇지요. 아직은 아무런 결과가 나오지 않았지요."

장하삼이 굳은 얼굴로 대답했다.

만약에, 혹시 하는 마음가짐으로 곤륜산을 찾기는 했지만 그도 사실은 반쯤 포기하고 있었다. 그가 만약 패선이라면 자신처럼 나이 많고 몸도 굳을 대로 굳은 중년인보다, 파릇파릇하고 전도유망한 어린아이를 뽑을 테니까. 하물며 그의 부모님과 형들, 동생이 일하는 식당에서도 신입을 뽑을 때 이왕이면 나이 어린 애를 뽑았다.

'그게 부리기도 쉽고, 인건비도 적게 드니까.'

막말로 그가 진짜 운 좋게 곤륜파의 제자가 된다면 지금 안내하는 청년에게 깍듯하게 사형이라 불러야 했다. 높임말도 써야 했고.

물론 장하삼은 곤륜파의 제자만 될 수 있다면 그 정도는 아무렇지 않게 할 수 있었다. 하지만 청년 쪽은 아닐 터였다.

'이래저래 현실만 깨닫게 되는구나.'

부모님이 하시는 식당에서는 주방 서열 4위였지만 여기서는 아니었다. 말 그대로 다시 밑바닥부터 해야 하는 상황.

그러나 장하삼은 그 부분에 대해서는 일고의 망설임도 없었다. 곤륜파의 속가제자만 될 수 있다면 얼마든지 자신보다 나이 어린 사형들에게 고개를 숙일 수 있었다.

'기강이라면 주방 쪽도 만만치 않으니까.'

주방에서 중요한 것은 나이가 아니라 경력과 실력이었다. 그리고 어려서부터 사회생활을 했었기에 서열에 대해서는 빠삭한 그였다.

하지만 중요한 건 그가 아니라 본산제자들이었다.

'대부분 십 대로군.'

제일 어려 보이는 열 살 남짓한 남자아이가 도도도 뛰어다니는 것을 보며 장하삼은 얼굴이 무거워졌다. 심사를 보지 않아도 자신이 떨어질 확률이 매우 높다는 걸 느낄 수 있어서였다.

"오늘은 여기에서 지내시면 됩니다. 따로 정해진 방은 없고, 편하신 곳에서 오늘 밤을 보내시면 됩니다. 단, 분란을 일으키면 안 됩니다. 만약에 문제가 생기면 저희나 비호표국, 청하상단의 사람을 찾으세요."

"심사는 언제 봅니까?"

"내일 오전으로 예정되어 있습니다. 오늘 오신 분들은 내일, 내일 오신 분들은 모레에 심사를 봅니다."

"하루면 끝납니까?"

"사부님께서 말씀하시길 반나절 안에 끝난다고 하셨습니다."

장하삼이 두 눈을 껌뻑거렸다. 하루 만에 심사가 끝난다고 하자 믿기지가 않았다. 다시 명문대파의 반열로 올라가는 중이니만큼 아무나 제자로 받아들이지 않을 텐데 말이다.

더구나 곤륜산에 오면서 그가 들은 바에 의하면 패선은 성격과 달리 상당히 깐깐하게 제자들을 받아들인 것으로 알고 있었다.

'자기만의 기준이 확고하다고 했던가.'

여기까지 안내해 준 도일수는 중원인이었지만 다른 제자들 중에는 색목인처럼 눈동자 색깔이 다른 아이들이 있었다.

색목인은 아니고 혼혈로 보이는 아이들이었기에 처음 봤을 때는 놀라지 않을 수가 없었다. 명문도가라 할 수 있는 곤륜파에 혼혈인 아이들이 있다는 게 믿기지가 않아서였다. 무문(武門)들이 은근히 보수적이라고 알고 있던 그에게 혼혈인 제자들은 신선한 충격이었다.

"알려주셔서 감사합니다."

"그럼 편히 쉬시길."

"수고하십시오."

장하삼은 몸을 돌리는 도일수를 향해 정중히 포권을 했다. 곤륜파에 찾아온 만큼, 기초이긴 하지만 나름 무공을 익힌 만큼 무인들의 인사를 했던 것이다. 지금까지 살아오면서 진짜 무인들과 꼭 해보고 싶었던 것이기도 했고.

도일수도 그것을 알아챈 모양인지 옅은 미소와 함께 마주 포권을 해주고는 몸을 돌렸다.

"그래도 곤륜파의 숙소에서 잠도 자보고. 나름 목표는 이룬 건가."

물밀듯이 계속 찾아오는 지원자들로 인해 도일수가 빠른 걸음으로 돌아가자 장하삼은 숙소 건물을 올려다보며 중얼거렸다.

비록 심사에서 합격하지 못하더라도 더 이상 미련이 남지는 않을 것 같았다. 적어도 곤륜파에서 하룻밤을 보내기는 했으니까.

"일장춘몽이라고 하더라도, 미련은 없다."

장하삼이 입구에서부터 들려오는 시끌벅적한 소리에도 빙그레 웃으며 발걸음을 옮겼다. 그런 그가 향하는 곳은 숙소에서 가장 높은 층의 방이었다.

시끌벅적한 경내와 달리 설백의 처소는 고요했다. 일부러 인적이 드물고 외진 곳에 처소를 마련해서였다.

또르륵.

평소에는 혼자만 있는 처소인데 오늘은 달랐다. 손님이 찾아왔기에 설백은 오랜만에 자신을 위한 차가 아닌 남을 위한 차를 준비했다.

"드시지요, 장문인."

"여기에 제가 온 건 처음인 것 같습니다."

"아무래도 바쁘시니까요. 허허허."

벽우진의 잔에 직접 재배한 차를 따르며 설백이 대답했다.

그의 성품만큼이나 고아한 차향에 벽우진은 자기도 모르게 고개를 주억거렸다.

"이번 속가제자 모집에 관심이 상당하시다고 들었습니다."

"아무래도 나이가 나이이다 보니 저도 후계자를 생각하지 않을 수가 없더군요."

"확실히 준비해야 할 시기이시긴 하죠."

"사실 많이 늦은 편이지요. 허허허."

설백이 머쓱한 표정을 지었다.

앞에 앉아 있는 벽우진만 하더라도 늦은 편인데 자신은 그보다 훨씬 더 나이가 많았다. 그렇기에 설백이 멋쩍게 웃었다.

"저는 적당하다고 생각이 듭니다. 가장 좋은 때는 마음을 먹었을 때이니까요. 그렇다고 대호법께서 건강이 안 좋으신 것도 아니고."

"좋았었는데, 점점 나빠지는 것 같습니다. 세월을 못 속이는 것 같기도 하고."

"혹시 저 때문입니까?"

묘하게 돌려 말하는 것 같은 설백의 모습에 벽우진이 장난기 가득한 표정을 짓고서 말했다.

그런데 설백도 만만치 않았다. 설백은 대답을 아끼며 의미심장한 미소만 지어 보였다.

"뭐, 아니라고 할 수가 없긴 하지만요."

"그런 뜻이 아닙니다. 오히려 장문인께는 감사하고 있습니다. 만약 장문인께서 저를 찾아오지 않았다면 지금처럼 어울려 지내는 삶의 재미를 느끼지 못했을 테니까요. 어쩌면 지금의 경지도 이루지 못했겠지요. 제자를 구하겠다는 생각도 하지 못한 채, 조금의 여유도 없이 공부에 매진했을 겁니다. 그리고……."

설백이 잠시 말을 끊었다.

가정이기는 하지만 만약 벽우진이 나타나지 않았다면, 종주라는 신분을 드러내지 않았다면 그는 혼자서 외롭게 죽었을 터였다. 뚫리지도 않을 벽을 노려보면서 말이다.

"홀로 죽었겠지요."

"그건 가정일 뿐입니다. 현실이 아닌. 또한 하등 필요 없는 상상이라고 생각합니다."

"장문인은 늘 강인하신 것 같습니다. 특히 정신적으로요."

"기괴한 공간에서 혼자 58년을 보내면 자연적으로 얻게 됩니다."

"그건 좀 피하고 싶습니다. 제 나이에 58년이면, 어후."

설백이 고개를 저었다. 상상만 해도 끔찍했다. 지금이 아니라 젊었을 때라고 해도 자신이 없었다.

"이번에 마음에 드는 아이를 찾으시면 양보하겠습니다."

"제일 우수한 아이더라도 말입니까?"

"물론이지요. 저 때문에 수행 중에 속세로 나오셨으니 그 정도는 당연하다고 생각합니다."

"기준이 달라서는 아니겠지요?"

"크흠!"

벽우진이 헛기침을 했다. 무언의 긍정이었다.

사실 벽우진에게 있어 재능은 크게 중요하지 않았다. 무재가 뛰어나면 좋기는 했지만 딱 그 정도였다.

"그럼 감사히 배려를 받겠습니다."

"물론 겹친다면 결정권은 아이에게 가겠지요."

"진구가 제일 울상을 짓겠군요."

설백이 미소를 지었다. 아무래도 호법들 중에서 인상이 가장 좋지 않은 게 진구였기 때문이다.

"어쩔 수 없지요. 타고난 게 그러니."

벽우진이 어깨를 으쓱거렸다.

생긴 게 그러니 누가 어떻게 해줄 수도 없었다. 그냥 체념하고 받아들이며 살 수밖에는.

"잔인하지만 현실이니."

그리고 그 부분에서는 설백도 동의했다.

무재가 부족해서 아쉬운 것처럼 외모도 마찬가지였다. 바꾸고 싶다고 바꿀 수 있는 게 아니었다. 환골탈태를 해도 외모는 타고난 것이기에 크게 바뀌지 않았고.

"예상했던 것보다 지원자들이 많으니 마음에 드는 아이를 찾으실 수 있을 거라 생각합니다."

"그랬으면 좋겠습니다. 다른 동생들도 마찬가지겠지만, 저 역시 비인부전(非人不傳)을 원칙으로 삼고 있는지라."

"다들 그렇지 않겠습니까."

벽우진이 충분히 이해한다는 표정을 지었다.

가까운 예로 그만하더라도 인성을 매우 중요시 여겼다. 어떻게 보면 재능보다 더 말이다.

"하지만 가장 급한 건 비현의 제자겠지요?"

"정확하게는 의술입니다. 연단가가 있다면 더할 나위 없이 좋겠지만, 과욕은 좋지 않으니까요."

벽우진이 차를 후르릅 들이켰다.

욕심 같아서는 비현의 진전을 이은 제자가 곤륜파에 머물러 주었으면 싶었다.

지금 같은 시대에 비현 정도의 연단가는 찾기가 드물었다. 더구나 의술 역시 상당했기에 벽우진은 그러면 안 된다고 생각하면서도 자신도 모르게 바라고 있었다.

"비현이 정말 필요한 인재이기는 하지요."

"하지만 인연이 없다면 어쩔 수 없는 문제이지요."

"비현도 고민은 하고 있을 겁니다. 자신의 대에서 명맥이 끊어지기를 바라지는 않을 테니까요. 이번이 좋은 기회이기도 하고."

청해성을 넘어 감숙성과 사천성, 그 외의 다른 성에서도 지원자가 몰려오고 있는 상태. 그런 만큼 설백은 재능 있는 이들이 제법 많을 거라고 생각했다.

"부디 마음에 드는 아이가 있었으면 좋겠습니다. 이왕이면 많이요. 하하하."

"두 명이 적당하기는 하겠군요."

세상에 의원은 많았지만 생각보다 실력 있는 이들은 적었다. 그렇기에 벽우진은 살짝 욕심을 냈다. 제자가 두 명이라면 한 명 정도는 곤륜파에 잡아둘 수 있지 않을까 싶어서.

하지만 이것 또한 바람일 뿐이었다.

"그런데 제 바람일 뿐이라. 또 강요할 수도 없는 문제이니."

"잘 풀릴 겁니다. 지금처럼 말이지요."

"그랬으면 좋겠습니다."

벽우진이 천천히 찻잔을 들어 올렸다.

그러나 그는 고요한 찻잔 안의 차에 시선을 둘 뿐, 잔을 들었지만 마시지는 않았다.

반면에 설백은 늘 그렇듯이 담담한 얼굴로 차를 들이켰다.

이른 아침이건만 경내에는 오고 가는 사람들로 부산했다. 또한 숙소 뒷마당도 아침부터 많은 이들로 북적거리고 있었다.

나이는 어리지만 세상이 어찌 흘러가는지 모르지 않기에 아이들이 각자 익히고 있던 기본공으로 몸을 푸는 중이었다.

"그렇지! 아이고, 잘한다!"

"좀 더 힘차게! 장문인과 장로님께 잘 보여야지!"

하지만 대부분이 비몽사몽인 모습이었다. 아직 어린아이들이 대부분이었기에 부모의 닦달에 끌려 나온 것이었다.

"옳지! 그렇게만 해! 그럼 합격이야!"

"합격은 무슨. 발길질에 힘이 전혀 없는데."

"뭐야?"

물론 건전한 경쟁 구도만 있는 것은 아니었다. 괜히 치맛바람이라는 말이 있는 게 아닌 것처럼 여기저기에서 고성이 오고 갔다. 아무래도 다들 예민하다 보니 한 마디 한 마디에 흥분했다. 그 분위기에 휩쓸려 아이들도 덩달아 긴장하고 있었고.

"아침부터 난리도 아니구먼."

"이럴 거라 예상하지 않으셨습니까?"

"그렇긴 한데 둘째 날부터 이럴 줄은."

"큰 사고 없이 무사히 지나가길 기원해야지요."

지원자들을 관리, 감독하기 위해 아침 일찍부터 나온 유한열이 앓는 소리를 해댔다. 잠을 더 자고 싶어도 여기저기에서 떠들어대니 더 잘 수가 없었다. 게다가 비호표국의 국주이기에 솔선수범하는 모습을 보여야 하기도 했고. 오랜만에 곤륜산까지 왔는데 못난 모습을 보일 수는 없었으니까.

"아이고, 오랜만입니다, 국주님!"

"어? 가주님 아니십니까?"

"그간 강녕하셨는지요?"

청해성에 몇 안 되는 권문세가이자 지금도 부친이 관직에 있는 송덕화가 다가오자 유한열이 깜짝 놀라며 마주 인사했다.

평범한 옷차림이지만 적어도 청해성에서는 능히 거물로 꼽힐 수 있는 인물이 송덕화였다. 한데 그런 이가 여기에 와 있는 모습에 유한열은 정말 놀란 표정을 지었다.

"저야 늘 잘 지내지요. 그런데 송 가주님께서 이곳에는 어쩐 일이십니까? 댁에서 여기까지는 거리가 상당한데."

송덕화의 가문은 청해성의 성도인 서녕에 있었다. 곤륜산과는 거의 끝과 끝에 있었기에 유한열이 놀라 물었다.

"둘째 아들이 무인이 되겠다며 하도 떼를 써서 말이지요. 제가 보기에도 공부에는 영 소질이 없기도 하고요."

"처음 뵙겠습니다. 송찬승입니다."

"……몇 살입니까?"

"열두 살입니다. 허허허. 애가 좀 많이 크지요?"

"확실히 공부할 체격은 아니네요."

장사라는 말이 절로 떠오를 정도로 우람한 송찬승의 모습에 유한열이 자기도 모르게 고개를 주억거렸다. 공부에 소질이 없다는, 무공에 관심이 있다는 말이 단박에 이해가 되었던 것이다.

그리고 그건 같이 서 있던 정휴도 마찬가지인 듯 눈을 빛내고 있었다.

"그렇지요? 허허허."

"잘 부탁드립니다!"

송찬승이 우렁차게 소리쳤다.

하지만 유한열은 고개를 저었다. 그에게는 심사할 수 있는 권한이 없어서였다.

"나에게 그렇게 말해도 소용없다. 결정권은 장문인과 장로님 그리고 호법님들만 가지고 계시거든."

"그래도 한마디 정도는 하실 수 있지 않으십니까?"

"그렇기는 한데 아마 큰 영향은 없을 겁니다."

"허어."

송덕화가 아쉬운 표정을 지었다. 아는 얼굴을 만났기에 조금이라도 도움을 받나 싶었는데 그게 아닌 것 같아서였다.

하지만 강하게 부탁할 수가 없는 게 적어도 청해성에서는 벽우진의 성격이 너무나 자세히 알려져 있었다.

"당장 저만 하더라도 심사가 어떻게 진행될지 모르는 상황이라서요."

"국주께서도 말입니까?"

"예, 아시겠지만 장문인이 곧 곤륜파나 마찬가지니까요."

가히 절대 권력을 가진 것이나 마찬가지였지만 누구 하나 그 부분에 대해서 말을 딴죽을 걸 수 없었다. 몰락한 곤륜파를 지금의 위치까지 끌어올린 게 바로 벽우진이었으니까.

"이제 슬슬 이동하시죠."

"시간이 벌써 그렇게 됐군."

"전 다른 무리를 데리고 가겠습니다."

대화가 길어지자 정휴가 적당히 끊었다.

이대로 가다가는 정해진 시간에 늦어질 것 같았기에, 정휴가 서둘러 숙소 뒤쪽으로 향했다.

"우리도 가시죠."

"나도 참관할 수 있는 겁니까?"

"예, 다만 조용히 지켜보셔야 합니다. 참견하시거나 간섭하시면 안 됩니다."

"당연히 그래야지요."

송덕화에게 주의 사항을 주지시킨 유한열은 송찬승에 이어

주변에 있던 아이들을 모아서 대연무장으로 이끌었다. 그곳에서 오늘의 심사가 있을 예정이었다.

"어후."

"저들이 다 제 경쟁자란 말이죠."

사람들로 바글바글한 대연무장의 모습에 송덕화가 고개를 저었다. 그와 마찬가지로 아이들의 부모들로 보이는 이들이 콩나물시루처럼 모여 있는 광경을 보자 벌써부터 기가 질렸던 것이다.

반면에 건장한 신체를 가진 송찬승은 눈을 빛냈다. 그는 몇백 명은 되어 보이는 경쟁자들의 모습에 기가 죽기는커녕 오히려 호승심을 불태웠다.

"어마어마하네."

"지원자들은 연무장으로 모여주십시오! 보호자 분들은 저쪽에 선을 쳐놓은 곳으로 이동해 주시면 감사하겠습니다!"

송덕화가 짧은 감상평을 내놓을 때 쩌렁쩌렁한 목소리가 대연무장에 울려 퍼지며, 지원자와 보호자들을 분류하기 시작했다.

"소자 다녀오겠습니다, 아버지."

"그래, 이왕 하는 거 후회를 남기지 말고 최선을 다하고 오너라."

"예."

"탈락하더라도 너무 아쉬워하지 말고."

"꼭 본산제자가 되도록 하겠습니다!"

저잣거리 저리 가라 할 정도로 시끄러운 장내였지만 송찬승의 목소리는 그 소음조차도 갈랐다. 그 우렁찬 기백에 상대적으로 왜소한 체격의, 전형적인 문사와도 같은 송덕화가 피식 웃으며 보호자들이 모여 있는 곳으로 발걸음을 옮겼다.

"본산제자라. 꿈이 크네."

"멍청한 애 아냐? 오늘은 속가제자를 뽑는 날인데."

"내 말이."

평범한 장삼을 입어서 그런지 엄마들로 보이는 여인들이 그를 보며 쑥덕거렸다.

하지만 송덕화는 그런 말들에 반응하지 않았다. 이런 말들에 일일이 반응할 정도로 그는 한가하지 않았다.

그리고 중요한 것은 결과였다.

'속가제자를 모집한다고 해서 꼭 속가제자만 뽑는다는 법은 없으니.'

위치가 위치인 만큼 송덕화는 곤륜파 내부의 사정에 대해서 어느 정도는 알고 있었다. 장문인인 벽우진에게 여덟 명의 제자가 있고 장로인 청민에게는 단 한 명의 제자가 있다는 사실을 말이다. 만약 둘째가 청민의 눈에 든다면 속가제자가 아닌 본산제자가 될 수도 있었다.

'곤륜파는 본산제자라고 해서 결혼을 하지 못하는 것도 아니니.'

송찬승은 둘째이기에 꼭 대를 이어야 하는 것은 아니었다. 하지만 그는 이왕이면 둘째 아들도 장가를 갔으면 싶었다.

자고로 남자는 가정을 이루어야 진짜 남자가 된다고 생각해서였다. 더불어 손주들도 많이 낳아주고 말이다.

"장문인이시다!"

"패선! 패선!"

"우아아아!"

이제 열두 살에 불과한 송찬승이 가정을 이루고 자식을 낳는 상상까지 하던 송덕화가 퍼뜩 정신을 차렸다. 우레와 같은 함성에 망상에서 빠져나온 것이었다.

"진짜 젊어 보이네."

두 명을 데리고서 대연무장으로 걸어오는 벽우진을 본 송덕화가 눈을 반짝였다.

장문인은 소문대로 진짜 약관 남짓으로 보였다. 알려진 나이는 일흔다섯 살이라고 했는데 말이다.

"근데 여자는 누구지?"

똑같이 낡은 도복을 입고 있는 노인은 물어보지 않아도 장로인 청민임을 알아볼 수 있었다. 그런데 묘령의 소녀가 벽우진과 함께 있자 송덕화는 고개를 갸웃거렸다.

소녀의 미모가 대단하긴 하지만 청해일미라 불리는 서예지는 아니었고, 곤륜파의 도복도 입고 있지 않았다.

"옆에 여자는 누구야?"

"글쎄. 청하상단의 서예지는 아닌 거 같은데."

"서예지도 속가제자라고 하지 않았어?"

"그렇기는 한데 마지막까지 곤륜파와의 신의를 지킨 공을 인정받아 본산제자들과 똑같은 대우를 받는다고 하더라고. 속가제자지만 장로인 조부도 있고.”

자신처럼 묘령의 여자가 궁금한 모양인지 학부모로 보이는 이들이 소곤거렸다. 그래 봤자 옆에 있는 그에게는 다 들렸지만 말이다.

“저기 호법님들도 나오신다!”

“우와! 선풍도골이라는 말이 절로 나오네.”

“산적 같은 분도 한 분 계시고 말이야.”

“그분이 바로 태산권이셔, 이 사람아!”

벽우진에 이어 호법들까지 모습을 보이자 주변이 한층 더 소란스러워졌다.

하지만 송덕화의 시선은 시종일관 벽우진에게 향해 있었다. 그에게서 묘한 분위기가 느껴졌기 때문이었다. 일가를 이룬 이들만이 가진 존재감이랄까.

“일대종사 느낌이로군.”

보는 이를 압도하는 묘한 존재감을 가진 벽우진의 모습에 송덕화는 고개를 주억거렸다. 확실히 대단한 인물임은 분명해 보였다.

“잘해야 할 텐데…….”

벽우진을 일별한 송덕화가 이번에는 둘째 아들을 쳐다봤다. 여전히 호승심을 불태우는 송찬승을 말이다.

"바글바글하네."

"예상하셨잖아요."

"조사는?"

한편 청민, 설아린과 함께 대연무장에 도착한 벽우진은 미간을 좁혔다.

열 살이 채 안 되어 보이는 아이들부터 시작해서 불혹이 아닐까 의심이 되는 남자들까지 모두 대연무장에 모여 있었다. 나름 오와 열을 맞춰서 말이다. 그 숫자도 상당했다.

"다행히 시간에 맞출 수 있었어요. 그런데 제가 곁에 있어도 괜찮을까요?"

"네 신분에 대해서는 모를 거 아냐? 대외 활동은 전혀 안 했다며?"

"예, 하지만 이상하게 생각할 수도 있으니까요."

"그런 걱정은 안 해도 될 것 같은데. 정 궁금하면 네 신상에 대해서 파보겠지."

"너무 무신경하신 거 아니에요?"

설아린이 실소를 흘리며 물었다. 신경을 안 쓰다 못해 아예 관심이 없는 것 같아서였다.

"네가 알아서 잘 처신할 거라고 생각하니까. 내가 너무 과대평가한 건가?"

"아니에요. 그 정도 능력은 충분히 있어요. 저희 역시 손해는 아니고요."

"걸러야 할 애들은?"
"전음으로 말씀드릴게요."
설아린이 차갑게 눈을 빛냈다.
하오문의 역량으로 세작이 아닐까 의심되는 이들을 모두 다 알아냈다. 향후 곤륜파에 있어 암적인 존재가 될 수도 있었기에 설아린은 벽우진을 따라 이동하면서 가짜 신분으로 서류를 제출한 이들을 전음으로 전달했다.
"일단 알았다. 청범아."
"예, 사형!"
빠르게 읊어주는 설아린에게 대충 대답한 벽우진이 청범을 불렀다. 그러자 청하상단의 인원들과 함께 대연무장 주변을 둘러보던 청범이 빠르게 달려왔다.
청범은 화려하고 우아한 곤륜파의 경신술을 선보이며 벽우진의 앞에 내려섰다.
"다 모은 거야?"
"예, 어제 도착한 인원 전부입니다."
"얼마나 돼?"
"329명입니다."
"많네."
미리 준비하고 있었다는 듯이 대답하는 청범을 보며 벽우진이 고개를 저었다. 예상했던 것보다 더한 인원이 모여서였다.
그런데 중요한 것은 이게 전부가 아니라는 점이었다. 속가제자 모집은 앞으로 6일이나 더 남아 있었다.

"보호자들까지 합치면 더 됩니다."

"그래 보여."

"근데 심사는 어떤 방식으로 진행하실 생각이십니까? 이것 때문에 아이들도 많이 힘들어하고 있습니다."

서진후가 조심스럽게 물었다. 여기저기에서 문의하는 이들은 수두룩한데 정작 알려진 것은 하나도 없어서였다. 분명히 벽우진이 따로 생각해 둔 게 있을 텐데 말이다.

"간단해. 달리기야."

"예?"

앞에 서 있던 서진후는 물론이고 청민과 설아린도 놀랐다. 평범하지 않을 거라 예상을 하기는 했지만 이렇게 단순할 줄은 몰라서였다.

"내가 왜 괜히 대연무장에 지원자들을 모았겠어? 다 공간을 쓰려고 장소를 여기로 정한 거지."

"진짜 달리기로 심사를 보실 생각이십니까?"

"응, 그게 가장 평등할 것 같아서. 꼭 몇 바퀴를 돌아야 하는 규칙은 없어. 그냥 자기가 뛸 수 있는 만큼 뛰면 된다고 전해."

"어……."

서진후가 머뭇거렸다. 정말 이래도 되나 싶었던 것이다.

하지만 벽우진은 단호했다.

"내 방식이 싫으면 가라고 해. 절이 싫으면 중이 떠나야지."

"알겠습니다. 바로 전파하겠습니다."

"청민도."

"예."

두 사람이 발 빠르게 흩어졌다. 벽우진의 뜻을 안내자 겸 도우미 역할을 맡고 있는 이들에게 전달하기 위해서였다.

이윽고 오열에 맞춰 서 있던 지원자들의 얼굴에 하나같이 어리둥절한 기색이 떠올랐다. 무섭게 명성을 떨치고 있는 곤륜파이니만큼 무언가 색다르고 신선한 방법으로 선별할 줄 알았는데, 흔하디흔한 달리기로 심사를 보겠다고 하자 다들 어안이 벙벙한 표정을 지은 것이다.

"사부님답네요."

"그러게."

"'요' 자를 붙여야지. '그러게요'라고."

"진짜 그렇게 나에게서 따박따박 존대를 받아야겠어?"

은근슬쩍 서예지의 곁에 다가와 있던 양일우가 인상을 썼다. 평소에는 의젓하고 점잖은 양일우이지만 동갑내기라서 그런지 이상하게도 서예지하고는 늘 티격태격했다.

"당연하지. 내가 먼저 들어왔으니까."

"대제자는 난데?"

"인연은 내가 더 깊어."

"끄응!"

매번 이런 식의 대꾸에 양일우는 할 말이 없어졌다.

서예지는 속가제자이지만 신분은 본산제자와 다를 바가 없었다. 이름뿐이기는 하지만 조부가 장로이기도 했고.

"그러니 윗사람에게 예의를 지키도록 해."

"에휴."

"대답 안 하니?"

"니예."

"뭐라는 거야?"

서예지가 쌍심지를 켰다.

하지만 양일우도 만만치 않았다. 그는 자연스럽게 그녀에게서 멀어졌다.

"진짜 달리기라고?"

"그냥 뛰기만 하면 되나?"

"힘들면 멈춰도 된다는데?"

하룻밤을 보내서 그런지 친해진 이들끼리 삼삼오오 모여 있던 아이들이 중얼거렸다. 그러나 우왕좌왕하는 아이들에게 조언을 해줄 부모님이나 보호자는 없었다. 오롯이 스스로 결정해야 하는 상황.

반면에 달리기라는 말에 오히려 긴장을 푸는 이들도 있었다.

"달리기라면 자신 있지. 체력 관리는 일을 하면서도 늘 해왔으니까."

갈피를 못 잡는 아이들과 달리 장하삼은 익숙하게 몸을 풀었다.

달리기는 그가 평소에도 자주 하던 운동이었다. 체중 관리에도 정말 좋았고, 가끔 울분이 쌓이면 자주 뛰기도 했었기에 장하삼은 자신 있었다.

"아저씨."

"왜?"

"아저씨도 참가하시는 거예요?"

작은 체구들 사이에서 홀로 우뚝 솟아 있는 장하삼에게로 아이 한 명이 다가와 당돌하게 말을 걸었다. 다른 아이들과 키는 비슷한데 체격은 거의 두 배 가까이 되는 꼬마 같지 않은 꼬마의 모습에 장하삼이 피식 웃었다.

"아저씨는 지원하면 안 되냐?"

"그건 아닌데 신기해서요. 저희 아버지하고도 나이 차이가 별로 나지 않는 것 같거든요."

"그럴지도 모르지."

장하삼이 어깨를 으쓱거렸다. 만약에 그가 일찍 혼례를 올렸다면 눈앞의 꼬마만 한 아들이 있었을 터였다.

"혹시 장가 아직 안 가신 거예요?"

"그러니까 여기에 왔겠지?"

"우와."

"그 반응은 뭐야. 놀랍다는 거야, 아니면 이상하다는 거야?"

"둘 다요."

꼬마가 히죽 웃으며 거의 아빠뻘인 장하삼을 아무렇지 않게 대했다. 주변에 있는 아이들은 한 발짝씩 떨어져서 훔쳐보기 바쁜데 말이다.

"이름이 뭐냐?"

"찬승이요, 송찬승."

"넉살은 좋구나."

"제가 또 성격이 좋죠. 그리고 아저씨를 보는 순간 느낌이 딱 왔어요!"

"무슨 느낌?"

장하삼이 피식 웃었다. 꼬마가 보통 넉살이 아닌 것 같아서였다. 더구나 자신은 인상도 그리 좋은 편이 아닌데 말이다.

그 사실을 증명하듯 주변에 있는 아이들 부모들이 경계 어린 눈빛으로 그를 노려보고 있었다. 혹시라도 그 때문에 자신의 아이가 탈락할까 봐 걱정하는 것이었다.

"아저씨에게 근성이 있을 것 같은 느낌? 아니, 자신감?"

"오늘 처음 본 주제에. 나이도 어린 게 못 하는 말이 없구나."

"흐흐흐흐!"

"심하게 능글맞기도 하고."

어린아이의 웃음소리와는 심하게 거리가 먼 모습에 장하삼은 헛웃음이 절로 나왔다. 그런데 신기한 것은 밉지가 않다는 것이었다.

"제가 좀 정신 연령이 높기는 하죠."

"그게 아니라 얼굴이 두꺼운 거 같은데."

"그래도 예의는 압니다. 엄한 가정에서 자랐거든요."

송찬승이 언제 히죽거렸냐는 듯이 공손히 허리를 숙였다.

근데 그 자세가 확실히 남달랐다. 제대로 된 교육을 받은 티가 났던 것이다.

"모두 준비해 주십시오!"

"시, 시작한다."

"으으. 나 떨려."

송찬승과 수다를 떠는 사이 어느새 시작이 코앞에 다가왔다.

곳곳에서 비호표국의 표사들과 쟁자수들이 준비하라고 소리치는 것을 들은 송찬승도 황급히 몸을 풀었다.

"읏차! 읏차!"

"이미 늦은 거 같은데?"

"늦었다고 생각했을 때가 가장 최적의 시기라는 격언도 있지요."

"그게 늦은 거야."

뒤늦게 몸을 푸는 송찬승을 일별하며 장하삼이 대연무장 한쪽에 마련된 작은 단상을 쳐다봤다. 정확하게는 그 위에 위풍당당하게 서 있는 벽우진을.

"천하고수."

"멋있죠? 저도 꼭 장문인과 같은 절대고수가 될 거예요. 천하를 쩌렁쩌렁하게 울리는."

"나도 그렇게 되고 싶다. 난 호호 할아버지가 되더라도 괜찮은데."

장하삼이 진심을 다해 말했다. 젊은 나이에 벽우진 정도 되는 고수가 된다면 더할 나위 없이 좋겠지만, 현실적으로 그건 무리였다.

벽우진도 겉모습만 약관으로 보이는 것이지 실제 나이는 일흔이 넘었다. 그렇기에 장하삼은 백발의 노인이 되더라도 벽우진만큼 강해지고 싶었다.

"따로 정해진 규칙은 없습니다. 뛸 수 있는 만큼 뛰시면 됩니다!"

"그럼 시작하겠습니다!"

삐이이익!

시작을 알리는 호각 소리에 지원자들이 일제히 한쪽 방향으로 뛰기 시작했다. 따로 조를 나누지 않았기에 그냥 단순하게 뛰었던 것이다.

개중에는 벽우진의 시선을 받을 요량인지 초반부터 전력 질주를 하는 이들도 있었다. 어떻게든 눈도장을 받으려는 것이었다.

파바바밧!

등수를 정하는 시험이 아님에도 마치 1등을 하겠다는 듯이 전력 질주를 하는 이들이 속출했다. 한두 명이 시작하자 다른 이들도 따라 하듯이 전력 질주를 했기 때문이다.

하지만 그들은 몰랐다. 벽우진의 시선이 한 번 스치고 지나갔다는 사실을 말이다.

"도대체 왜 이런 방식으로 시험을 보는 걸까요?"

"고수의 깊은 뜻을 우리가 어떻게 알겠어? 까라면 까는 거지."

"의외로 단순하시네요. 고민을 잘 하지 않는 성격이신가 봐요."

"……넌 안 뛰냐?"

"저렇게 뛰는 게 정답이 아닌 것 같아서요. 보세요, 장문인은 쳐다보지도 않잖아요. 저렇게 열심히 추월하고 있는데."

장하삼이 의외라는 표정을 지었다. 역시 보통이 아닌 것 같았다. 나이에 어울리지 않게 영악하기도 했고.

"그걸 또 용케 봤네."

"오늘의 심사는 저에게 있어 아주 중요하거든요. 제 인생이 걸려 있는. 그리고 얼마나 뛰라고도 말 안 했지만 빠르게 뛰라는 말도 안 했으니까요. 그러니 일단은 체력 조절하면서 계속 뛰어봐야죠."

"좋은 선택이야."

"아저씨는 괜찮겠어요?"

송찬승이 나름 걱정 어린 표정을 지었다. 아무래도 나이가 나이인 만큼 우려가 되지 않을 수가 없어서였다.

"네 앞가림이나 신경 쓰렴. 난 체력만큼은 누구에게도 지지 않을 자신이 있으니까."

"그래요?"

"응."

"그럼 승부하죠. 누가 더 오래 뛰나!"

파바바밧!

말이 끝나기 무섭게 송찬승이 치고 나갔다.

하지만 장하삼은 속도를 올리지 않았다. 치기 어린 승부에 자신의 미래를 걸고 싶지 않아서였다.

몇 바퀴를 뛰어야 하는지 정해져 있지 않았기에 장하삼은 최대한 오래, 많이 뛸 생각이었다.

'어쩌면 진짜 체력 시험일지도 모르니까.'

지금이 그의 인생에 있어 마지막 기회일지도 몰랐다. 그렇기에 장하삼은 섣부른 결정을 할 생각이 없었다.

'내가 할 수 있는 만큼만 하자. 욕심부리지 말고. 지금의 내가 할 수 있는 정도로만. 후욱!'

깊은 심호흡과 함께 장하삼의 두 눈이 번쩍거렸다. 하품을 하면서 억지로 달리고 있는 몇몇 아이들과는 전혀 다른 눈빛이었다.

'대체 무슨 생각이시지?'

설아린은 뒷짐을 진 채로 서 있는 벽우진을 흘깃거렸다. 도무지 의중이 무엇인지 알 수가 없어서였다.

가장 먼저 드는 생각은 체력 심사였는데 그게 과연 중요할까 싶었다. 본산제자도 아니고 후원금만 어느 정도 지불하면 될 수 있는 게 속가제자였으니 말이다.

'물론 그럴 생각이 없다는 것은 알지만.'

제자에 대한 욕심이 상당하다는 건 그녀도 알고 있었다. 아무래도 현재 곤륜파의 가장 큰 약점이자 단점이 바로 인원이었기 때문이다.

청하상단과 비호표국의 규모가 커지면서 곤륜파의 지지기반 역시 크고 탄탄해지는 중이었지만 아직 다른 구파일방과는 비교할 수 없는 수준이었다. 그래서 이번처럼 속가제자 모집을 대규모로 하는 것이고.

'달리기만으로 알 수 있나? 진짜?'

그간 보아온 벽우진을 생각하면 심사는 진짜 이것이 전부일 가능성이 컸다. 따로 들은 언질도 없었고.

그렇기에 설아린은 얼굴 가득 당혹스러운 표정을 지었다. 체력적인 부분을 안 보는 곳은 없지만, 오로지 체력 시험만 보는 곳도 없어서였다.

"많이 궁금한 모양이군."

"솔직하게 말씀드리면요. 저로서는 이해가 안 가기도 하고요."

"달리기만 시키니까?"

"예, 근데 정말 이걸로 선별이 가능할까요?"

설아린이 벽우진의 눈치를 살피며 말을 이었다. 아무래도 그녀로서는 벽우진의 심기에 신경을 쓸 수밖에 없어서였다.

"충분해. 내가 원하는 두 가지를 확인할 수 있으니까요."

"두 가지요?"

"응, 그리고 호법들의 얼굴도 봐봐. 나만 보지 말고."

벽우진의 말에 설아린이 한쪽에 나란히 서 있는 열 명의 호법들을 쳐다봤다. 하나같이 눈을 빛내며 지원자들을 주시하고 있는 그들을 말이다. 특히 평소에는 보기 힘든 비현마저도 집중하고 있는 모습에 설아린은 마른침을 삼켰다.

"호법들은 알고 계신 건가요? 장문인의 생각을."

"당연하지. 내가 막내야. 그런데 내 생각을 어찌 모를까."

"으음."

설아린이 미간을 좁혔다. 왠지 모르게 자신만 동떨어져 있는 듯한 느낌이 들어서였다.

"아, 더 이상 못 뛰겠어."

"나도 포기. 이런 걸 왜 시키는 거야?"

"그러니까. 근골만 보면 되는 거 아냐? 난 고수들이 만지작거릴 줄 알았는데."

전력 질주를 했던 아이들이 이내 지친 얼굴로 멈춰 섰다. 스스로 생각하기에 이만큼 했으면 됐다고 생각한 것이다.

그 뒤로 설렁설렁 뛰거나 건성으로 대충 뛰던 아이들도 멈췄다. 애초에 부모님이 억지로 데려온 것이었기에 하나둘 달리는 걸 포기하자 은근슬쩍 묻혀가려는 것이었다.

"대단하다고 들었는데, 별거 없네."

"그냥 산이야, 산."

"놀 것도 없을 것 같아."

"근데 저 누나들은 엄청 예쁘다. 만약 속가제자가 되면 저 누나들이랑 같이 지내는 건가?"

멈춘 아이들의 시선이 한곳으로 향했다. 바로 서예지와 심대혜가 서 있는 곳이었다. 가만히 있어도 빛이 나는 두 소녀의 모습에 남자아이들이 소곤거렸다.

"포기한 자들은 옆으로 빠져나오너라!"

"포기요?"

"그게 무슨 소리예요?"

"멈추지 않았습니까. 다른 이들에게 방해되니 가장자리로 물러나!"

심사의 진행을 맡은 비호표국 표사들의 외침에 한쪽에 모여 있던 보호자들이 소리쳤다. 바로 뛰는 걸 멈춘 아이들의 보호자들이었다.

본능적으로 무언가 잘못되어 가는 것을 느낀 보호자들이 소리쳤지만, 중년의 표사는 짧게 대답한 후 어슬렁거리고 있는 아이들을 대연무장의 가장자리로 몰았다. 열심히 뛰고 있는 지원자들에게 방해되지 않게 빠르게 조치한 것이었다.

"헉헉헉!"

"으아아아!"

329명이던 인원은 빠르게 줄어들었다.

조금 뛰다가 포기한 애들도 있었고, 자기 나름대로 열심히 뛰었지만 끝내 체력이 받쳐주지 않아 쓰러진 애들도 있었다.

하지만 중요한 건 지금 뛰고 있는 누구도 대충 뛰지 않는다는 사실이었다.

"호오."

벽우진의 시선이 몇몇 아이들에게 머물렀다.

그는 금방이라도 쓰러질 것 같으면서도 악착같이 한 발이라도 더 뛰려고 하는 아이들을 쳐다봤다. 그리고 뛰는 건지, 걷는 것인지 구분되지 않지만 그래도 앞만 보고 움직이는 애들을 보며 고개를 주억거렸다.

"혹시 근성을 보시는 건가요?"

"그것도 포함되지. 가장 중요한 건 그게 아니지만."

"두 가지를 보신다고 하셨는데, 그 두 가지가 무엇인지요?"

"하나는 네가 말한 대로 근성이다. 끈기 혹은 집념이라고 해도 무방하고. 다른 하나는 바로 한계다. 스스로의 한계를 뛰어넘을 수 있느냐, 없느냐를 지켜보는 중이지."

"아!"

설아린은 그제야 벽우진이 왜 달리기를 택했는지, 정해진 규칙이 없는지 이해했다. 애초에 한계는 개개인마다 다를 수밖에 없기에 딱 잘라 정하지 않은 것이었다.

"진짜 무골이 뛰어나다면야 이런 식의 시험은 큰 의미가 없지. 그런데 천재라고 불릴 만한 무재를 가진 애들은 드물어. 괜히 하늘이 내린 재능이라고 불리는 게 아니니까. 그렇다면 하수와 중수, 고수는 어떻게 나뉘는 걸까?"

"의지력, 정신력의 차이인가요."

"단기적으로 보면 재능의 영향이 압도적일 수밖에 없어. 시작점 자체가 다르니까. 하지만 장기적으로 보면 어떻게 될까. 둔재라도 꾸준히, 오랫동안 노력을 하면 천재를 따라잡을 수 있지 않을까?"

"그럴 것 같아요."

"그 예로 나이가 있고. 아무튼, 요는 자신의 한계를 직접 마주하고 뛰어넘을 수 있느냐, 없느냐인 거지."

털썩!

여기저기에서 엎어지는 이들이 속출했다. 끝내 방전되어

쓰러지는 것이었다.

하지만 쓰러졌음에도 다시 일어나서 움직이는 이들이 있었다.

“흐으읍!”

장하삼이 바로 그중 한 명이었다.

적당한 속도로 달리던 그도 결국에는 한계를 맞이했다. 하지만 그는 포기하지 않았다. 한걸음이라도 더 뛰기 위해 이를 악물었다.

“저도 안 져요!”

“으읍!”

그리고 그 옆에는 언제 다가왔는지 송찬승이 있었다.

애티가 남아 있는 동그란 얼굴이 시뻘겋게 달아올라 있었지만 송찬승은 포기하지 않았다. 나이 많은 아저씨도 뛰는데 자신이 먼저 쓰러질 수는 없다고 생각해서였다.

반면에 장하삼은 대답할 기력도 없었기에 이를 악물고서 양다리를 움직였다.

쿠웅!

하지만 딱 거기까지였다. 나이에 비해 체력이 좋은 것이었지 다른 아이들에 비해 엄청난 수준은 아니었다.

더구나 나이는 어려도 명문가 출신들은 기본적으로 나름의 운기토납법을 익힌 상태였다. 즉 수준은 낮아도 어느 정도는 공력을 쌓았고, 그걸 다룰 수 있는 상태였기에 장하삼으로서는 그 격차를 좁힐 수 없었다.

"후읍!"

그러나 장하삼은 포기하지 않았다.

두 다리가 후들거리고 좀처럼 힘이 들어가지 않았지만 장하삼은 쓰러지지 않았다. 비록 주저앉았을지언정, 두 무릎을 꿇을지언정 엎어지지는 않았다. 두 무릎과 양손으로 몸이 쓰러지는 걸 가까스로 막았던 것이다.

부르르르!

그리고 잠시 동안이지만 힘을 회복한 후에 서서히 몸을 일으켰다.

언제까지, 얼마만큼 뛰어야 하는지는 몰랐다. 하지만 한 가지는 확실하게 알고 있었다. 어떻게든 뛰어야 한다는 사실을 말이다.

'한 줌의 미련도 남지 않게.'

이미 지칠 대로 지친 상태였기에 장하삼은 다른 생각을 전혀 할 수 있었다. 한 가지만 떠올리는 것만으로도 버거운 상태였기에 창백한 안색으로 몸을 천천히 일으켰다.

"으으, 아저씨. 어떻게 일어난 거예요?"

"흐으으!"

어느새 한 바퀴를 더 돈 송찬승이 다가와 물었지만 장하삼은 대답하지 않았다. 아니, 듣지 못했다. 아무 생각도 할 수 없는, 본능적으로 움직이는 상태였기에 송찬승의 말이 들리지 않았다.

"……대단하다."

그 모습에 송찬승은 자기도 모르게 감탄했다. 악바리 근성이라는 말이 절로 떠올랐다.

그리고 그게 송찬승의 자존심을 건드렸다. 나이 많은 아저씨도 저렇게 끈질기게 버티는데 한참 어린 자신이 먼저 쓰러지는 건 말도 안 되는 일이라고 생각한 것이다.

"그만 포기하지."

"어차피 안 될 텐데."

"보아하니 운기토납법도 익히지 못한 모양인데."

"방해되는데 왜 안 치우는 거야?"

내공심법 혹은 운기토납법을 익힌 아이들이 두 사람을 스쳐 지나가며 투덜거렸다. 남들에게야 대단해 보이고 안쓰러워 보일 테지만 그들에게는 장애물이 지나지 않았다.

그러나 그들은 몰랐다. 지나가면서 툭 내뱉는 그 말을 벽우진은 물론이고 장로들과 호법들이 듣고 있다는 사실을 말이다.

"잘한다!"

"역시 우리 아들!"

"이대로 쭉 달려! 1등 하자!"

시간이 흘러 이제 뛰고 있는 아이들은 적게나마 공력을 쌓은 이들뿐이었다. 비록 조금일지라도 공력의 유무가 엄청난 차이를 만들었다.

그러나 이상하게도 여유롭게 뛰고 있는 아이들에게 관심을 보이는 이는 아무도 없었다. 뛰고 있는 아이의 보호자들만 신나서 떠들었다.

"더 볼 필요 없겠군."

"지금 바로 선별하실 생각이십니까?"

"누구를 골라야 하는지 알고 있지?"

"물론입니다."

시험이 시작되자마자 자연스럽게 벽우진의 주변으로 다가온 청민과 서진후가 고개를 주억거렸다.

아까 설아린에게 설명해 주었을 때 둘도 같이 있었기에 어떤 기준으로 합격자와 탈락자를 구분해야 하는지 알고 있어서였다.

"아, 그전에 호법님들께 한번 여쭤봐. 마음에 드는 아이가 있나. 내가 우선권을 드린다고 약속했거든."

"안 그래도 이쪽으로 오시네요."

"응?"

청민의 말에 벽우진의 고개가 돌아갔다. 그러자 그를 향해 똑바로 걸어오는 세 사람의 모습이 눈에 들어왔다. 바로 설백과 비현 그리고 파풍이었다.

"장문인."

"예, 대호법."

"어제 장문인께서 말씀하신 우선권 말입니다."

"사용하시게요?"

벽우진이 눈을 빛냈다.

그는 개인적으로 설백을 비롯한 호법들이 제자들을 들였으면 하는 바람이 있었다.

어떻게 보면 곤륜파의 장문인으로서 인재를 빼앗기는 것이나 마찬가지였지만 그럼에도 벽우진은 호법들이 제자를 거두었으면 했다. 속세로 끌어들인 만큼 작게나마 보답을 하고 싶어서였다.

"장문인께서 허락을 해주신다면 사용하고 싶습니다."

"두 분도요?"

"예."

벽우진의 시선이 파풍과 비현에게로 향했다. 특히 비현의 등장에 벽우진은 그 어느 때보다 눈을 반짝였다.

"저는 괜찮습니다. 다른 분도 아니고 세 분께서 마음에 드는 아이를 발견하셨다는데 제가 어찌 안 된다고 하겠습니까."

"감사합니다, 장문인."

"부디 잘 되었으면 좋겠습니다."

벽우진이 진심을 담아 말했다.

물론 가장 오랜 시간 바라보는 이는 비현이었다.

다른 호법들도 현재의 곤륜파에게 꼭 필요한 인재들이었지만 비현과는 감히 비교할 수 없었다. 때문에 벽우진은 비현이 마음에 드는 아이를 찾았다는 게 가장 기꺼웠다.

저벅저벅.

세 사람이 각자 흩어지는 것을 보며 벽우진도 단상에서 내려왔다. 사제들이 알아서 잘 선별하겠지만 몇 명 정도는 그가 직접 합격 사실을 알려주고 싶어서였다.

··· 제4장 ···

내가 결정한다

"허억! 허억!"

"아저씨 괜찮아요? 아직도 말 못 할 정도예요?"

"마, 말 걸지 마. 혀도 지쳤으니까."

"에이. 그 무슨 말도 안 되는 소리예요. 혀가 한 게 뭐가 있다고."

대(大)자로 벌러덩 누워서 창창한 하늘을 올려다보고 있던 송찬승이 어이없다는 표정을 지었다.

하지만 장하삼은 당당했다.

"숨 쉴 때 혀는 가만히 있냐? 그리고 혀도 몸의 일부야. 지친 걸 다 공유한다고."

"니예, 니예. 근데 역시 나이가 많아서 그런가. 아저씨는 회복도 느린 거 같아요."

"네가 비정상인 거야. 열두 살에 그 몸이 말이나 돼?"

"그래도 얼굴은 딱 열두 살 같지 않아요? 귀여움이 묻어 나오잖아요."

"우웩!"

장하삼이 토악질을 했다. 그런데 그 시기가 참으로 애매했다. 하필이면 송찬승이 귀여운 표정을 지을 때 구토를 했던 것이다.

"……이왕이면 말로 하죠. 토가 뭡니까, 토가."

"내가 일부러 그런 게 아냐. 진짜 갑자기 올라왔다고."

"으히."

송찬승이 누운 채로 슬금슬금 물러났다. 아침에 뭘 먹은 건지 토사물에서 올라오는 냄새가 심상치 않아서였다.

"어우. 미안하다. 빈속인데 이상하게 많네. 어제 먹은 게 올라온 건가."

툭.

장하삼이 부들부들 떨리는 손으로 주변의 흙을 모았다. 임시방편이지만 흙으로 토사물을 덮으려는 것이었다.

그런데 그때 한 무더기의 흙이 날아와 그의 토사물을 덮었다.

"어?"

갑자기 날아온 흙더미에 장하삼이 두 눈을 끔뻑거릴 때, 생각지도 못한 이의 등장에 깜짝 놀란 송찬승이 비명과도 같은 괴성을 질렀다.

"이름이 뭐지?"

"허업!"

그리고 그 충격은 장하삼에게도 고스란히 이어졌다. 왜냐하면, 정말 생각지도 못한 인물이 두 사람 앞에 서 있어서였다.

"내가 온 게 그렇게 놀랄 일인가?"

"저는 이해해요."

"그렇단 말이지?"

등 뒤에서 들려오는 설아린의 대답에 벽우진이 피식 웃었다.

송찬승이야 어리니까 그렇다 치더라도 장하삼은 누가 봐도 중년의 나이였다. 그런데 자신을 봤다고 놀라는 게 이해되지 않았다.

"예, 다른 사람도 아니고 장문인이시잖아요. 강북 무림의 전쟁을 끝낸 패선. 마주했는데 심장이 벌렁거리지 않으면 그게 더 이상하죠."

"뭐, 그럴지도. 근데 진짜 이름 말 안 해줄 거야?"

"자, 장하삼입니다!"

"나이는?"

"서른다섯 살입니다."

들떴던 장하삼의 얼굴이 순식간에 시무룩해졌다. 아무래도 나이 앞에서는 작아질 수밖에 없어서였다.

"왜 스스로 주눅 들어? 나이가 뭐 어때서. 설마 나이가 많다고 합격을 포기하려는 건 아니겠지?"

"예?"

"하삼이 너 합격이라고. 그거 말해주려고 왔어."

"지, 진짜 합격한 것입니까?"

장하삼이 믿을 수 없다는 표정을 지었다. 합격한 것만으로도 놀라운데 그 사실을 벽우진이 직접 말해준다는 게 믿기지가 않아서였다.

"그럼 내가 장난치려고 여기까지 왔을까."

"저, 저는요?"

여전히 믿어지지 않는다는 얼굴로 장하삼이 멍한 표정을 짓고 있을 때 두 사람 사이로 덩치 큰 꼬맹이 하나가 끼어들었다. 방금 전까지 장하삼과 대화를 나누던 송찬승이었다.

"너?"

"예! 저는 어느 쪽인가요?"

장하삼하고 대화할 때는 천양지차의 모습으로 송찬승이 물었다. 얼굴 가득 긴장한 기색으로 말이다.

"흐음."

꿀꺽!

장하삼에게 말해줄 때와는 달리 뜸을 들이는 벽우진의 모습에 송찬승이 마른침을 삼켰다.

아저씨만큼은 아니지만, 그 역시 매우 절실한 상태였다.

가문의 명성을 이용한다면 재건 중인 공동파나 사천성의 청성파의 제자가 되는 건 그리 어렵지 않을 터였다. 하지만 송찬승은 곤륜파의 제자가 되고 싶었다. 정확하게는 벽우진의 제자가. 그래서 벽우진처럼 전 중원을 떨쳐 울리는 고수가 되고 싶었다.

"호, 혹시 탈락인가요?"

송찬승이 금방이라도 울 것 같은 표정을 지었다. 바로 대답이 나오지 않는다는 건 아무래도 안 좋은 결과일 가능성이 컸다. 때문에 그의 두 눈에 물기가 어렸다.

"가까스로 합격."

"우, 우와! 아니지, 감사합니다! 정말 감사합니다!"

"합격했다고 끝이 아니야. 앞으로가 중요하지."

"열심히 하겠습니다!"

송찬승이 연신 허리를 숙였다.

방금 전까지 지쳐서 쓰러져 있었다는 게 믿기지 않을 정도로 박력 넘치는 모습에 벽우진은 물론이고 설아린도 미소를 지었다.

"허어."

한편 장하삼은 여전히 충격에서 헤어 나오지 못하고 있었다. 자신이 합격했다는 사실이 아직도 믿겨지지 않은 것이다. 그래서인지 그는 계속 손으로 자신의 볼을 꼬집었다.

"많이 놀란 모양이야?"

"솔직히 말씀드리면, 정말 기대하지 않았거든요. 어떤 문파가 서른다섯 살이나 먹은 사람을 제자로 뽑겠어요. 그렇다고 제가 후원금을 많이 낼 수 있는 처지도 아니고요."

"뭐, 그런 곳도 있다고는 들었다. 무공 장사를 하는 곳이 의외로 많다고."

"그런데 곤륜파는 아니잖습니까."

장하삼이 여전히 얼떨떨한 표정으로 말했다.

기쁘기도 하지만 사실 당혹스러운 감정이 더 컸다. 정작 그토록 바라던 속가제자가 될 수 있는 기회를 얻었는데 말이다.

"그렇지. 본 파는 그런 것들과는 격이 다르지. 암."

"그래서 좀 얼떨떨합니다."

"충분히 기뻐하도록 해. 넌 당당히 내 기준을 통과해서 합격한 것이니까."

"실례가 안 된다면 제가 합격한 이유에 대해서 들을 수 있을까요?"

장하삼이 조심스럽게 물었다.

그 말에 옆에 있던 송찬승이 귀를 쫑긋거렸다. 사실 궁금한 것은 매한가지였던 것이다.

"독기가 마음에 들었어."

"……독기요?"

"응. 사실 스스로의 한계를 마주하는 건 쉽지 않은 일이거든. 대부분은 한계가 눈에 보이면 포기하거나 주저앉게 마련인데, 너희 둘 다 그 한계를 피하지 않더라고."

"근골이나 무재를 보신 게 아니네요?"

생각지도 못한 말에 장하삼이 멍한 표정을 지었다. 그래도 혹시나 하는 기대를 남몰래 했었는데 그가 예상한 단어는 단 하나도 나오지 않았다.

"두 개도 물론 중요하지. 하지만 그게 전부는 아니야. 애초에 본산제자를 뽑으려고 한 것도 아니었고."

"아!"

"그렇다고 해서 너희 둘의 재능이 낮다는 것도 아니니까 너무 실망하지는 말고."

벽우진이 묘한 얼굴로 장하삼과 송찬승을 번갈아 쳐다봤다. 그가 보기에 둘 다 평균 이상의 재능은 충분히 가지고 있었다.

"아니, 왜 우리 아이가 탈락인 거죠!"

"대체 무슨 기준으로 선별하는 겁니까!"

한데 그때 멀리서 흥분한 기색이 다분한 고성이 들려왔다. 학부모들이 자신의 아이가 탈락했다는 결과에 수긍하지 않고 표사들에게 따지기 시작한 것이다.

"시작되었네요."

"뭐, 예상했던 바지."

설아린이 고개를 저었다.

처음 속가제자 공고를 알릴 때부터 그녀는 이런 상황을 내심 짐작했었다. 어떤 기준을 정하더라도 저렇게 따지고 보는 이들이 분명히 있을 거라고 생각해서였다.

"명확한 기준을 말해줘요! 왜 우리 아이가 떨어진 건지!"

"말씀드렸지 않습니까. 장문인께서 정한 기준에 부합되지 않았다고요."

"당신 말고 다른 사람 데려와요! 곤륜파의 장로님이나 호법님이요!"

비호표국의 표사가 난감한 표정을 지었다. 국주나 대표두와 달리 그는 곤륜파의 속가제자가 아니었기 때문이다.

막말로 유한열이나 대표두들도 장로나 호법들을 데려오지 못할 터였다. 비호표국에서나 높은 신분이지 곤륜파에서는 아무것도 아니었으니까.

"그건……."

"뭐 해요? 얼른 데려오지 않고! 내 톡톡히 따질 거예요."

"따져보시죠."

"예?"

자기 아들을 품에 꼭 껴안은 채로 고래고래 소리를 지르던 중년 여인이 갑자기 들려오는 낯선 음성에 퍼뜩 놀랐다. 목소리의 주인공은 다름 아닌 벽우진이었다.

"따져보시라고요."

"자, 장문인!"

"무엇이 불만입니까?"

벽우진이 중년 여인을 똑바로 쳐다보며 물었다.

상대가 일반 양민인 만큼 조금의 기도도 끌어올리지 않고서 조용히 물었으나, 갑자기 등장한 것도 그렇지만 벽우진에게서 흘러나오는 자연스러운 존재감에 중년 여인은 기가 팍 죽은 얼굴로 눈치를 살폈다.

"그러니까……."

"편하게 말하세요. 아주머니의 불만을 듣고자 온 것이니까요."

"그럼 솔직하게 말씀드릴게요. 저는 이번 심사의 결과를 납득할 수가 없어요. 분명 제 아들이 저 꼬마 애보다 더 오래 뛰었는데 왜 저 애는 합격한 것이고 제 아들은 탈락한 건가요?"

"저도 궁금해요."

"저희도요."

중년 여인의 곁으로 탈락한 아이들의 부모가 모여들었다. 도대체 무슨 기준으로 합격자를 뽑은 것인지 그들로서는 도무지 알 수가 없어서였다.

"불합격한 이유는 간단합니다. 잘 뛰기는 했지만 그뿐입니다. 딱 뛸 수 있는 만큼만 뛰더군요. 그건 제가 원하는 모습이 아니었습니다. 저는 스스로의 한계를 깨닫고, 그 한계를 부수는 아이들을 좋아하거든요. 그런데 아주머니의 아들은 그런 모습이 전혀 보이지 않았습니다."

"그게 무슨……."

중년 여인이 조금도 이해 가지 않는다는 표정을 지었다. 무재가 없어서도 아니고 이처럼 불분명한 이유로 탈락을 시킨다고 하니 납득이 되지 않았기 때문이다.

그건 다른 이들도 마찬가지인 듯 다들 당혹스러운 표정으로 서로를 쳐다보았다.

"잠시만요. 그럼 혹시 다시 시험을 볼 수 있겠습니까?"

"아!"

다들 똑같이 혼란스러운지 여기저기에서 웅성웅성거릴 때 장년인 한 명이 손을 들어 올리며 물었다. 공고문에 재시험 불가라는 말은 없었기에 그 맹점을 정확히 짚었던 것이다.

그러자 실망감이 가득했던 보호자들의 얼굴에 한 줄기 기대감이 서렸다.

"불가합니다."

"어, 어째서입니까?"

"다시 한다고 해서 달라질 거라고는 생각하지 않으니까요."

"이건 불공평합니다. 저희들은 아무것도 모르고서 시험을 치렀지만, 내일 시험을 보는 지원자들은 다 알고 있을 것 아닙니까?"

맹점을 짚었던 장년인이 다시 한번 소리쳤다. 그가 생각하기에는 부당한 처사인 것 같아서였다.

하지만 벽우진은 단호했다.

"안다고 해서 달라지는 것은 없습니다. 시험은 말 그대로 달리기일 뿐이니까요. 버티느냐 버티지 못하느냐는 결국 지원자 본인의 의지에 따른 것이고."

"그래도 알고 시험을 치르는 것하고 모르고 시험을 치르는 것은 다르지 않습니까?"

"정말 그렇게 생각하십니까?"

벽우진이 묘한 표정을 지었다. 그는 마치 달라질 게 없을 거라는 듯한 얼굴로 장년인을 쳐다봤다.

"물론입니다!"

"맞아요!"

"이건 불공평해요! 일찍 와서 좋은 점이 하나도 없잖아요!"

장년인의 말에 선동된 듯 여기저기에서 고성이 터져 나왔다.

그러나 벽우진의 표정은 별반 달라지지 않았다.

"알겠습니다. 근데 그전에 하나를 짚고 넘어갔으면 합니다."

스윽.

손을 들어 따지는 보호자들을 조용히 시킨 벽우진이 시선을 돌려 시험에 참가했던 지원자들을 차례대로 둘러보았다.

벽우진은 아이들과 눈을 일일이 마주하며 말을 이었다.

"다시 시험을 보고 싶은 사람?"

"어……."

"난 싫은데."

"또 뛰어야 해?"

곳곳에서 터져 나오는 솔직한 아이들이 속내에 보호자들의 표정이 싹 변했다. 아이들의 생각이 자신들과 다르다는 걸 뒤늦게 깨달은 것이다.

물론 전부 다 그런 것은 아니었다. 몇몇은 재시험이라는 말에 승부욕을 숨기지 않고 드러냈다.

"전 할 수 있어요!"

"저도요!"

"그럼 뛰어봐. 단, 내공은 사용 금지. 조금이라도 내공을 끌어 올린 이는 탈락이다. 내 눈을 피해서 사용할 자신이 있으면 그래도 되고."

벽우진이 통 크게 선심을 쓴다는 듯이 말했다.

시험을 한 번 더 본다고 해서 시간을 많이 잡아먹을 것 같지는 않았다. 또한, 결과 역시 예상이 되었고.

"아자!"

"단, 이번이 마지막이다. 더 이상의 기회는 없어."

벽우진의 시선이 보호자들에게로 향했다.

지금의 말은 아이들은 물론이고 보호자들에게도 하는 소리였다. 더 이상 투정을 부리지 말라는.

"그럼 시작하겠습니다!"

갑자기 시작된 재시험이었지만 그 상황에 당황하는 이는 없었다. 오히려 한번 해봤다고 익숙하게 진행하는 모습에 벽우진은 다시 몸을 돌려 단상으로 향했다. 처음과 마찬가지로 단상에서 지원자들을 지켜보기 위해서였다.

'그리 달라질 것 같지는 않지만.'

벽우진의 무심한 시선이 다시 달리기 시작하는 지원자들에게로 향했다.

그러나 그의 눈빛에는 기대하는 기색이 조금도 서려 있지 않았다. 합격 기준을 안다고 모두가 합격하는 것은 아니었기 때문이다.

"흐아암!"

그 사실을 너무나 잘 알기에 벽우진은 늘어지게 하품을 했다. 마치 이미 결과가 나왔다는 듯이 말이다.

"좀 더 뛰어!"

"조금만 더! 조금만 더 뛰어라, 만득아!"

여기저기에서 보호자들의 간절한 외침이 터져 나왔지만 안타깝게도 재시험은 좀 전의 시험과 크게 달라지지 않았고,

얼마 뛰지도 못하고 주저앉는 이들이 속출했다.

○

"역시 독특하시네요."

"독특한 게 아니라 이상한 거지. 요즘 세상에 누가 달리기로 제자를 뽑아?"

"근데 체력이 중요한 것은 사실이잖아요."

순수하게 구경꾼의 입장에서 지원자들의 재시험을 지켜보던 당민호가 고개를 저었다. 구시대적이어도 지나치게 구시대적인 시험이었다.

"그래도 너무 유행에 뒤떨어졌어."

"사실 무재를 너무 안 보는 건 이해가 안 가기는 해요. 아무리 속가제자라지만 그래도 재능이 뛰어난 이들이 한둘 정도는 있을 텐데요."

"예를 들어 저 녀석?"

"네, 천재는 아니지만 그래도 수재 정도는 되어 보이는데. 운기토납법이 아니라 제대로 된 내공심법을 익히고 있는 것 같기도 하고요."

당소윤의 시선이 두 볼을 부풀리고 있는 한 소년에게로 향했다.

열 살 남짓으로 보이는 아이였는데 그녀가 보기에 기본기가 제법 탄탄해 보였다. 다만 내공을 제한한 게 불만인지 연신 침을 뱉으며 대연무장을 돌고 있었다.

"그럼 뭐 해? 싸가지가 없어 보이는데."

"장문인께서는 특히 인성을 중요시하는 것 같아요."

"지 성격은 생각 못 하고 말이지."

"호호호."

적나라하게 친우를 까는 모습에 당소윤이 손으로 입을 가리며 웃었다. 그러나 부정하지는 않았다. 조부의 말마따나 벽우진의 성격 역시 좋다고는 볼 수 없어서였다.

"결과는 달라지지 않을 거다. 의지박약인 녀석들은 절대 한계치까지 가질 못하니까."

"저도 같은 생각이에요."

조손지간의 대화가 끝나기 무섭게 아이들이 우르르 포기했다. 가뜩이나 얼마 쉬지도 못하고 뛰었기에 더 빨리 무너졌던 것이다.

물론 부모님의 성화에 다시 일어나서 뛰는 아이들도 몇 명 있기는 했지만 그럼에도 얼마 못 가 스스로 포기했다.

"아아!"

그 모습에 부모들이 하나같이 탄식을 내뱉었다. 조금만 더 하면 될 것 같은데, 그럼 자식이 당당하게 합격할 수 있을 것 같은데 정말 한 끗 차이를 넘지 못하고 무너지는 것 같았다.

그래서 몇몇 부모들은 아예 악을 썼다. 닦달이라도 하면 조금이라도 더 버틸까 싶어서였다.

털썩! 철퍼덕!

그러나 안타깝게도 결과는 달라지지 않았다. 당민호의 예상대로 스스로의 한계를 마주한 이는 아무도 없었다. 하나같이 힘을 남겨둔 채로 주저앉았다.

"근성이 없어, 근성이. 의지가 저렇게 나약해서야."

"아직은 어린아이들이니까요."

"어려도 악바리들은 있어. 합격한 애들을 봐."

혀를 차는 조부의 모습에 당소윤도 고개를 작게 주억거렸다. 편을 들어주기는 했지만, 그녀가 생각하기에도 대부분이 기대했던 것 이하였다.

"장문인!"

"제, 제발 한 번만 더 기회를 주세요!"

"이번에는 잘할 거예요! 우리 아이는 달라요!"

달라지지 않은 결과에도 부모들은 포기하지 않았다. 이대로 물러나기에는 곤륜파의 속가제자라는 배경이 너무나 아까웠다. 그리고 한번 기회를 준 만큼 또 기회를 줄지도 모른다고 생각했다.

하지만 그건 너무나 큰 착각이었다.

"두 번은 없습니다."

"자, 장문인!"

"기회는 충분히 주었습니다. 단지 지원자들이 합격하지 못했을 뿐."

보호자들이 바짓가랑이라도 붙잡을 기세로 달려들었다.

그러나 정작 벽우진의 옷을 잡은 이는 없었다. 그의 몸에서 흘러나오는 무형의 존재감이 보호자들이 접근하는 것을 일절 허락하지 않았던 것이다.

“돌아가십시오!”

“심사는 끝났습니다!”

“이제 그만 물러나세요!”

벽우진의 손짓에 표사들과 쟁자수들이 발 빠르게 보호자들과 지원자들을 돌려보내기 시작했다.

물론 순순히 가는 사람은 단 한 명도 없었다. 그러나 표사들과 쟁자수들이 본격적으로 힘을 쓰자 보호자들도 더 이상 버티지 못했다.

“우리도 이동하자꾸나.”

“예.”

빠르게 정리되어 가는 장내의 풍경에 당민호도 발걸음을 옮겼다. 구경은 할 만큼 했으니 이제는 볼일을 보러 갈 생각이었다.

이윽고 당민호와 당소윤 역시 대연무장에서 모습을 감추었다.

또르륵.

무거운 분위기 때문일까. 유독 차를 따르는 소리가 크게 울렸다.

"고맙구나."

"별말씀을요."

"우진이에게 얘기는 대충 들었다. 곤륜에 남기로 했다고?"

당민호의 시선이 앞에 앉아 있는 당필교에게로 향했다.

그러자 당필교가 침을 꿀꺽 삼켰다. 담담한 말투인데 이상하게도 긴장이 되었던 것이다.

"예, 고민 끝에 결정을 내렸습니다."

"우진이가 협박한 것은 아니고? 나한테는 편하게 말해도 된다. 우리는 한 가족이지 않더냐."

"절대 그런 것 없습니다. 저 스스로 오랜 시간 고민하고서 내린 결정입니다."

"혹시 내가, 아니, 우리가 잘못한 것이 있느냐?"

당민호가 담담한 어조로 물었다. 그의 기억에는 실수한 게 없지만, 당사자는 또 다를 수가 있었기 때문이다.

"전혀 없습니다, 태상가주님."

"사석이니까 편하게 말해도 된다. 이곳에는 우리밖에 없지 않으냐."

"으음!"

당필교가 말을 아꼈다. 이 자리에는 두 사람뿐만 아니라 당소윤도 함께 있어서였다.

"괜찮다. 우리가 일이 년 함께한 것도 아니고. 그 힘들었던 봉문도 함께 견뎌내질 않았더냐."

"정말 없습니다. 제가 곤륜에 남기로 한 것은 개인적인 욕심 때문이지 본 가에 서운하거나 섭섭한 게 있어서가 아닙니다. 죽기 전에는 다시 돌아갈 생각이고요."

"음."

당민호가 알 수 없는 표정을 지었다. 도대체 무엇이 당필교의 마음을 붙잡았는지 알 수가 없었다.

"본 가의 기술 유출에 대해서는 걱정하지 않으셔도 됩니다, 형님. 장문인과 그 부분에 대해서는 이미 논의가 다 되었습니다."

"혹시 연구 때문이냐?"

"그것도 영향을 끼치기는 했습니다. 이곳에서는 제가 하고 싶은 것을, 만들고 싶은 것들을 모두 다 만들 수 있습니다. 또한, 마음이 맞는 친구도 생겼고요."

"그건 축하할 일이다만, 그래도 아쉽구나. 내가 괜히 널 보낸 것 같기도 하고."

"아닙니다. 저는 오히려 저를 선택해 주셔서 감사하고 있습니다."

당필교가 고개를 저었다.

사실 처음에 자신을 곤륜파에 파견을 보냈을 때는 기분이 조금 안 좋았었다. 거리도 거리지만 공사가 한두 달 해서 끝나는 게 아니어서였다.

"만약 우진이가 이상한 일을 시키면 바로 나에게 말하거라."

"말씀은 감사하지만, 그 부분에 대해서는 크게 걱정하지 않으셔도 될 것 같습니다. 장문인께서 정말 잘해주시거든요. 지원도 팍팍 해주시고요."

"그건 우리도 해줄 수 있다."

"하하하."

당필교가 멋쩍게 웃었다. 이렇게 말하는 당민호의 마음을 모르지 않아서였다.

하지만 그는 정말로 이곳이 좋았다. 이제는 정도 많이 들었고.

"아무래도 마음을 돌리기에는 너무 늦은 것 같구나."

"언젠가는 돌아갈 겁니다. 조금 긴 외출을 하는 중이라고 생각해 주셨으면 좋겠습니다."

"그놈이 참 여우라니까. 하는 짓은 왈패나 다름없는데 잔머리는 진짜 잘 돌아가."

"성격은 좋습니다. 단, 자기 사람이라고 생각되는 이들에게만 좋으시지요."

"끄응!"

당민호가 앓는 소리를 냈다. 부정할 수가 없어서였다.

그러나 이 모든 것의 시작은 그로부터였다. 정확하게는 욕심이 이 사태를 만들었다.

'하지만 다시 과거로 돌아가도 똑같은 선택을 하겠지.'

비천단은 그 정도로 대단한 물건이었다. 이번 오독문과의 전쟁에서도 그 가치를 톡톡히 드러냈었고.

때문에 당민호로서는 그저 받아들일 수밖에 없었다.

"너무 걱정하지 않으셔도 됩니다."

"알겠다. 대신 너무 무리하지는 말거라. 너 역시 본 가의 혈족이라는 걸 잊으면 안 된다."

"예."

방계이지만 지닌바 재능을 인정받아 당가타가 아닌 본 가에서 자랄 수 있었던 당필교였다.

하지만 직계와 방계의 사이에는 보이지 않는 벽이 존재했다. 차별까지는 아니더라도 은근한 차이는 있었기에, 어쩌면 그것에 신물이 나서 곤륜파에 머무는 것일지도 몰랐다.

"불만 사항이 있으면, 생각나면 언제라도 연락하고."

"그리하겠습니다."

"아쉽구나. 네 성취가 가문에 정말 큰 도움이 될 터인데."

"저보다 더 뛰어난 기술자들이 많지 않습니까. 저는 크게 도움이 되지 않을 겁니다."

"겸손은."

당민호가 피식 웃었다. 누가 봐도 빈말이라는 것을 알 수 있었기에.

"생각지도 못한 성취를 얻었지만, 그럼에도 아직 한참 부족합니다. 갈 길도 멀고요."

"그래, 알겠다. 이 얘기는 이쯤 하자꾸나. 그런데 필교야, 오늘 우진이 곁에 있던 여아는 누구이더냐? 처음 보는 아이던데."

"빈객처럼 머무는 사람으로 알고 있습니다. 저 역시 자세하게는 아는 바가 없습니다. 장문인을 도와주는 사람이라고 밖에는요."

"흐음."

당민호가 턱을 쓰다듬었다. 역시나 예상했던 대로의 대답이었다. 그래서 더 궁금했다. 무공은 평범했지만, 왠지 모르게 그게 다인 것 같지 않은 느낌이었다.

'외모도 보통이 아니었고.'

당민호는 특히나 여인의 외모에 집중했다.

인정하기 싫지만 수려한 얼굴은 손녀보다 훨씬 나았다. 당소윤도 미녀라고 불리기에 모자람이 없는 외모였지만 여인과 비교하면 아무래도 조금 부족했다.

"왜 그런 눈으로 절 보세요?"

"흠흠! 아니다."

"그 여자랑 저 생각하신 거죠? 제가 밀린다고 생각해서 그런 눈으로 절 보신 거죠?"

"아니다, 그런 거. 어쩌다 보니 시선이 너에게 간 거지."

당소윤이 미심쩍은 눈빛으로 당민호를 쳐다봤다. 그 시선에 당민호가 슬그머니 고개를 돌렸다.

"저도 그 부분에 대해서는 따로 설명을 못 해드릴 것 같습니다. 같이 지내기는 하지만 또 자주 보는 사이는 아니라서요. 저는 대개 공사장에 가 있어서."

"알겠다."

"죄송합니다."

"아니다. 그보다 내 생일에는 올 수 있겠느냐?"

당민호가 은근슬쩍 화제도 돌릴 겸 자신의 생일을 거론했다.

"당연히 가야 하는 게 맞지만, 일단은 상황을 좀 지켜봐야 할 것 같습니다. 아무래도 규모가 규모이다 보니 도중에 멈추는 게 쉽지 않습니다."

"그렇지."

당민호가 이해한다는 듯이 고개를 주억거렸다.

그 역시 사천당가의 가주였던 때가 있었기에 당필교의 말이 무슨 뜻인지 단박에 이해했다.

하지만 이해는 가도 아쉬운 것은 어쩔 수 없었다. 더욱이 당필교는 다른 이도 아니고 당가의 피가 흐르는 혈족이지 않던가.

"상황을 보고 결정하겠습니다. 아직은 시간이 좀 있으니까요."

"올해 안에는 힘들겠지?"

"예, 적어도 내년 이맘때쯤은 되어야 완공이 될 것 같습니다. 장문인께서 의외로 꼼꼼히 확인하고 계셔서."

"쓸데없는 곳에 관심이 많다니까, 에잉."

말은 이렇게 했지만 당민호도 알고 있었다. 꼼꼼하게 확인을 해도 모자라다는 것을 말이다.

게다가 지금 공사하는 것은 단순히 1, 2년 유지하려고 하는 게 아니었다. 그런 만큼 몇 번이고 확인해도 부족했다.

"북해빙궁이 습격해 왔을 때 이야기 좀 해주세요. 그때 참전하셨다고 들었어요."

그때 당소윤이 시기적절하게 입을 열었다.

그 화제에 당민호도 관심을 보였다. 안 그래도 그 역시 묻고 싶었던 부분이었기 때문이다. 게다가 건너서 듣는 것보다는 역시 당사자에게 듣는 게 훨씬 더 정확했고.

"저는 크게 활약을 한 건 아니라서요."

"그래도 해봐. 궁금하니까."

"예."

당필교의 입에서 그때의 상황이 흘러나오기 시작했다.

그러자 두 조손이 눈을 빛내며 귀를 기울였다.

이레 동안 이어졌던 심사가 어제부로 끝났다.

하지만 여전히 곤륜파에는 많은 사람들이 모여 있었다. 특히 산문에 모인 이들은 아직도 똘똘 뭉쳐 곤륜파, 정확하게는 벽우진에게 항의하는 중이었다.

"참 염치도 없는 것 같습니다."

"욕심에 눈이 멀어서 그래. 놓치기 싫으니까 더더욱 매달리는 거지."

이른 아침부터 벽우진과 함께 산문으로 걸어가며 청민이 고개를 저었다.

반면에 보필하듯 뒤따르던 서진후는 심기가 불편하다는 듯 얼굴이 한껏 굳어져 있었다.

"이미 기회는 충분히 주었는데 말이지요."

"달리 말하면 그만큼 본 파가 매력적이라는 얘기이기도 해. 다른 구파일방은 끽해야 삼대제자, 사대제자로 들어가는데 우리는 비록 속가이기는 하지만 일대제자잖아. 청범도 속가제자로 시작해서 지금은 장로직에 있고. 그러니 더더욱 포기할 수가 없는 거지."

의외로 벽우진은 모여 있는 사람들에 대해서 딱히 기분 나빠하지 않았다. 부모 마음이라는 게 그럴 수밖에 없다는 걸 잘 알아서였다.

하지만 그렇다고 해서 요구 사항들을 받아들일 생각은 없었다.

"재고해 주십시오!"

"한 번만 더 기회를 주세요!"

"이런 결정은 너무 불공평합니다!"

산문에 가까워질수록 항의자들의 목소리가 더욱 크게 들려왔다. 무공이 뛰어난 벽우진이야 진즉부터 듣고 있었지만 말이다.

"장문인이시다!"

"장문인께서 오셨다!"

벽우진의 등장에 다시 한번 소란이 일었다. 보호자들은 드디어 벽우진이 반응했다는 듯이 다들 반색한 표정을 지었다.

하지만 그런 그들을 바라보는 벽우진의 표정은 냉담했다.

"제가 분명 경고를 했을 텐데요. 이러면 안 된다고. 이렇게 한다고 해서 결과가 번복되는 일은 없을 거라고요."

"제발 한 번만 더 기회를 주십시오!"

"이대로는 너무 억울합니다! 우리 아이가 뭐가 부족해서 탈락한 것입니까?"

"한 번만 보고는 정확하게 판단할 수 없다고 생각합니다! 좀 더 지켜보시면 분명 우리 애의 재능을 알아보실 수 있을 거라고 생각합니다!"

벽우진의 말이 끝나기 무섭게 사방에서 말들이 쏟아졌다. 다들 하나같이 절실한 얼굴이었다.

하지만 벽우진은 오히려 피식 웃었다.

"그냥 받아달라는 말 아닙니까?"

"……."

"억지라고는 생각하지 않으십니까?"

아침 일찍부터 모여서 소란을 피우던 사람들이 일제히 입을 다물었다.

인정하지는 않았지만 다들 알고 있었다. 자신들의 행동이 아이가 떼를 쓰는 것과 다름이 없음을 말이다.

"달리기 하나만으로 합격 여부를 가리는 건 부당하다고 생각합니다. 다른 시험이 있는 것도 아니고 오직 달리기 하나만으로 합격자와 불합격자를 가리다니요."

눈에 확 띄는 화려한 옷을 입은 중년인이 얼굴 가득 불만스러운 기색을 띤 채로 말했다.

한창 위명을 떨치는 곤륜파가 준비한 시험이라고 하기에는 너무나 건성으로 준비한 것 같았다. 게다가 평가 기준도 너무나 애매했다. 객관성이라고는 조금도 없는, 오로지 주관적인 결정에 의해 합격 여부가 결정되었기에 중년인은 바로 그 점을 물고 늘어졌다.

"한마디로 공정성이 없다?"

"그렇습니다."

"근데 왜 그렇게 아들을 곤륜파의 속가제자로 만들려는 겁니까? 이렇게 불공정한 시험을 일삼는 곳인데."

"그, 그건……."

중년인이 우물쭈물했다. 마땅히 할 대답이 없어서였다.

벽우진의 말은 아직 끝난 게 아니었다.

"반대로 묻지요. 제가 왜 당신의 아들을 속가제자로 받아들여야 합니까?"

"그야 엄청난 재능을 가지고 있으니까요. 아직 장문인이나 호법님들이 모르시는 것일 뿐……."

"신기하군요. 저도 제 안목이 완벽하다고 믿지 못하는데 그렇게 자신을 하다니. 그럼 묻고 싶습니다. 저는 천하제일인이 될 수 있겠습니까?"

"……."

중년인이 두 눈이 뒤룩뒤룩 굴러갔다.

하지만 분명 머리를 굴리고 있을 텐데도 입을 열지 않았다. 지금은 말을 아끼는 게 도움이 되리라는 것을 본능적으로 눈치챘기 때문이다.

그리고 그건 주변에 있던 다른 항의자들도 마찬가지였다.

"저는 제 기준이 맞춰 합격자를 정한 것입니다. 본 파에는 본 파만의 내규라는 게 있습니다. 또한 곤륜파의 무공에 대해 가장 잘 알고, 누구보다 제일 큰 성취를 이룬 게 저입니다. 그렇기에 본 파에 맞는다고 생각되는 지원자들을 선택했던 것입니다."

"너무 섣불리 판단을 내리시는 건 아닐는지요. 아직 미래가 창창한 아이들입니다. 좀 더 지켜보고 결정하시는 것도……."

"착각하시는데, 결정은 제가 하는 겁니다. 곤륜파의 장문인인 제가. 여러분들이 아니라."

"으으음!"

벽우진의 싸늘한 눈빛이 좌중을 훑었다.

그러자 하나같이 다들 고개를 숙였다. 감히 벽우진과 눈빛을 마주할 엄두가 나지 않았던 것이다.

"또한, 다른 사람들을 선동하는 것도 허락하지 않겠습니다."

스윽.

벽우진의 시선이 지금껏 앞장서서 대화를 주도했던 중년인에게로 향했다.

직접 와본 것은 지금이 처음이지만 이들에 대해서 보고는 매일 같이 받고 있었기에 누구의 주도하에 이 무리가 만들어졌는지 벽우진은 모르지 않았다.

그렇기에 말없이 경고하는 것이었다. 괜히 사람들을 부추기지 말라고 말이다.

"마지막으로 말씀드리겠습니다. 집으로 돌아가십시오. 오늘 이후부터는 저희도 지켜보기만 하지는 않을 것입니다."

스스스슥!

벽우진에 이어 청민이 단호하게 말했다.

그리 말한 청민의 뒤로 수십 개의 그림자가 솟구쳤다. 비호표국의 표사들이었다.

표사들은 시립하듯 세 사람의 뒤에 나타났다. 그리고 그 선두에는 표국주인 유한열과 대표두인 정휴, 마종석이 위풍당당하게 서 있었다.

"정 명문대파의 속가제자가 되고 싶으면 다른 곳에 가십시오. 어제부로 저희는 속가제자 모집이 끝났으니."

"자, 장문인!"

"제발 한 번만 더 기회를 주시면 안 되겠습니까? 이렇게 부탁드리겠습니다!"

벽우진의 삼엄한 기세에 잠시 굳어 있던 이들이 다시 움직였다. 이번에는 선동당한 게 아니라 스스로의 의지였다.

마치 바짓가랑이라도 붙잡을 듯한 기세에 표사들도 일제히 움직였다. 다들 평범한 양민들이기에 벽우진이 위험할 일은 없지만 그래도 그들의 손에 일파의 장문인이 붙들리는 모습은 보기에 좋지 않았기에 먼저 나선 것이었다.

"시험은 끝났습니다. 돌아가십시오."

"장문인!"

"어르신!"

등 뒤에서 절절한 외침이 들려왔지만 벽우진은 돌아보지 않았다. 어차피 욕심에 눈먼 자들의 고성일 뿐이었다. 자식을 이용해 곤륜파라는 배경을 이용하고자 하는.

그렇기에 벽우진은 일고의 망설임도 없이 걸음을 옮겼다.

아직은 어슴푸레한 새벽인데도 장하삼은 일어나 있었다.

같은 방을 쓰는 아이들이 코를 골며 자는 것과 달리 그는 세수까지 마친 상태였다.

"이게 도복."

그런 장하삼의 시선이 향한 곳에는 곱게 개어져 있는 곤륜파의 도복이 있었다.

그는 옅은 푸른빛이 도는 도복을 멍하니 쳐다봤다. 아직도 자신이 곤륜파의 속가제자가 되었다는 사실이 믿기지 않았다.

"진짜 되었어. 내가……."

사실 반 이상은 포기하고 있었다. 만약에 그가 반대 입장이었어도 나이 많은 자신을 뽑을 것 같지는 않아서였다.

그런데 결과는 예상과 정반대로 나왔다. 첫날에 당당히 시험에 합격했던 것이다.

"으윽!"

여전히 꿈인지 생시인지 구분이 가지 않았기에 장하삼은 하루에 한 번씩 이렇게 스스로의 볼을 꼬집었다.

"오늘도 꼬집어요?"

"어? 깼어?"

"아뇨. 슬슬 일어날 때라서요. 집에서도 늘 이때쯤 일어나서 아침 운동을 했거든요."

"부지런하네."

"집안 내력이에요. 사실은 할아버지 때문이지만요."

송찬승이 귀엽게 혀를 내밀었다. 그런데 투덜거리는 것과 달리 그 모습이 밉지 않았다.

"부지런해서 나쁠 것은 없어."

"근데 아저씨는 지겹지도 않으세요?"

"전혀. 꿈이 이루어진 거니까."

장하삼이 단호하게 고개를 저었다.

마지막이라고 생각하고 지원했는데 합격을 했다. 자살하려고 벼랑 끝에 서 있는데 뒤에서 누군가가 손을 붙잡아준 것이다. 그런데 어떻게 지겨울까.

"꿈이라. 저도 조금 이해할 수 있을 것 같아요. 제 꿈은 천하제일인이거든요. 곤륜파는 그 시작이고요. 지금까지는 나름 첫 매듭을 잘 끼운 셈이죠."

"속가제자로?"

"무기명제자라는 것도 있잖아요. 서 사저가 그렇고요. 근데 사저들 진짜 예쁘지 않아요? 혼혈이신 분도 미모가 어마어마하던데. 서 사저야 원래 미모로 청해성을 울렸던 분이고."

"나이도 어린 게."

"으악!"

송찬승이 두 손으로 머리를 붙잡았다. 예고도 없이 날아온 꿀밤에 제대로 당한 것이었다. 게다가 손은 작은데 얼마나 옹골찬지 너무나 아팠다.

"어린 게 벌써부터 까져가지고."

"어려도 남자예요! 저도 남자란 말이죠!"

"조용히 해. 애들 깬다."

"근데 항렬은 어떻게 정해질까요? 다 같은 날에, 같은 기수이니 역시 나이로 정하겠죠?"

볼록하게 올라온 혹을 살살 비비며 송찬승이 입술을 삐죽 내밀었다.

나이로 정하면 아무래도 그가 불리할 수밖에 없었다. 반면에 장하삼에게는 이득이고.

"그게 무슨 소용이야. 어차피 나나 너나 위가 한 가득인데. 본산제자분들은 우리보다 다 윗 항렬이야."

"저는 어리니까 괜찮아요."

"너보다 어린 분도 한 분 계시던데? 대벽검 장로님 제자가 열 살이래."

"헉!"

송찬승이 경악성을 토해냈다. 당연히 자신보다 어린 본산제자가 없을 거라고 생각했는데 예상치 못한 복병이 있어서였다.

"시기도 너보다 빠르고. 게다가 그분은 청민 장로님의 하나뿐인 제자야. 일개 속가제자인 우리들과는 비교도 할 수 없지."

"으으으!"

송찬승이 울상을 지었다.

하지만 나이가 한참이나 많은 장하삼은 아무렇지도 않은 얼굴이었다. 나이가 어려도 그보다 사형인 것은 분명했기 때문이다.

그리고 귀동냥으로 들은 거지만 이렇게 꼬이는 경우가 명문대파에서는 의외로 많다고 들었다.

'중요한 건 나도 일대제자라는 거지.'

속가제자라는 네 글자가 앞에 붙기는 했지만, 그도 엄연히 곤륜파의 일대제자였다. 다른 구대문파였으면 삼대제자, 재수가 없다면 사대제자였을 텐데 말이다.

게다가 현재 곤륜파는 다시 일어서는 중이었다. 즉, 10년 정도만 제대로 수련하면 문파 내의 요직에 앉는 것도 불가능하지만은 않았다.

'나중에 실력을 인정받아 본산제자가 되어도 좋고.'

장하삼은 오랜만에 가슴속에서 야망이 꿈틀거리는 걸 느꼈다. 그런데 재미있는 것은 그게 전혀 허황되다고 생각되지 않는다는 점이었다.

"아저씨, 무슨 생각을 하는데 그렇게 웃어요?"

"내가 웃었어?"

"예, 되게 음흉한 얼굴이었어요. 지금이라도 다른 방을 잡아야 할 정도로요."

"야망을 좀 키우고 있었지."

"오호. 야망 좋죠. 저희 아버지께서도 늘 말씀하세요. 남자는 야망이 있어야 한다고, 꿈이 있어야 성장한다고요."

송찬승이 또래에 비하면 크지만, 어른에 비하면 작은 가슴을 쭉 내밀며 하는 말에 장하삼이 옅게 웃었다. 의젓해 보이려고 해도 아직은 애라는 생각이 들어서였다.

"맞는 말씀 하셨네."

"그래서 저도 꿈을 가지게 되었죠. 아버지는 문(文)에서 일가를 이루기를 바라셨지만, 사람이라는 게 적성이 다 다르잖아요? 저에게는 글이 어울리지 않더라고요. 대신에 태어나기를 강골로 태어나서 무(武)에 뜻을 두게 되었죠."

"확실히 크긴 커. 옆으로 커서 그렇지."

"……명치는 때리는 거 아니랬어요."

송찬승이 툴툴거렸다.

하지만 그도 인정하는 부분이었다. 부지런하게 생활을 하면서도 키를 키우기 위해 송찬승은 저녁부터 잠자리에 들었지만, 안타깝게도 키는 좀처럼 크지 않고 있었다.

"이제 열두 살인데. 아직 키 클 날이 한참 남았지. 문제는 나지."

"아저씨도 체력은 상당하시던데요. 저희 아버지는 마당 두어 바퀴 도시면 못 뛰세요."

"가장과 총각은 다를 수밖에 없지. 짊어지고 있는 무게가 다른데."

장하삼이 피식 웃었다. 또래라고 해서 짊어지고 있는 의무도 비슷한 건 아니었다.

"그나저나 오늘부터 시작이네요. 아마 잠을 제대로 자지 못한 애들이 수두룩할 거예요."

"너도 마찬가지고."

"아저씨는 정말 잘 주무시더라고요. 제일 먼저 코 골았어요."

"잠이 보약이야. 너도 한 서른쯤 되면 느낄 거다."

"으으. 아버지랑 똑같은 소리를."

송찬승이 고개를 저었다. 정말 부친과 너무나 비슷하게 말을 해서였다.

그러는 사이, 같은 방을 쓰는 나머지 두 명의 아이들도 잠에서 일어났다. 두 사람의 대화에 하나둘 정신을 차렸던 것이다.

"자자, 준비하자. 속가제자가 되어 처음으로 인사드리는 자리인데 늦으면 안 되지."

"예!"

이 방뿐만 아니라 전체로 따져도 가장 연장자가 장하삼이었다. 그래서인지 누구 하나 그의 말에 거부감을 드러내지 않았다. 한두 살도 아니고 거의 스무 살 이상 차이가 나니 따질 엄두가 나지 않았던 것이다.

··· 제5장 ···

곤륜파는 성장 중

제자들과 간단하게 아침 식사를 마친 벽우진은 느긋하게 자신의 집무실에서 여유를 만끽하고 있었다. 큰 행사였던 속가제자 모집이 나름 무사히 지나갔기에 간만에 여유로운 시간을 보내는 것이었다.

"어후, 좋다."

자연스럽게 나오는 감탄사에 벽우진이 책상에 두 다리를 올렸다. 배도 부르겠다, 시원한 바람도 불겠다, 여기가 바로 무릉도원인 것 같은 느낌이 들었다.

똑똑똑.

"응?"

"접니다, 사형. 잠시 들어가도 되겠습니까?"

"들어와."

두 눈을 감은 채로 차향을 음미하던 벽우진이 고개만 살짝 돌려 문 쪽을 향해 머리를 슬쩍 꺾었다.

"쉬고 계셨군요."

"이제는 쉴 때도 됐잖아? 이레 동안 얼마나 고생했는데."

"장문인이 되시고 가장 큰 행사를 치르시긴 했죠. 하지만 다른 구대문파에 비하면 규모가 그리 큰 편은 아니었습니다."

"지리적인 문제도 있잖아. 우리는 변방이라고 해도 무방할 곳에 위치해 있는데. 사실 중원보다는 세외에 더 가깝잖아."

벽우진이 눕듯이 의자에 앉은 채로 손가락을 휘저었다.

위치상으로 따지면 곤륜파는 절대 중원에 가깝다고 보기 힘들었다. 그리고 그 부분에 대해서는 서진후 역시 동의하는 바였다.

"맞습니다. 그런 것들을 감안하면, 또한 이제 처음으로 모집한 것을 생각하면 확실히 작은 규모는 아니었습니다. 지원자가 상당히 많았으니까요. 물론 예전과 비교하면 턱없이 부족한 수준이지만요."

"그때와 지금은 상황이 너무 다르잖아. 명문대파의 성세를 떨칠 때와 지금이 같나. 시작이 나쁘지 않다는 사실에 만족해야지. 그래, 무슨 일로 이 이른 시간부터 찾아왔어?"

"보고할 게 있어서요."

"해봐."

여전히 의자에 늘어져 있는 자세로 벽우진이 입만 움직였다. 하지만 이러는 게 하루 이틀이 아니었기에 서진후는 담담한 얼굴로 벽우진의 앞에 섰다.

"정보망 구축이 어느 정도 완성되었습니다."

"호오? 생각보다 빠른데?"

"하지만 아직 많이 부족합니다. 기본적으로 청하상단과 비호표국에서 흘러들어 오는 정보가 대부분입니다. 좀 더 다각화로 정보를 수집할 수 있어야 합니다."

"그건 어쩔 수 없지. 시작한 지 얼마 되지 않았으니까. 아직 확실하게 체계가 잡힌 것도 아니고."

벽우진이 앉아 있는 채로 어깨를 으쓱거렸다.

무슨 말을 하는지는 알겠으나 이제 시작하는 단계였다. 인력적으로도 많이 부족한 상태였고. 막말로 현재 곤륜파의 지휘부는 그와 청민, 서진후가 전부라고 할 수 있었다.

"해서 제가 해볼까 합니다."

"응? 네가?"

벽우진이 두 눈을 동그랗게 떴다. 정말 생각지도 못한 말이 나와서였다.

"예, 저야 이제는 할 일 없는 뒷방 늙은이 신세이지 않습니까. 시간은 많으니까요. 사형 덕분에 최소 10년은 더 생명이 연장되기도 했고요. 육체 역시 환골탈태까지는 아니더라도 회춘이라는 말을 사용할 정도로 젊어졌고요."

"흐음."

"그래서 제가 해보고 싶습니다. 청민 사형처럼 저도 사문에 보탬이 되고 싶습니다. 게다가 오랫동안 상계에서 굴렀기에 나름 조직을 잘 꾸릴 자신도 있고요."

"금분세수(金盆洗手)를 준비해야 하는 나이에 괜히 일을 크게 벌이는 거 아니야?"

벽우진의 조심스러운 시선이 서진후에게 닿았다.

평생을 장사꾼으로 살아온 이가 바로 사제였다. 그런 사제에게 말년에 괜히 일을 시키는 것 같기에 벽우진은 선뜻 허락할 수가 없었다.

"역마살이 있는 게 아닐까 싶을 정도로 집에 있던 시간보다 밖을 싸돌아다니던 시간이 많았습니다. 사형께서 오시기 전에야 몸이 성치 않으니 집에 있었지만 건강해지니 좀이 쑤시더라고요. 그리고 저도 제대로 한 손 거들고 싶고요. 가문이야 이제는 아들이 알아서 잘하고 있고, 손자도 제 몫을 다하니 제가 있을 필요가 없습니다. 하지만 사문은 다르죠."

"괜히 말년에 너에게 일을 시키는 것 같아서 마음이 편치 않네."

"그렇게 따지면 사형께서 더 고생하시지 않습니까. 다들 다 알고 있습니다. 지금의 곤륜파를 만든 게 사형이라는 것을요. 또 장문인이라는 자리를 원하시지 않았다는 걸요. 아마 다른 대안이 있었다면 사형께서 장문인의 자리에 앉으시지는 않았겠죠."

"너나 청민이나 나에 대해서 쓸데없이 너무 많은 것을 알고 있어."

"허허허. 괜히 사형제가 아니지 않습니까."

서진후가 너털웃음을 흘렸다.

언뜻 듣기에는 갈구는 것처럼 들렸지만, 실상은 그게 아니었다. 까칠하고 퉁명스러워 보이지만 벽우진은 그 누구보다 따뜻한 사람이었다. 다만 적이라고 생각되는 이에게만 가차 없을 뿐.

"내가 무슨 말을 할 수가 없어."

"그건 아닌 것 같습니다. 본 파에서 제일 말이 많은 사람을 꼽으라면 아마 사형이 첫 순위에 꼽힐 겁니다."

"허어."

벽우진이 진심으로 놀랐다는 표정을 지었다. 설마하니 자신을 그렇게 생각하고 있을 줄은 몰랐다는 얼굴이었다.

"동시에 가장 많은 이들이 좋아하는 사람 역시 사형입니다. 사실은 제자들이 많아서 그런 것이지만요."

"뒷말을 안 했으면 더 좋았을 것 같은데 말이지."

"일단 제가 기틀을 잡아보겠습니다. 그래서 말인데 조직명이 필요할 것 같습니다."

"이름이라."

두 다리를 여전히 책상 위에 올린 채로 벽우진이 중얼거렸다. 묘한 반동으로 몸을 꿈틀거리면서 말이다.

"아무래도 조직명은 사형께서 직접 내려주시는 게 맞을 것 같아서요. 제가 작명에 좀 약하기도 하고요."

"그래서 아들 이름이 일국이 되었지."

"상계에서 왕이 되라는 뜻으로 지어주었습니다만. 의미는 좋지 않습니까?"

서진후가 살짝 기대하는 표정으로 물었다. 얼굴을 보아하니 스스로 판단하기에는 잘 지었다고 생각하는 모양이었다.

"너무 평범해. 그리고 의미가 좋으면 뭐 해? 진부해서 기억에 잘 남지 않는데. 오히려 작명은 일국이가 낫지. 서예지, 서현기. 세련되고 좋잖아?"

서진후가 헛기침을 하며 고개를 돌렸다. 확실히 서일국이라는 이름보다는 서예지, 서현기가 훨씬 나았다.

"저도 나름 고민한 끝에 지어준 이름입니다."

"알고 있지. 그걸 모르는 건 아냐. 조직명이라…… 비청각(秘清閣) 어때?"

"호오."

서진후가 눈을 빛냈다.

묘하게 입에 착착 감기는 느낌이 드는 데다가, 익숙한 청(清) 자가 들어가 있어서 더욱 마음에 들었다.

"괜찮지?"

"예, 나쁘지 않은 것 같습니다."

"나쁘지 않기는. 입가가 씰룩거리는데."

"크흠! 흠!"

"너무 혼자 하지 말고 적당한 인원 데려다가 써."

벽우진이 다시 걱정하는 표정으로 돌아와서 말했다. 자신이야 겉으로 보이는 나이와 다른 게 없지만 서진후는 아니었으니까.

"안 그래도 그 부분에 대해서 말씀드리려고 했습니다. 이번에 좀 똘똘한 아이가 있으면 그 아이를 데려갈까 합니다."

"직접 키우게?"

"예, 적당한 녀석이 보여서요."

"흠."

벽우진이 팔짱을 끼었다.

말하는 걸 보아하니 눈에 든 아이가 있는 것 같았다. 더불어 벽우진 역시 떠오르는 녀석이 있었고.

"물론 지금 당장은 아닙니다. 일단은 기본기가 먼저이니까요. 대곤륜파의 제자가 되었는데 모자란 모습을 보이면 안 되죠. 사형의 명예가 걸려 있는데."

"속가제자인데 뭐 어때."

"그 속가제자를 그렇게 열심히 선별하신 게 사형이십니다."

"마음에 안 드는 애를 받을 수는 없잖아. 난 피곤하고 짜증나는 애들은 질색이라고. 더구나 어떻게 보면 이제 벽돌을 차곡차곡 쌓는 단계인데 당연히 신중해야 하지 않겠어?"

본산제자들이 대들보이자 기둥이라면 속가제자들은 벽돌이었다. 하나하나가 쌓여 세찬 비바람을 막아주는 벽이 되는 것이다.

그런 만큼 불량품은 피해야만 했다. 작은 구멍이 큰 구멍이 되는 법이었으니까.

"저도 같은 생각입니다. 그래서 사형의 기준이 따랐던 것이고요. 그리고 예상했던 것보다 더 많은 인원을 뽑아서 참 다행이라고 생각합니다."

"지금은 재능보다 듬직한 아이들이 필요해. 재능이 전부가 아냐. 인성이 그르면 절대 사문에 도움이 안 돼. 나중에 사고를 치게 마련이니까."

"하지만 날씨만큼이나 변덕스럽고 변화무쌍한 게 사람입니다."

서진후가 조심스럽게 말했다. 아무래도 사람에 관해서는 벽우진보다 그가 더 잘 알고 있었으니까.

온갖 군상들을 다 겪어보고, 웬만한 진상들은 다 만나보았기에 서진후는 장담할 수 있었다. 사람은 쉽게 바뀌지도 않지만, 사소한 계기에 의해서 정말 한순간에 바뀌기도 했다.

"잘 알지. 이 세상에서 사람보다 무서운 게 없으니까. 무슨 말을 하려는 지는 잘 알겠어. 걱정하지 마. 나도 나이를 꽁으로 먹은 건 아냐."

"그건 저도 잘 알고 있죠. 허허허."

"일단 알겠어. 비청각은 네가 맡아. 하지만 너무 무리하지는 말고. 안 되겠다 싶으면 바로 나에게 말해."

"알겠습니다."

서진후가 히죽 웃었다. 안 그래도 무료함에 지쳐가고 있었는데 새로운 일거리가 생기자 즐거웠다. 나름 적성에도 잘 맞는 것 같았고 말이다.

"필요한 거 있으면 청민에게 말해서 받아가. 문파 내 대소사 중 큰일은 내가 결정하지만 자잘한 건 청민도 할 수 있으니까."

"청민 사형에게 떠넘기려는 것처럼 보이는데요?"

"내가 부재중일 때 곤륜파의 장문인 대리는 청민이야. 당연히 이 정도 일은 맡아줘야지."

벽우진이 조금도 부끄럽지 않다는 듯이 콧대를 세웠다. 하지만 그 모습이 서진후에게는 일을 안 하려고 뺀질거리는 모습으로 보였다.

"그건 그렇습니다만, 사천성행 말고는 당분간 외출이 없지 않습니까?"

"예행연습해야지. 나 있을 때 아니면 언제 하겠어? 그래야 좀 감도 익히고, 실수도 줄이고. 다 그런 거지. 아는 사람이 왜 그래?"

"허허허허."

서진후는 말없이 웃기만 했다. 웃긴 게 또 틀린 말은 없었다.

"혁문이 때문에 정신없는 거 알지만, 그건 나도 마찬가지야. 이번에 속가제자로 들어온 애들만 199명이잖아."

"예, 추가로 6명 더 받으셨죠. 사형께서 하루 정도는 늦을 수도 있다고 말씀하셔서. 아, 물론 저도 거기에는 동의합니다. 타지에서 온 사람이라면 헤매지 않는 게 오히려 이상할 정도로 척박하고 넓은 곳이 바로 곤륜산이니까요."

"사람이 인정도 좀 있고 그래야지. 너무 야박하면 인간미가 없어."

"알겠습니다. 그리하겠습니다, 사형. 그런데."

서진후가 잠시 말을 끊었다.

표정으로 보아하니 무언가 더 할 말이 있는 것 같았다. 그것도 쉽사리 꺼내기 어려운 내용인 듯싶었다.

“말해, 편하게. 다른 사람은 몰라도 너랑 청민은 그럴 자격이 있어. 곤륜파에 단둘뿐인 장로 아냐? 청민이는 본산대표, 넌 속가대표.”

“속가대표라는 말도 있습니까?”

“뭐 어때, 내가 장문인인데. 내가 말하고 임명하면 생기는 게 직위지. 적어도 곤륜파 내에서 나는 무소불위의 힘을 지닌 권력자인데.”

벽우진이 거들먹거리듯이 어깨를 으쓱거렸다.

웃긴 건 저렇게 말하면서도 딱히 장문인이라는 자리에 욕심이 없다는 점이었다. 만약 청민이 그 정도의 경지에 올랐다면 뒤도 안 돌아보고 떠났을 것 같은 느낌이랄까. 물론 58년 동안 갇혀 있던 걸 생각하면 충분히 이해가 되었지만.

“감사합니다, 사형.”

“그러니까 쉬엄쉬엄해. 너랑 청민이마저 없으면 난 어떡해? 분명히 내가 더 오래 살 텐데.”

“안쓰러웠던 마음이 한순간에 사라지네요.”

“사실인데 뭐. 어쨌든 본론으로 돌아와서 하고 싶은 말 있으면 해. 망설이지 말고.”

편하게 말하라는 듯이 벽우진이 턱짓을 했다. 일단은 들어주겠다는 표정이었다.

“하오문을 너무 믿지 않으셨으면 좋겠습니다.”

“그건 당연하지. 무림에서는 영원한 적도, 아군도 없어. 단지 이해관계가 맞느냐, 맞지 않느냐일 뿐이지. 그래서 비청단을 준비한 것이기도 하잖아. 정보력을 갖추려고. 하오문은 과거에도 그랬고, 지금도 그랬고, 앞으로도 늘 중립을 유지할 거야. 그래야 존립이 가능하니까. 그 말은 달리 말하면 조건만 맞으면 우리에 대한 정보를 어디에다가도 팔 수 있다는 뜻이지. 심지어 오독문이나 북해빙궁, 마교에다가도."

"그렇습니다."

서진후가 무겁게 고개를 끄덕였다.

아무래도 장사꾼으로 평생을 살아오다 보니 하오문과는 이래저래 엮일 수밖에 없었다. 다행히 아직까지는 좋지도, 나쁘지도 않은 관계를 유지했지만, 그렇기에 더더욱 하오문을 신뢰할 수 없었다. 차라리 돈이라면 모를까.

"그러니까 걱정하지 마. 그 부분에 대해서는 나도 인지하고 있으니까. 남에게 내 목줄을 쥐여줄 생각은 눈곱만큼도 없어."

"미인계도 조심하셔야 합니다."

"뭐? 미인계?"

이상할 정도로 진지한 서진후의 말에 벽우진이 어처구니없다는 표정을 지었다. 그야말로 말도 안 되는 소리라고 생각해서였다.

하지만 서진후의 얼굴은 그 어느 때보다 진지했다. 아무래도 이런 부분에서는 벽우진이 취약할 수밖에 없다고 생각했다.

"하오문주가 왜 굳이 소문주를 이곳에 앉혔을까요? 그것도 미모까지 대단한 소녀를요."

"사회 경험을 위해서? 사실 내가 대하기 편한 성격은 아니잖아."

"……그건 알고 계시는군요?"

주제가 잠깐 삼천포로 빠졌지만 서진후는 거기에서 빠져나오지 못했다. 한 번쯤은 거론하고 싶었던 말이었기에 자기도 모르게 반응했던 것이다.

"알지. 나를 아는 게 얼마나 중요한데. 현재의 나를 알아야 더 나은 나로 나아갈 수 있는 건데."

"근데 왜……."

단 세 글자였지만 그 안에는 정말 많은 의미와 감정이 담겨 있었다. 아니, 휘몰아쳤다.

그 말에 벽우진이 도끼눈을 떴다.

"뭐야, 그 반응은? 마치 왜 알면서 바뀌지 않는 거냐고 따지는 거 같은데?"

"크흠! 흠!"

당황한 서진후가 시선을 피하며 크게 헛기침을 했다.

마치 사레라도 들린 것처럼 억지 기침을 해대는 모습에 벽우진이 두 눈을 게슴츠레하게 떴다.

"차라리 솔직하게 말해. 내 성격 괴팍하다고. 나도 귀가 있어."

"전 그래도 늘 사형 편입니다. 저와 청민 사형은 언제나 청류 사형을 사랑하고 있습니다."

"입술에 침이나 바르고 거짓말을 해. 지금 네 모습은 누가 봐도 인위적이야."

"험험! 절대 그렇지 않습니다."

서진후가 황급히 입술에 침을 발랐다. 안 그래도 평소에 안 하던 말을 하려니 입술이 바짝바짝 말라왔기 때문이다.

"퍽이나."

"어쨌든 조심하십시오. 괜히 영웅호걸들이 미녀에게 빠져 허무하게 죽은 게 아닙니다. 조심하고 또 조심해야 합니다."

"근데 나 도사인데?"

"혼인은 가능하지 않습니까. 안 그래도 그거 때문에 노리는 이들이 한둘이 아닙니다. 지금까지의 장문인들과는 너무나 다른 게 사형이시니까요."

서진후가 걱정이 가득 담긴 어조로 말했다.

생긴 것도 젊어졌지만, 혈기 역시 마찬가지였다. 벽우진 딴에는 냉정하다고 생각하는 것 같지만, 서진후가 보기에는 아니었다. 그는 젊은이 못지않게 혈기 왕성했다.

"칭찬이야, 욕이야? 한 가지만 해."

"사실을 말씀드리는 것입니다."

"혼담은 나보다 예지에게 많이 올 것 같은데? 예쁘지, 배경 좋지, 무공도 강하지. 그야말로 완벽하잖아?"

"안 그래도 그것 때문에 일국이가 힘들어하고 있습니다. 워낙에 많은 곳에서 제의가 들어와서요. 중매도 많이 들어오고."

"슬슬 가도 적당한 나이이기는 하지."

무가의 여식들이야 좀 늦게 가는 편이라고 하지만 서예지의 가문은 상가였다. 그렇기에 어떻게 보면 지금이 결혼 적령기라고 볼 수 있었다.

"문제는 예지가 별생각이 없다는 것이지요."

"자기 선택이지. 자기 인생인데 당연히 자신의 결정이 중요하지. 애초에 정략결혼을 시키려고 키운 것이라면 모를까."

"저희 가문은 그런 거 절대 없습니다."

서진후가 정색했다. 정략결혼의 피해자 중 한 명이 바로 그였기 때문이다. 그래서 그가 청하상단의 단주가 된 이후 정략결혼은 아예 사라졌다.

"내가 뭐랬어? 내 생각을 말한 거지. 그렇다고 예지가 노처녀도 아니고 5, 6년 뒤에 해도 상관없잖아? 그 나이 돼도 결혼하자고 남자가 줄을 설 것 같은데?"

"그거야 당연하지요."

서진후가 우쭐한 표정을 지었다.

하나뿐인 손녀는 그에게 있어 보물이자 자랑이었다. 더구나 성격까지 착해서 별다른 사고도 안 치고 지금까지 자라준 고마운 아이였다. 당연히 으쓱해질 수밖에 없었다.

"그러니 예지에게 맡겨. 애가 좀 똑 부러져? 자기가 알아서 잘할 거야. 자기 기준에 맞는 남자 데려오겠지."

"저도 그랬으면 좋겠는데, 인생이라는 게 가끔 생각한 것과는 전혀 다르게 흘러가지 않습니까."

"자식 걱정에 이어 손주 걱정이냐? 근데 상대를 잘못 골랐어. 난 그쪽은 아예 몰라. 나 총각이라고."

"……."

서진후는 말문이 막혔다.

생각해 보니 벽우진에게 말한다고 해서 해결될 문제가 아니었다. 차라리 당민호라면 모를까.

근데 당민호에게도 말할 수가 없는 게 손자 중 한 명을 넌지시 거론할지도 몰랐다.

"이제 그만 나가서 일 봐. 나 좀 쉬게. 좀 있으면 속가제자들 만나서 가르쳐야 하는데 나도 좀 쉬어야지."

"알겠습니다."

"예지는 너무 걱정하지 말고. 내가 한번 넌지시 떠볼 테니까."

"감사합니다!"

"그래그래."

벽우진의 손짓에 서진후가 집무실을 나섰다.

그런 그의 표정이 한결 가벼워져 있었다.

숙소에서 나온 아이들이 똑같은 도복을 입고서 안내해 주는 사람을 따라 발걸음을 옮겼다.

다들 낯선 도복에 신기해하고 있었다. 몇몇은 최대한 담담한 신색을 유지하려고 했지만, 입꼬리는 연신 귀로 향하는 중이었다. 곤륜파의 속가제자가 되었다는 사실에 하나같이 기뻐하는 것이었다.

"시험 본 장소라 익숙하지? 다들 적당히 줄 맞춰 서면 된다."

"예!"

대연무장으로 이동한 아이들이 우렁차게 대답했다. 그러고는 친해진 이들과 삼삼오오 모여서 수다를 떨기 시작했다. 다른 날도 아니고 곤륜파 무공에 입문하는 날이었기에 다들 설레하는 표정이었다.

저벅저벅.

설렘 반, 긴장 반의 심정으로 벽우진을 기다리고 있던 그때 멀리서 발걸음 소리가 들려왔다. 크지는 않지만, 규칙적인 발소리에 똑같은 도복을 입고 있는 아이들이 귀를 쫑긋거리며 고개를 돌렸다.

"아……."

그리고 장탄식이 흘러나왔다.

대연무장 입구에 모습을 드러낸 이는 벽우진이 아닌 진구였다. 누가 봐도 험상궂게 생긴 얼굴에 몇몇 아이들은 금방이라도 울 것 같은 표정을 지었다. 시험을 볼 때는 그래도 한쪽에 부모님이라도 계셨지만, 지금은 혼자만 남아 있었기에 잔뜩 긴장한 것이었다.

"오, 오셨습니까."

"그래."

진구가 어려운 것은 표사들도 마찬가지였다.

훈련을 받기 위해 곤륜산에 올랐던 그들은 살아 있는 지옥을 직접 목도할 수 있었다. 그리고 그 이승의 지옥을 만든 이가 바로 진구였다. 숙달된 조교이자 악마 교관이었던 진구였기에 나이가 많건 적건 표사들은 감히 그와 눈을 마주하지 않았다.

히끅!

그러한 분위기에 옮은 것인지 여기저기에서 딸꾹질 소리가 들려왔다. 심지어 몇 명은 아예 고개를 숙이기까지 했다.

"여긴 어인 일이십니까?"

"내가 못 올 곳에 왔냐?"

"그건 아닙니다만."

"구경 왔다. 형님들이 모두 제자들 키우는 데 여념이 없어서."

유한열이 어색하게 웃었다.

비호표국주이자 이제는 청해성에서 나름 거물급 인사가 된 그였지만 그럼에도 진구는 상대하기 어려운 인물이었다.

벽우진은 그래도 말이 통하지만, 진구는 아예 통하지 않는 느낌이었기 때문이다. 일단 무식하게 크고 단단한 주먹부터 눈에 들어오기도 했고.

"그리고 장문인께서 직접 부탁도 하셨다."

"예?"

"너희들 오늘 오후에 내려간다며? 청하상단 아이들은 어제 내려갔고."

"맞습니다."

"그럼 애들 누가 관리, 감독해야 하겠어? 청민이? 아니면 바쁜 청범이?"

유한열이 꿀 먹은 벙어리 마냥 입을 다물었다.

생각해 보니 비호표국의 인원이 하산하면 남는 인원은 정말 적었다. 하오문도야 당연히 예외였고.

"아침부터 왜 애한테 그러십니까? 제가 봐달라고 한 게 그렇게 불만이셨어요?"

"크흠!"

"죄 없는 아이한테 화풀이하지 마시죠."

"화풀이 아니오."

등 뒤에서 들려오는 벽우진의 음성에 진구의 표정이 삽시간에 바뀌었다.

세상 무서울 것 없이 싸돌아다니는 진구였지만 그에게도 무서운 사람은 있었다. 그렇기에 진구는 이내 표정을 풀고서 조용히 서 있었다.

"안녕하세요!"

"편안히 주무셨습니까!"

한편 벽우진의 등장에 아이들이 눈에 띄게 반색한 표정을 지었다. 아무래도 다들 벽우진을 보고 곤륜파에 온 것이기에 반응 자체가 다를 수밖에 없었다.

게다가 벽우진의 뒤로는 서예지를 비롯하여 본산제자들 역시 나란히 서 있었기에 속가제자들은 더욱더 눈을 빛냈다.

"올라가시죠, 사부님."

"그럴까?"

"예, 이렇게 모인 건 처음인데 한 말씀 하셔야죠."

"흠흠!"

서예지의 말에 벽우진이 겸연쩍은 표정을 지었다.

장문인이 되었지만, 그동안 때려 부수는 것만 했지 누구 앞에서 연설을 한 적은 없었다. 기껏해야 명문대파의 수장들과 회의한 게 전부였지.

더구나 아직은 핏덩이라고 해도 과언이 아닌 아이들이 대부분이었기에 벽우진은 살짝 멋쩍은 기분이 들었다.

"자자, 박수!"

"우아아아!"

그때 장하삼이 시기적절하게 박수를 유도했다.

벽우진이 단상에 올라간 순간 먼저 박수를 치며 소리치는 그 자연스러운 유도에 아이들은 자기도 모르게 넘어가서 환호하며 박수를 쳤다.

"고맙다."

조막만 한 손으로 열렬히 박수를 쳐대는 아이들의 모습에 벽우진이 피식 웃으며 손을 저었다. 그러고는 묘한 눈으로 장하삼을 쳐다봤다.

하지만 그 시선이 머문 시간은 짧았다.

"다들 잠은 잘 잤고?"

"예!"

"나 아직 귀 안 먹었다. 작게 말해도 다 들려. 괜히 아침부터 소리 지르는 걸로 힘 빼지 마라. 조금 뒤면 왜 힘을 아끼지 않았을까 하고 후회하게 될 테니까."

여기저기에서 침을 삼키는 소리가 들려왔다.

반면에 기대하는 표정의 아이들도 있었다. 제대로 무공을 사사한다는 사실에 들떠 있는 것이었다.

"원래 이런 건 짧을수록 좋은 법이지. 이곳에서 지내면서 지켜야 할 규칙은 간단하다. 어기지 말아야 할 것을 어기지 않으면 된다. 가급적이면 사이좋게 지내고. 피는 섞이지 않았지만, 곤륜파라는 이름으로 묶인 형제가 바로 너희들이다. 또한 누나, 언니, 형, 동생들이고. 문제가 생기면, 이상한 게 있으면 바로바로 날 찾든가 뒤에 있는 아이들을 찾고. 괜히 혼자 끙끙 앓지 말고. 아, 아파도 참지 말고 바로 얘기해. 이거 중요하다. 괜히 병을 더 키우지 말고 이상하다 싶으면 즉각 찾아와. 알겠어?"

"예!"

"그럼 너희들이 기대했던 수련을 시작해 볼까?"

벽우진이 씩 웃었다.

하지만 그 미소의 의미를 아이들은 몰랐다. 아이들은 자신들의 앞에 어떤 미래가 있을지 조금도 눈치채지 못했다.

"으어억!"

"주, 죽겠다!"

"죽지 않아. 계속 뛰어."

"히잉!"

스쳐 지나가며 말하는 양이추의 말에 남자아이 하나가 울상을 지었다.

하지만 이내 느릿하게라도 연무장을 뛰었다. 본산제자들 역시 내공을 사용하지 않은 채로, 순수하게 육체의 힘으로만 달리고 있다는 사실을 알았기에 아이들은 뛰는 걸 멈출 수 없었다.

"딱 한 발만 더 뛰어. 그 한 발이 경계선이다."

대연무장의 중앙에서 벽우진이 팔짱을 낀 채로 소리쳤다.

하지만 대답은 없었다. 다들 헥헥대느라 대답할 여력이 없었던 것이다. 그리고 벽우진 역시 대답이 없어도 딱히 신경 쓰지 않았고.

"확실히 근성은 다들 기본으로 가지고 있는 것 같습니다."

"의지도 있으니까. 게다가 남자들 같은 경우 경쟁심 때문이라도 포기하기 싫겠지."

벽우진이 히죽 웃었다.

누가 봐도 지기 싫은 얼굴로 이를 악물고서 뛰는 게 눈에 보였다. 그런데 재미있는 건 여자아이들도 악착같이 뛴다는 점이었다.

"여아들도 만만치 않은 것 같습니다."

"소혜에게 지기 싫은 거지. 비슷한 또래인 데다가 같은 여자아이니까."

"아이들이 목표를 너무 높게 잡은 건 아닐까 걱정됩니다."

어느새 옆에 다가와 있던 청민이 걱정 가득한 표정으로 대답했다. 본산제자들이야 체력 단련에 이골이 나 있지만, 오늘부터 본격적인 수련에 들어가는 속가제자들은 아니었기 때문이다.

“솔직히 말해. 혁문이가 걱정되는 것이겠지.”

“혁문이가 보기와 달리 악바리 근성이 있습니다. 다른 아이들과는 조금 다른 삶을 살아왔고요.”

“벌써부터 자기 제자 챙기기냐? 내 제자들은 뭐 굴곡이 없어?”

“흠흠!”

청민이 슬그머니 시선을 피했다. 하지만 그러면서도 그의 시선은 늘 하나뿐인 제자, 배혁문에게로 향했다.

“문제는 혁문이지. 속가제자들에게 밀리면 그게 무슨 망신이야.”

“그래서 더 악착같이 뛰는 것 같습니다.”

“일단 솔선수범하는 모습은 합격. 정확하게는 형, 누나들을 따라 하는 것이겠지만.”

“이제 열 살이라는 점도 감안해 주셔야 합니다.”

“내가 뭐라고 했어? 잘했다고 했지.”

도가 지나칠 정도로 애지중지하는 청민의 모습에 벽우진이 실소를 흘렸다.

하지만 표정은 그 어느 때보다 따뜻했다. 청민이 제자를 들이고, 가르치는 모습을 보니 감회가 새로웠다. 새삼 곤륜파가 성장하고 있다는 사실도 알 수 있었고.

“있잖아요, 사형.”

“둘이 짰냐? 뭘 그렇게 뜸을 들여? 아침에는 청범이 쳐들어와서 날 피곤하게 하더니."

"말하지 말까요?"

"또 왜 삐딱선을 타. 그냥 말해. 언제는 뭐 내 눈치 보고 말했어?"

벽우진이 장난스럽게 말하자 청민 역시 웃었다.

"저희 눈치 정말 많이 보는데요?"

"그럴 리가. 난 느끼지 못했다."

"원래 당사자는 느끼지 못해요. 아예 신경을 안 쓰니까요."

"본론만."

벽우진이 끝내 탈진하고 쓰러진 아이를 허공섭물로 들어 그늘에 옮겼다. 대화를 하면서도 그는 아이들을 전부 다 살펴보고 있었던 것이다.

그리고 탈진한 아이가 그늘에 옮겨지기 무섭게 미리 준비하고 있던 표사와 쟁자수들이 발 빠르게 물을 먹였다. 몸의 여기저기를 만져보며 상태도 확인했고.

"이렇게 보니까 진짜 재건된 것 같아요. 물론 아직은 부족한 곳도 많지만, 그래도 옛날 느낌이 나요."

"너랑 나도 참 많이 뛰었지."

"사형은 어떻게든 체력 단련을 빼먹으려고 잔머리를 굴리셨죠."

"제일 지겨운 수련이 체력 단련이니까. 근데 나중에 돼서야 알았지. 제일 기본이 체력이라는 것을. 하체가 아냐. 가장 기본은 체력이지. 싸움도 체력이 밑바탕이 되어야 싸우는 거야.

단단히 버티는 것도 체력이 있어야 가능한 거고. 근데 그때는 몰랐지."

"아마 지금 뛰고 있는 아이들도 잘 모를 겁니다. 확 와닿는 게 아니니까요."

그때 그 시절을 떠올리는 듯 청민이 아련한 표정을 지었다. 이제는 다시 볼 수 없는 풍경이었기에 더더욱 그리웠다.

"그렇지는 않을걸. 우리 때야 분위기가 비무나 대련을 중요시하지 않았지만, 지금은 다르니까. 더구나 난 실전을 중요하게 생각하는 성향이고."

"초반부터 너무 강하게 나가시려는 거 아닙니까?"

"강하게 나가야지. 여기서 만족할 거야?"

"아니죠."

청민이 단호하게 고개를 저었다.

이 짧은 시간에 여기까지 온 것만으로도 대단한 일이었지만 그렇기에 그는 더더욱 욕심이 났다. 때문에 구대문파의 한 곳이 아닌 그 이상을 바라게 되었다.

더구나 시기 또한 너무나 좋았다.

"북해빙궁과 오독문을 물리쳤지만, 그렇다고 끝난 건 아니야. 정작 중요한 곳은 아직 움직이지도 않았어."

"마교가 남아 있지요."

청민에게서 살벌한 기광이 번뜩였다가 사라졌다. 천년마교를 떠올리는 것만으로도 살기가 끓어올랐던 것이다.

하지만 무공을 일절 모르는 아이들도 있었기에 청민은 빠르게 살기를 가라앉혔다.

“애초에 난 북해빙궁이랑 오독문은 생각도 하지 않았어. 갚아야 할 빚이 있는 건 그 두 곳이 아니니까. 북해빙궁도 이제는 좀 남아 있기는 하지만.”

“그렇죠.”

“시간이 그리 여유롭지 않아. 어쩌면 이미 중원 깊숙이 들어왔을 수도 있어. 시기적으로 너무 좋잖아? 중원의 힘이 4할 이상 사라진 상태니까.”

“마교 입장에서는 더할 나위 없는 기회죠. 다만 사형 때문에 망설이고 있을지도 모른다고 생각합니다.”

청민이 진심을 담아 말했다.

그 정도로 북해빙궁주와 벽우진의 대결은 아직도 중원 전역에서 회자되고 있었다. 또한 천년마교가 자리 잡은 천산까지도 흘러 들어갔을 터였다.

“에이, 설마. 천하의 마교가 고작 나 하나 때문에? 대신 좀 더 과감하게 정보 수집은 하고 있겠지. 중원의 피해가 정확히 어느 정도인지 알아야 승산 역시 점쳐볼 수 있을 테니.”

“좋게 흘러가기만을 바라기에는 상황이 썩 좋지 않은 게 사실이죠.”

“대신 장점도 있지. 제대로 두들겨 맞았으니 두 번째는 좀 더 빠르게 대응하지 않겠어? 마교가 걱정하는 부분도 그것일 테고. 아무래도 경계심이 극도로 올라 있는 상태일 테니. 독이 바짝 오른 쥐는 고양이도 쉽게 상대하지 못하잖아. 뭐, 미친

광신도들이니만큼 이런 거 저런 거 재지 않고 쳐들어올 가능성이 더 높지만."

"다른 문파들도 예상하고 있겠죠?"

청민의 표정이 심각해졌다. 북해빙궁과 오독문에 속수무책으로 당한 것을 생각하면 영 미덥지가 않았다.

"걱정도 팔자다. 중원에 똑똑한 놈들이 한둘이냐?"

"그 똑똑한 놈들이 북해빙궁과 오독문의 손아귀에 놀아났습니다. 그리고 힘이 없는 명석함은 아무것도 할 수 없다는 걸 사형께서도 잘 아시지 않습니까."

"사천당가."

"예?"

청민이 고개를 갸웃거렸다. 뜬금없이 사천당가를 거론하는 게 이해가 되지 않아서였다.

"왜 하필 이 시기일까. 그리고 꼭 민호의 생일연을 성대하게 열 필요가 있을까? 이미 남궁세가의 절대자인 제왕검은 한쪽 팔을 잃은 상태인데. 다른 오대세가야 두말할 필요도 없고."

"어……."

청민의 뇌가 빠르게 회전하며 오만가지 추측들이 떠올랐다가 사라졌다가를 반복했다.

"너무 걱정하지 마. 모두가 다 생각이 없는 건 아니니까."

"예."

"가자. 애들한테 소청기공(小淸氣功) 가르쳐야지. 나 혼자서는 무리야."

본산제자들을 제외하고는 전부 다 뻗은 속가제자들을 가리키며 벽우진이 말했다.

아무리 그가 엄청난 무경을 이룩한 무인이라고 하나 그렇다고 신은 아니었다. 199명에게 소청기공의 구결을 말해줄 수는 있지만 동시에 운기행공을 도와줄 수는 없기에 청민의 도움이 필수였다.

"알겠습니다."

"다들 모여! 지금부터 본 파의 기본공이라 할 수 있는 소청기공의 구결을 말해줄 테니. 한 번에 못 외워도 이상한 게 아니니까 계속 들으면서 외워. 알겠지?"

"예!"

지쳐 쓰러져 있던 속가제자들이 내공심법을 알려준다는 말에 다들 번개 같이 몸을 벌떡 일으켰다. 그러더니 이내 순식간에 벽우진의 앞으로 모여들었다.

"기본공이라고 무시하지 말고. 지금 알려주는 소청기공이야말로 본 파의 근간이라고도 할 수 있어. 소청기공을 완성해야 소천신공을 시작할 수 있고, 태청신공으로도 넘어갈 수 있으니까. 태청신공에 대해서 혹시 들어본 사람?"

"저요!"

"저도 들어봤어요!"

"곤륜파의 대표적인 절학으로 알고 있습니다!"

열의가 대단한 아이들의 모습에 벽우진이 고개를 주억거렸다.

지금의 모습만 보면 지쳐서 쓰러졌다고 보기 어려울 정도였다. 또한 얼마나 아이들이 기대하고 있는지도 알 수 있었다.

"어렵게 생각하지 마. 그냥 외우고 또 외우면 된다. 운기행공은 나와 청민 장로가 도와줄 테니까."

"네!"

"우렁차서 좋네. 그럼 청민아."

별빛처럼 초롱초롱한 눈빛으로 자신을 쳐다보는 아이들의 시선에 벽우진이 씩 웃으며 청민을 불렀다. 자연스럽게 그에게 일을 시키기 위해서였다.

청민은 이미 짐작하고 있었다는 듯이 곤륜파의 무공 중에서 가장 짧은 소청기공의 구결을 천천히 읊기 시작했다.

"좋아."

아이들이 쉽게 외울 수 있도록 느리면서도 또박또박한 목소리로 소청기공의 구결을 읊는 청민의 모습에 벽우진이 만족스러운 표정을 지었다.

벽우진은 한쪽에 서 있는 제자들을 불렀다.

속가제자들이 소청기공의 구결을 다 외웠다고 하면 정말로 맞게 암기했는지 확인 작업을 해야 했다. 그리고 그 일을 해줄 조교가 바로 그의 제자들이었다.

"당분간은 정신없을 거야. 개인 수련 시간도 확 줄어들 테고."

"괜찮습니다."

"다 사문을 위한 것인데요."

"모자란 것은 잠잘 시간을 줄여서 하면 됩니다!"

벽우진이 기특하다는 표정을 지었다. 누구 제자들인지 하나같이 마음에 쏙 드는 대답만 하는 모습에 미소가 절로 지어졌다.

"그렇게 말해주니 고맙구나."

"아닙니다. 당연히 저희가 해야 하는 일인데요."

"맞아요, 사부님! 다 저희 사제들이잖아요."

서예지에 이어 심소혜가 씩씩하게 소리쳤다.

특히 심소혜는 배혁문에 이어 동생들이 많아졌다는 사실이 정말 기쁜 모양이었다. 나이가 한참이나 많은 오빠, 언니들도 있었지만 그래도 심소혜는 사제들이 많아졌다는 사실에 순수하게 기뻐했다.

"살짝 부담스러운 사람도 있지만 말이죠."

"그 부분은 제가 맡겠습니다."

"도 사제."

양일우의 중얼거림에 도일수가 대답했다.

아무래도 자신이 나서는 게 그래도 모양이 나을 것 같아서였다. 또한 누구보다 그들을 이해할 수 있었고.

"걱정하지 마십시오."

"아, 응."

아직까지도 도일수에게 하대하는 게 쉽지만은 않은 모양인지 양일우가 입에 잘 붙지 않는다는 표정으로 힘겹게 대답했다.

하지만 그런 양일우와 달리 심소혜는 해맑게 웃으며 도일수에게 안겼다.

“고마워요, 도 사제.”

“편하게 말하세요, 사저.”

“제가 사저니까 저 하고 싶은 대로 할래요!”

“후후후. 그러세요.”

귀엽게 고집을 부리는 심소혜의 모습에 도일수도 어쩔 수 없다는 듯이 웃었다. 항렬상으로는 사저이지만 하는 짓은 여동생이나 마찬가지였기 때문이다.

마치 놀이를 하는 듯한 느낌이었기에 도일수도 따뜻하게 안아주었다.

“헤헤헤.”

도일수의 품이 좋은지 심소혜가 헤실거렸다.

어리광 피우지 말라며 잘 안 안아주는 심소천과 달리 도일수는 늘 그녀를 따스하게 안아주었다. 그게 심소혜는 너무나 좋았다.

○

‘부럽단 말이지.’

한편 무공교두로서 벽우진에게 호출받은 진구가 그 모습을 유심히 쳐다보고 있었다. 스승과는 달리 제자들은 하나같이 심성이 올곧고 바른 게 참 보기 좋았다.

그래서 한편으로는 부럽기도 했다. 우애 좋게 지내고 벽우진한테 잘하는 모습을 보니 그도 제자를 들이고 싶어졌다.

"흐음."

하지만 다른 호법들과는 달리 그는 이번 속가제자 공개 모집에서 제자를 들이지 않았다. 아무리 찾아봐도 썩 마음에 드는 아이가 보이지 않아서였다. 비현은 무려 두 명이나 되는 제자들을 받아들였는데 말이다.

'내가 너무 큰 걸 바라고 있나.'

벽우진과 제자들을 보면 가슴이 참 따뜻해졌다.

그런데 또 막상 무공 수련하는 모습을 보면 독종도 그런 독종이 없었다. 심지어 예쁘장한, 손에 물 한번 묻히지 않았을 것처럼 보이는 서예지도 무공을 수련할 때는 독종이 따로 없었다. 검법도 야무지게 잘 펼쳤고 말이다.

'단순히 운이라고 보기에는 힘든데 말이지. 정말 안목이 남다른 건가.'

진구의 시선이 벽우진에게로 향했다.

그는 벽우진과의 첫 만남을 떠올렸다.

솔직히 시작은 별로 좋지 못했다. 서로의 생각이 달랐기에 다툼으로 번지는 것은 당연한 수순이었다.

'그 결과는 나의 완패였지.'

사실 곤륜산의 종주임을 벽우진이 밝혔을 때 순순히 따르는 게 맞았다. 비록 곤륜파에 적을 둔 것은 아니지만, 그의 뿌리가 곤륜에 있는 것은 사실이었으니까. 몇 대를 거슬러 올라가면 선대와 곤륜파의 관계는 깊을 수밖에 없었다.

애초에 곤륜파도 곤륜산에서 수행하던 도인들이 뜻을 모아

개파한 도문이었다. 그렇다 보니 아예 인연이 없을 수는 없었다. 하지만 진구는 그걸 부정했었고, 결국 힘에 의해 강제로 끌려 내려왔다.

'처음에는 모든 게 불만이었지만, 지금은 글쎄.'

힘에 의해 제압당해서 내려온 것이었기에 진구는 처음에 모든 것이 마음에 들지 않았다. 선대의 약속을 왜 자신이 지켜야 하나 했던 것이다.

그런데 지금은 그 생각이 많이 달라져 있었다.

"속세에 물든 것일 지도."

진구가 피식 웃으며 중얼거렸다.

예전에는 하루라도 빨리 머물던 동혈로 돌아가고 싶었었다.

그런데 지금은 달랐다. 곤륜파의 아이들과 어울려서 그런지 지금은 함께 있는 게 더 즐거웠다.

"호법님!"

그때 마치 그의 속마음을 알아차리기라도 한 것처럼 심소혜가 다가왔다. 험악한 인상 때문에 아직도 쉽게 다가오지 못하는 다른 아이들과 달리 심소혜는 방긋방긋 웃으며 그의 넓적다리에 안겼다.

"소혜구나."

"목말 태워주세요!"

"지금?"

"안 될까요?"

뜬금없는 요구였지만 진구는 웃으며 고개를 저었다.

그에게 있어 공깃돌만큼이나 가벼운 게 심소혜였다. 또한 그의 생각을 바꾼 일등 공신 역시 그녀였고.

진구는 단숨에 심소혜를 들어 목말을 태웠다.

"꺄아!"

"높지?"

"네!"

"운룡대팔식을 제대로 익히면 더 높게 날 수 있을 게다."

속가제자들에게 방해되지 않게 조용히 기쁨을 토해내는 심소혜의 모습에 진구가 활짝 웃으며 말했다.

그러나 심소혜는 고개를 저었다.

"전 진 호법님이랑 이렇게 함께하는 게 좋아요."

두근.

진구가 오묘한 표정을 지었다. 그러고는 무어라 형용할 수 없는 표정으로 먼 허공을 응시했다.

하지만 정작 그를 그렇게 만든 심소혜는 해맑게 웃으며 두 다리를 흔들었다.

"그러니까 오래오래 저랑 함께 있어주세요."

"후후. 그래. 약속하마."

"약속하신 거예요?"

"물론이지. 대신 내 제자와도 친하게 지내야 한다?"

진구가 묘한 미소를 지으며 고개를 들었다. 그러자 너무나 맑고 투명해서 자신의 얼굴이 비치는 심소혜의 눈동자를 볼 수 있었다.

"물론이죠! 제가 잘 보살피고 챙길게요!"

"고맙구나."

별거 아닌 목말에도 신나 하는 심소혜의 모습에 진구 역시 기분이 좋아지며 방금 전까지의 고민이 정말 쓸데없게 느껴졌다.

아직 시간은 4년이 넘게 남았고, 그 시간은 결코 짧지 않았다. 그쯤이면 지금 목말을 태우고 있는 심소혜도 부쩍 커 있을 터였다.

'이대로 지내는 것도 나쁘지 않지. 순리에 맞게.'

홀로 사는 삶은 외로웠다. 말해도 들어줄 사람조차 없기에 진구는 그저 살았다. 사부가 유언처럼 남긴 부탁을 이루기 위해 외로움을 꾹꾹 누르며 지금까지 살아왔던 것이다.

어쩌면 그걸 알기에 일부러 속세에 내려오는 걸 기피했는지도 몰랐다.

"그러니까 걱정 마세요."

"근데 너무 앞서 생각하는 것 아니냐? 아직 내 제자는 없는데."

"곧 생기지 않을까요? 사숙도 갑자기 혁문이를 제자로 들이셨잖아요."

"흐음."

진구는 선뜻 아니라고 말을 하지 못했다.

확실히 일리가 있는 말이었다. 어느 날 갑자기 자신의 마음에 드는, 진짜 인연처럼 제자가 생길지도 몰랐으니까.

"저는 호법님이 빨리 제자를 들이셨으면 좋겠어요."

"왜?"

"조금 외로워 보이셔서요."

"그래?"

"네! 물론 제가 곁에 있으니 앞으로는 외롭지 않겠지만요."

심소혜가 그리 말하며 헤헤헤 웃었다. 그러자 진구도 마주 웃었다.

심소혜의 웃음은 이상하게도 전염성을 가지고 있었다. 듣게 되면 반사적으로 따라 하게 되는.

"참 신기해. 네 오빠들은 날 무서워하는데 말이지."

"저도 그 이유를 모르겠어요. 왜 그러지?"

"머리가 굵어져서 그런 거겠지. 생각이 많으니까."

"전 커서도 안 그럴 거예요."

"그래 주면 고맙고."

진구는 대화하면서 은근슬쩍 대연무장의 가장자리로 이동했다. 혹시나 청민과 속가제자들에게 방해가 될까 싶어서였다.

그리고 심소혜와 좀 더 도란도란 대화를 나누려는 속셈도 있었다.

··· 제6장 ···

사천행

운무가 가득한 곤륜산에 한기가 돌기 시작했다.

어느새 겨울이 성큼 다가와 제법 쌀쌀한 아침 날씨에 벽우진이 창문 앞에 서서 따뜻하게 우린 약차를 한 모금 들이켰다.

"이렇게 먹는 것도 나름 괜찮네."

곤륜산의 기후 조건상 차밭을 조성하는 건 힘들었다. 그렇기에 벽우진은 비현과 사람들이 잘 다니지 않는 곳에 제법 큰 규모의 약초밭을 조성했다.

그 결과 중 하나가 바로 지금 마시는 차였다.

"쓴맛이 조금 심하기는 하지만, 그래도 묘한 매력이 있어. 일단 곤륜산에서 난 약초로 만든 것이니까."

지력 때문에 매해 같은 땅에서 키우는 것은 힘들겠지만 그래도 벽우진은 크게 걱정하지 않았다.

곤륜산은 중원에서도 짝을 찾기 힘들 정도로 거대했기에

지력이 떨어졌다 싶으면 장소를 바꾸면 되었다. 일단 곤륜산은 곤륜파의 영역이었으니까.

똑똑똑.

"사형, 저 청민입니다."

"들어와."

"저도 같이 왔습니다."

"좋은 아침입니다, 장문인."

집무실의 문이 열리며 청민과 서진후, 당필교가 들어왔다. 이른 아침부터 셋이 함께 방문했던 것이다. 그런데 겨울이 다가와서 그런지 둘 다 옷차림이 두꺼워져 있었다.

"확실히 계절이 바뀌긴 바뀐 모양이야. 옷이 달라진 것을 보면."

"몸은 젊어졌는데 아무래도 나이가 있다 보니까요."

"그럼 난 솜털 옷을 입어야겠는데?"

"사형은 수화불침이시잖아요."

청민이 넉살 좋게 대꾸하며 자리에 앉았다. 그러고는 벽우진이 들고 있는 차를 지그시 쳐다봤다.

"옆에 놓인 찻주전자에 차 있다. 따라 마셔."

"예."

"감사합니다."

은근히 따라주길 바라는 낌새였으나 벽우진은 단칼에 거절했다. 지금은 창문 앞에서 아침 바람을 쐬는 게 좋아서였다. 그리고 셋 다 손발이 있기도 했고.

"무슨 일인데 이렇게 꼭두새벽부터 찾아왔어?"

"해는 다 떴는데요?"

"먹은 조식이 소화도 안 됐다."

"보고할 게 있어서요."

"셋 다?"

벽우진이 창문을 등지고서 세 사람을 차례대로 쳐다봤다.

보통은 각자 혼자서 찾아오지 이렇게 셋이 함께 온 경우는 드물었기에 고개를 갸웃거릴 수밖에 없었다.

"예, 요 앞에서 만났습니다."

"요즘에 밥은 같이 안 먹나 보다?"

"아무래도 다들 챙겨야 하는 이가 있으니까요."

"예지는 나랑 밥 먹는데?"

대답은 청민이 했지만 벽우진의 시선은 서진후를 향했다.

가족이라 할 수 있는 서예지는 아침, 점심, 저녁 다 벽우진과 함께하고 있었기에 걱정 어린 눈빛을 보낸 것이다.

"그게 맞지요. 사형제들과 함께 밥을 먹는 것이니까요. 전 오히려 속가제자들과 같이 먹는 게 편합니다. 나름 눈여겨보는 아이들도 있어서요. 그리고 제가 속가제자들의 대표이지 않습니까. 특이하게도 장로직을 겸직하고 있기도 하고."

"총관리자 느낌도 들긴 하지."

벽우진이 고개를 주억거렸다. 확실히 같은 속가제자이니 잘 통하는 게 있을 거라는 생각이 들어서였다.

"그리고 또 제가 시끌벅적한 것을 좋아하지 않습니까. 아이들이 투덕거리는 거 구경하는 재미도 쏠쏠합니다."

"하삼이가 그래도 애들을 잘 제어하더라고. 생긴 게 좀 무섭게 생겨서 그런가."

"오히려 아이들은 좋아하던데요. 엄하기도 하지만 또 챙겨줄 때는 확실하게 챙겨주니까요. 게다가 나이 차이가 워낙에 많이 나서 그런지 다들 경쟁자라기보다는 그냥 동네 삼촌 정도로 생각하고 있습니다. 덕분에 분위기가 아주 좋습니다. 중심을 잡아줄 수 있는 사람이 있는 것이니까요. 그런데 혹시 그걸 노리고 뽑으신 건가요?"

서진후가 짐짓 궁금한 표정을 지으며 물었다.

그 말에 청민은 물론이고 당필교도 관심을 보였다. 장하삼 덕분에 속가제자들이 큰 말썽을 피우지 않는다는 걸 둘도 잘 알고 있어서였다.

"그럴 리가. 뽑을 만했기에 뽑은 거야. 다른 이유는 없어. 내가 그런 것까지 신경 써서 선별했을 것 같아?"

"아니죠."

"저희가 오해했네요."

서진후와 청민이 단호하게 고개를 저었다. 물론 짐작은 하고 있었지만 그래도 혹시나 해서 물은 것이었다.

"하삼이 없었고, 말썽쟁이들이 수두룩했어도 큰 문제는 없었을 거다. 시간 차이가 조금 있었을 뿐 결국에는 지금처럼 됐을 거다."

"그렇긴 하죠. 본산제자 애들도 만만치 않으니까요."

"뭐, 그래도 하삼이의 역할이 크다는 건 알고 있어. 생각했던 것보다 너무 잘해주고 있어서."

"제가 유심히 지켜보고 있는 아이 중 한 명입니다."

"그래?"

서진후의 말에 벽우진이 두 눈을 끔뻑거렸다. 비청각과 어울리는지 생각해 보는 것이었다.

하지만 아직은 확신하기 이르다는 생각이 먼저 들었다.

"예, 지금은 일단 기초를 잡는 게 먼저지만요. 어느 정도 기틀이 잡히면 넌지시 말을 꺼내볼 생각입니다. 따로 조용히 얘기를 나눠봤는데 집에 꼭 돌아가야 하는 건 아니더라고요. 아직 장가도 가지 않았고요."

"그러니까 도전하러 왔겠지. 가정이 있는데 왔으면 그건 욕심이지. 실격 사유야."

"맞습니다."

개개인의 꿈은 중요했다.

하지만 그건 말 그대로 개인일 때였다. 한 가정을 책임져야 하는 가장은 논외였다.

"근데 좀 안쓰럽기는 하네. 서른다섯 살인데 아직 혼자라."

"사형께서 그리 말씀하시니까 좀 이상한데요."

"너나, 나나. 그래도 난 외관상으로는 젊어 보이니까 괜찮아. 내 이름하고 신분만 안 밝히면 그냥 청년으로 볼걸?"

"그리 말씀하셔도 안 부럽습니다. 전 지금이 좋습니다, 허허허."

청민은 벽우진의 도발에 넘어가지 않았다. 아니, 넘어갈 필요가 없었다. 지금 이대로의 모습에 만족해서였다. 이 이상은 욕심이라고 생각했기에 청민은 그가 부럽지 않았다.

"사실 진짜 도인은 너지. 난 좀 도인과는 어울리지 않으니까."

"그래도 잘해오고 계시지 않습니까."

"근근이 버티는 거지. 그래. 누구부터 보고할래?"

"청민 사형부터 하시죠."

벽우진의 말에 서진후가 청민을 쳐다봤다. 나이로 보나, 항렬로 보나, 셋 중에 청민이 가장 높아서였다.

"그럼 저부터 하겠습니다."

"그래."

"속가제자들의 훈련에 대해서 보고 드리겠습니다. 현재 전부 다 소천기공을 스스로의 힘으로 소주천 할 수 있는 상태이고 체력 역시 상당히 올라와 있는 상태입니다. 몇몇이 살짝 부족하기는 하지만 아직 어린 나이인 것을 감안하면 그래도 최소한의 기준에는 부합된다고 생각합니다."

"다음 단계로 넘어가도 된다는 거지?"

"예."

긴 설명을 단 한마디로 축약한 벽우진이 고개를 주억거렸다. 어째서 청민이 자신을 찾아왔는지 알 수 있었다.

"그 부분에 대해서는 나도 준비를 다 해두었지. 각자의 소질에 맞게 무공을 구분해 두었으니까."

"아, 그리고 본산제자에 대해서 물어오는 아이들도 있었습니다."

"그건 보류. 넌 모르지만 난 당분간 제자는 더 이상 받지 않을 거야."

"저도 같은 생각입니다. 우선은 혁문이부터 제대로 가르치고 싶습니다. 적전제자로 받아들일 만한 아이도 아직은 보이지 않고요."

벽우진이 고개를 끄덕였다. 그가 보기에도 마땅한 인재가 보이지 않아서였다.

입문 시험이었던 달리기는 말 그대로 최소 기준이었다. 본산제자의 기준은 그보다 훨씬 높았다.

"그래도 노력 여하에 따라 태청검의 전반부는 가르쳐 줄 수 있으니까 그 부분에 대해서 잘 말해줘. 소청신공과 소청검이 속가제자들에게 주어진 것이지만 재능만 있다면 그 이상도 가르쳐 줄 생각이 있으니까. 그 예가 예지이기도 하고."

"알겠습니다."

"다음."

속가제자들의 성취에 대해 보고가 끝나자 벽우진이 곧바로 다음 안건으로 넘어갔다. 최대한 빨리 끝내고 쉴 생각이었던 것이다.

"제가 하겠습니다."

"그래."

"이번에 입문한 속가제자들에게서 후원금이 제법 많이 들어왔습니다."

"자기 자식 잘 부탁한다는 뜻이겠지. 미리 기름칠도 좀 해 두고."

벽우진이 대수롭지 않게 대답했다.

애초에 후원금은 부수적인 목적이었다. 진짜 목적은 곤륜파의 제자들을 늘려 규모를 키우는 것이었기에 벽우진은 심드렁하게 대답했다. 지금 당장 돈이 부족한 것도 아니었고 말이다.

"그런 것 치고는 금액이 상당합니다."

"적당히 돌려줘. 우리가 거지도 아니고."

"저도 같은 생각입니다. 이제는 안정적인 수입원도 생겼으니까요. 임대업을 통한 수입도 꾸준히 들어오고 있고요."

"그 부분에 대해서는 고맙게 생각하고 있다. 아주 잘 굴려주고 있어."

"제가 장사꾼 출신이지 않습니까. 이 정도는 기본이죠. 더구나 청해성에 한정해서는 아직 제 인맥이 많이 남아 있기도 하고요."

서진후가 빙그레 웃었다.

현역에서 물러났다고 하나 그가 오랜 세월 쌓아온 인맥이 어디로 간 것은 아니었다. 그렇기에 서진후는 그것을 십분 활용해서 곤륜파의 재산을 불려 나가는 중이었다.

"너무 크게 욕심을 부리진 말고. 청해성을 벗어나면 분명히 견제가 들어올 거다. 그러니 특산품으로 밀고 나가야 해. 우리만의 고유한 물건으로."

"감숙성까지는 괜찮지 않을까 싶습니다만. 인접해 있기도 하고 현재 공동파의 위세가 많이 약해진 상태이니까요."

"욕먹는다. 남의 것까지 탐한다고. 청해성 정도가 딱 좋아. 성도인 서녕 인근에만 사둬도 이득이야. 서역과 연결되는 길목 위주로 일단은 땅이든 건물이든 사놓아."

"알겠습니다."

곤륜파는 청하상단이 아니었다. 또한 중원 도맥을 잇는 무문이었기에 서진후는 순순히 고개를 끄덕였다.

"이제 필교만 남았구나."

"전 두 분보다 가벼운 사항들입니다."

"지내는 데 부족한 건 없고? 민호가 갈구거나 그러지는 않아? 자주 너에게 찾아간다는 소식이 들리던데."

벽우진이 자기 사람 챙기듯이 물었다.

그리고 실제로 맞는 말이기도 했다. 당민호와 당소윤은 사천당가 사람이지만 당필교는 이제 곤륜파의 사람이었다. 죽기 전에 본 가로 돌아갈 수도 있었지만, 지금은 곤륜파 소속이었다.

"심심하신 것 같습니다. 그리고 의외로 많이 도와주십니다."

"공사를?"

"예."

"처음 만들었던 설계도와 얼마나 달라졌는지 확인해 보려고 그러는 거 아냐? 네가 수정 많이 했잖아."

예의 삐딱한 심보가 다시 한번 나왔다. 친구라고 해서 피해가지는 않았던 것이다.

하지만 일파의 장문인으로서 당연한 질문이기도 했다. 지금 공사하고 있는 그것은 곤륜파의 비밀 무기라고 해도 과언이 아니었으니까.

"지금 본다고 해서 모든 걸 다 파악하지는 못할 겁니다. 태상가주님은 결국 돌아가실 테고, 저는 계속 곤륜산에 남아 있을 테니까요."

"계속 개량해 나갈 거다?"

"예, 장문인께서 지원만 해주신다면요."

벽우진이 만족스러운 미소를 머금었다.

이 이상 좋은 대답은 없었다. 그리고 공사가 끝난다면 그와 당필교 말고는 안에 들어갈 수 있는 사람은 없었다.

"걱정하지 마. 그 부분에 대해서는 난 늘 같은 대답이니까. 내가 돈이 없는 것도 아니고."

"그, 그래도 좀 아껴서 써야 합니다. 점점 커지는 문파 사정도 생각하셔야지요."

"많이 쓰면 많이 벌면 돼. 그럼 똑같은 거 아냐?"

"어, 음."

서진후가 입을 다물었다.

틀린 말은 아니었다. 다만 문제는 어떻게 많이 버느냐였다.

"걱정하지 마라. 내가 뭐 필교한테만 거금을 투자하는 것도 아니고. 적정선은 지킬 거야. 필교 역시 마찬가지고."

"맞습니다. 그리고 일단 공사가 끝나면 아마 큰돈이 들어갈 일은 없을 겁니다."

"좋아, 좋아."

벽우진이 흡족한 표정을 지었다. 그러고는 더 이상 보고할 것이 남았냐는 얼굴로 세 사람을 번갈아 쳐다봤다.

"저는 없습니다."

"저도 없습니다."

벽우진의 시선에 청민과 당필교가 차분한 어조로 대답했다.

반면에 서진후는 묘한 얼굴로 옅게 웃고만 있었다.

"청범이는 할 말이 남은 모양이네."

"그럼 저희는 일어나 보겠습니다."

청민이 눈치껏 일어났다. 서진후가 비청각을 맡고 있다는 것을 알기에 당필교를 데려갈 생각으로 자연스럽게 몸을 일으켰던 것이다.

"참, 필교야."

"예, 장문인."

"진짜 안 가도 괜찮아? 너 하나 간다고 해서 공사가 틀어지거나 진도가 지지부진해지는 건 또 아닐 것 같은데. 다른 기술자들의 실력이 떨어지는 것도 아니고. 어차피 공사도 막바지라며?"

"제가 사용하던 물건은 이미 다 가져온 상태고, 친한 지인들 역시 편지로 연락을 주고받고 있습니다."

에둘러 가지 않아도 된다고 말하는 당필교의 모습에 벽우진은 더 이상 권하지 않았다. 당사자가 싫다는데 자신이 강요할 수는 없어서였다. 벽우진은 개인의 결정을 존중했다.

"그럼 완공하고 휴가라도 한번 다녀와. 너무 한곳에만 박혀 있는 것도 정신 건강에 좋지 않아. 나를 봐? 정신적으로 황폐해진다니까?"

"명심하겠습니다."

"그렇다고 너무 길게는 안 되고. 시설 관리는 네 몫인 거 알고 있지?"

"예."

벽우진이 고개를 주억거렸다. 역시나 알아서 잘하는 게 아주 마음에 들었다.

"그럼 일어나겠습니다."

"내 도움이 필요한 거 있으면 바로 달려오고."

"예."

청민과 당필교가 나가자 벽우진의 시선이 서진후에게로 향했다. 그러자 그가 기다렸다는 듯이 입을 열었다.

"아무래도 하오문에서 눈치를 챈 것 같습니다."

"모르면 그게 더 이상한 거 아냐?"

"초기 단계인데, 눈치를 챈 낌새입니다."

"괜히 개방과 함께 중원을 양분하고 있는 게 아냐. 오히려 밀도로 따지면 하오문이 한 수 위야. 의외로 고급 정보가 많이 돌아다니니까. 개방은 너무 공개되어 있고. 일단 거지가 있으면 경계하게 되잖아."

"맞습니다."

서진후의 표정이 그리 좋지 않았다. 이제 막 시작하는 단계

임에도 하오문이 눈치를 챘다는 사실에 불안한 모양이었다.

"하오문도 어느 정도는 짐작하고 있었을 거야. 언제까지나 자신들에게 의지할 거라고는 생각하지 않았겠지. 우리에게 가장 부족한 힘이 정보력이기도 하고."

"아무래도 너무 가까운 게 가장 큰 문제인 듯싶습니다."

"슬슬 내려가겠지. 소문주라는 고급 인력을 언제까지 이곳에 머물게 하지는 않을 테니까."

"다른 작전도 실패한 상태고 말이죠."

"작전?"

벽우진이 무슨 말이냐는 듯이 반문했다. 하지만 서진후는 의미심장한 표정을 지을 뿐 딱히 대답하지 않았다.

"그런 게 있습니다."

"뭔지는 모르겠는데 기분이 상당히 나쁜데?"

"인원은 혹시 정하셨습니까?"

"대충은."

벽우진이 여전히 따뜻한 차를 들이켰다. 식기 무섭게 내공으로 데우고 있었기에 찻잔 안에 담긴 차는 늘 같은 온도를 유지하고 있었다.

"사천당가까지 따라가지는 않겠지요?"

"설마. 거기가 어떤 곳인지 누구보다 잘 알고 있을 텐데. 폐쇄성이라 독심으로 따지면 천하제일인 곳이 사천당가야. 장원은커녕 당가타도 조심해야 할걸. 외부인은 기가 막히게 알아보는 게 당가타니까."

"마치 가보신 것처럼 말씀하시네요."

"흠흠! 그러니까 이번에 가야지."

벽우진이 눈을 빛냈다.

나이는 많았지만 사천성에 가보는 것은 이번이 처음이었다. 생애 대부분을 시공간의 진에 갇혀 있었고, 그전에는 청해성 토박이었다. 최근에 가장 멀리 간 게 황하를 타고 감숙성으로 넘어간 게 다였다.

"안타깝게도 제가 모시지는 못할 것 같습니다. 아무래도 지금 제가 빠질 수 있는 상황이 아니라서요."

"괜찮아. 길잡이야 뭐 비호표국에서 한 명 데려가도 되고, 아니면 청하상단에 도움을 받아도 되고. 일단 일수가 사천성에도 넘어가 본 경험이 있다니까 큰 걱정 안 해도 돼. 내가 길치는 아니잖아?"

"대신 사건 사고가 끊이지 않을 것 같아서요."

"결과가 나쁜 적은 없잖아?"

벽우진이 히죽 웃었다.

성격이 괴팍하고 폭력적이긴 하지만 아무 이유 없이 주먹을 휘두르지는 않았다. 그렇기에 패선이라 불리며 칭송받는 것이고.

"사천당가에서 생일연을 준비하고 있을 이들이 불쌍해지네요."

"나는 걱정이 안 되고?"

"사형이야 뭐. 허허허."

벽우진을 걱정하느니 차라리 손녀를 걱정하는 게 더 나았다. 아니면 사천당가 사람들을 걱정하거나. 만약 벽우진이 사고를 친다면 그 뒷수습은 사천당가가 해야 했으니까.

"나는 재해다, 이거지?"

"지금까지는 덤벼든 쪽이 다 개박살 나지 않았습니까. 수적이야 논외로 치더라도."

"나도 사회적 지위가 있는데. 나이도 적지 않고. 네가 걱정하는 일은 없을 거야."

"사형은 걱정하지 않습니다. 다만 주제도 모르고 사형을 건드리는 놈이 있을까 싶어서요. 일단 겉으로 보기에는 약관처럼 보이는 게 사형이지 않습니까."

서진후가 진지하게 말했다.

사실 벽우진은 혼자 놔둬도 크게 문제가 되지 않았다. 세간에 알려진 것이야 과장된 게 없지 않아 있었고, 실제로는 누가 건드리지 않으면 의외로 조용히 지내는 게 벽우진이었다.

다만 문제는 혹시나 벽우진을 알아보지 못하고 건드리는 이들이었다.

"민호네 집인데 설마 그러겠어? 다른 곳도 아니고 사천당가인데. 다른 오대세가였다면 모르겠지만 사천당가에서 제멋대로 날뛰는 놈은 없을 거야."

"흠."

삐꺽거리는 다른 오대세가들과는 달리 무서운 기세로 존재감을 키우고 있는 곳이 사천당가였다.

또한 강남 무림을 휩쓸었던 오독문을 밀어내는 데 가장 큰 역할을 했기에 현재 사천당가의 영향력은 상당했다. 가히 무당과 비견될 정도로 말이다.

"그러니 사천당가는 걱정하지 말고 아이들이나 간간이 신경 써줘. 청민이가 있기는 하지만 혼자서는 한계가 있으니까."

툭.

벽우진이 그리 말하며 두툼한 책자를 그의 앞에 내려놓았다. 책장에 가지런히 꽂혀 있던 것들을 허공섭물로 들어서 서진후의 앞에 쌓았던 것이다.

"이건 무엇입니까?"

"낙화검(落花劍), 팔투도(八套刀), 천강수(天剛手), 통벽권(通壁拳)이다."

"이걸 속가제자들에게 공개하시게요?"

서진후의 두 눈이 흔들렸다.

곤륜파를 대표하는 무공이라고는 할 수 없지만 그래도 지금까지 속가제자들에게는 허락되지 않은 무공들이었다. 그렇기에 서진후가 마른침을 삼키며 벽우진을 쳐다봤다.

"아껴서 뭐 해? 만약 내가 없었다면 소실되었을 무공들이야. 과거에는 거의 사장되었다시피 한 무공들이었고. 아껴봤자 썩기만 해. 그럴 바에는 차라리 체질에 맞는 아이들이 있을 때 하사하는 게 나아. 아이들이 익혀서 더욱 발전시킬 수도 있고."

"너무 과하지 않을까 싶습니다."

서진후가 우려를 표했다. 속가제자들에게 가르치기에는 너무 아까운 수준이라고 생각해서였다.

물론 태청검 정도는 아니지만 그래도 대성한다면 절정의 경지는 가볍게 오를 수 있는 게 지금 벽우진이 내민 무공들이었다.

"일단은 전반부야. 후반부는 빼놓았어. 너와 청민이가 가르치기 쉽게 그림도 그려놓았으니 내가 다녀올 동안 기틀을 잡아놓기에는 충분할 거야. 어떤 아이들에게 어울리는지도 적어놓았으니까 확인해 보고."

"아, 전반부면 괜찮겠네요. 어차피 전반부를 다 익혀야 후반부도 가능할 테니."

"더 길게, 높게 보자 청범아. 장사처럼 생각해. 지금은 과도한 투자 같지만, 나중에 더 큰 이익으로 돌아올 거다."

"제가 생각이 짧았습니다."

"그래도 나에게는 네가 더 소중하단 것도 잊지 말고."

서진후의 미소가 짙어졌다. 그러고는 벽우진이 직접 집필한 무공서들을 소중하게 챙겼다.

"돌아오셨을 때 사형께서 만족하실 정도로 가르쳐 놓겠습니다."

"너무 굴리지는 말고. 적당히. 서두르다가 더 돌아가야 하는 경우가 생길 수 있어."

"명심하겠습니다, 그럼."

서진후가 공손히 허리 숙여 인사한 후 집무실을 나섰다.

그러나 방문객들이 다 떠났음에도 벽우진은 좀처럼 쉬지 못했다. 몇 가지 문제들이 그가 제대로 쉬는 걸 방해했던 탓이다.

"일단은 차근차근하는 게 좋겠지? 마음 같아서는 당장 되찾고 싶지만."

알 수 없는 말을 중얼거리며 벽우진이 차를 들이켰다.

밤중에 산에서 불어오는 바람은 차가웠다. 더구나 초겨울이었기에 곤륜산에서 부는 바람은 더욱더 싸늘했다.

하지만 그 차가운 산바람마저도 어쩌지 못하는 공간이 딱 하나 있었다.

끼이익.

곤륜산에서 유일한 대장간에 도착한 벽우진이 문을 열고 건물 안으로 들어갔다.

단순히 문 하나를 열고 들어간 것뿐인데도 벽우진의 안면으로 후끈한 열기가 전해졌다.

"오셨습니까."

"괜찮은 거야? 몸 상태가 말이 아닌데?"

나름 통통했던 볼살은 사라지고 홀쭉해진 얼굴만이 남아 있었다. 얼굴뿐만 아니라 몸 전체적으로 거의 반쪽이 되어 있는 듯한 배율석의 모습에 벽우진이 퍼뜩 놀라 소리쳤다. 누가 봐도 다 죽어가는 것처럼 보여서였다.

"괜찮습니다. 잠을 좀 못 자고 끼니를 걸러서 그런 겁니다."

"며칠 동안 작업했는데?"

"열흘 정도 됩니다."

"뭐?"

벽우진의 두 눈이 휘둥그레졌다.

내공심법을 익혔다고 하나 그 성취는 그리 높지 않았다. 그렇기에 현재 배율석은 범인과 딱히 차이가 없었다. 내공이 있기는 하지만 그렇다고 그게 신체 능력을 어마어마하게 높여주는 수준은 절대 아닌 것이다.

"정말 괜찮습니다. 젊었을 적에는 보름 동안 한숨도 자지 않고 일했던 적도 있는 걸요."

"그건 젊었을 때잖아. 이제는 네 나이를 생각해야지."

"진짜 괜찮습니다. 겉보기에는 이래 보여도 저는 지금 아주 멀쩡한 상태입니다."

"전신이 땀범벅인데?"

벽우진이 미심쩍은 표정을 지었다. 당사자는 괜찮다고 하지만 그가 보기에는 아니었기 때문이다.

"이쪽으로 오시죠. 보여 드릴 게 있습니다."

"설마?"

벽우진이 눈을 번뜩였다. 이 늦은 시간에 손자인 배혁문을 시켜 자신을 부를 만한 일, 그리고 보여줄 것은 단 하나밖에 없어서였다.

그러한 벽우진의 기색을 배율석 역시 읽은 모양인지 은은하면서도 자부심이 서린 미소를 지으며 고개를 주억거렸다.

"예. 드디어 완성했습니다. 지금껏 제가 만들었던 녀석들 중에 가히 최고라고 할 수 있는 아이를요. 그래서 완성이 되자마자 장문인을 모신 것입니다."

"허어."

벽우진이 잔뜩 기대하는 표정을 지었다. 그동안 배율석이 곤륜파의 장문령부를 만든다고 얼마나 많은 노력을 쏟아부었는지 너무나 잘 알고 있어서였다. 아마 못 해도 지금까지 만든 실패작들이 세 자리 숫자는 훌쩍 넘어갈 터였다.

"제 기준에는 만족스러운데 장문인의 눈에는 어떨지 모르겠습니다."

"네 기준에 맞을 정도면 충분하다 못해 넘칠 것 같은데. 너의 심신을 갈아 넣듯이 해서 만든 검이잖아."

"그 정도는 아닙니다. 혼신의 노력을 다하기는 했지만요. 허허허."

자신의 수고를 알고, 인정해 주는 벽우진의 모습에 배율석이 멋쩍은 표정을 지어 보였다.

육체적으로도, 정신적으로도 힘든 상태인 것 분명했지만 그렇다고 쓰러질 정도는 아니었다. 오히려 그 어느 때보다도 정신이 맑은 상태였다.

"기대되네."

"마음에 드셨으면 좋겠습니다."

달칵.

배율석이 대장간 한쪽에 마련된, 완성된 무구들을 전시해 놓은 방문을 열었다.

이윽고 창문에서 스며드는 달빛을 받아 고고히 빛나는 검 한 자루가 벽우진의 눈에 들어왔다. 방에 들어가는 순간 눈에 띌 수밖에 없게 중앙에 딱 비치되어 있었기에 보고 싶지 않아도 볼 수밖에 없었던 것이다.

"호오."

"방금 전에 완성된 검입니다. 아직 열기가 조금 남아 있지만 드는 데 무리는 없습니다."

저벅저벅.

마치 자신을 부르듯이 월광을 반사시키며 고고하게 빛나는 검의 모습에 벽우진이 천천히 다가갔다.

놀랍게도 검신이 부르르 떨리며 마치 주인을 알아보듯 벽우진을 격하게 반기기 시작했다.

우우웅! 우웅!

심지어 검명까지 토해내는 모습에 배율석이 두 눈을 휘둥그레 떴다. 그가 만들었음에도 이런 반응은 보이지 않았었기에 깜짝 놀란 것이었다.

"정말 혼이 깃든 모양인데. 그것도 곤륜의 혼이."

"곤륜산에서 나는 철광석을 이용해 만들었습니다. 현철 또한 100일 동안 곤륜산의 정기가 머물 수 있도록 산속 깊은 곳에 묻어두었다가 사용했습니다."

데에엥!

얼른 잡아달라고 보채는 듯이 울어대는 검을 조심스럽게 잡아 든 벽우진이 손가락을 튕겼다. 검신의 강도를 확인하기 위해서였다.

"손잡이랑 일체형이네?"

"예, 아무래도 따로 만드는 것보다는 일체형이 더 안정적이고 충돌 시 손잡이에 부하도 적습니다."

"근데 중심 잡기가 힘들잖아."

벽우진이 강도 검사를 마치고서 왼손 검지에 검을 올렸다. 검의 균형을 확인하기 위해서였다. 그런데 놀랍게도 손가락 위에 놓인 검은 조금의 기울임도 없이 완벽한 수평을 이루고 있었다.

"맞습니다. 그래서 부순 게 제법 많지요."

"제법은 무슨. 세 자리가 훌쩍 넘어간다고 혁문이가 그러던데. 부수고 녹이고 다시 만들고. 그 세 가지를 무한 반복 중이라고."

"허허허."

배율석이 뻘쭘한 얼굴로 웃었다.

하지만 부끄러운 기색은 없었다. 평생의 역작을 만드는 데 그 정도 수고는 수고라고 할 수도 없어서였다. 그리고 중요한 것은 노력한 게 아니라 완성을 했냐이다.

"근데 진짜 보검을 만들어낼 줄이야. 이 정도면 전대 장문인께서 사용하던 장문령부 못지않겠는데."

"그렇다면 다행입니다. 사실 그 이상의 검을 만들어낼 자신이 저는 없습니다."

"하면 도나 창을 만들어보는 건 어때? 혹시 알아? 이 녀석과 형제들이라 할 수 있는 녀석들이 탄생할지."

"으음."

배율석의 두 눈에 욕망이 떠올랐다.

지금 보이는 검보다 더 나은 검을 만들 자신은 없지만 다른 병기는 가능할지도 몰랐다. 그렇기에 배율석은 자기도 모르게 침을 삼켰다. 새로운 목표에 가슴에서 불꽃이 타오르기 시작했다.

"창은 몰라도 도는 있으면 좋지. 본 파에는 뛰어난 도법도 있으니까."

"저를 끝까지 부려먹으려는 건가요."

"아니, 멈추지 않게 새로운 목표를 제시하는 거지. 이대로 소일거리만 하기에는 너무 아깝잖아. 아직 더 나아갈 수 있을 것 같은데."

"살짝 걱정도 됩니다. 다시는 만들지 못할까 봐."

"그러니까 더 시도해 봐야지. 결과는 시도하는 이에게만 주어져. 포기한 이에게는 실패조차도 허락되지 않지."

부우우웅.

벽우진이 그리 말하며 검을 크게 휘둘렀다. 그러자 부드러운 파공성과 함께 창문으로 파고든 월광이 잔잔히 부서졌다.

배율석은 그 아름다운 광경에 넋을 놓았다. 단순한 휘두름이었지만 그 안에는 삼라만상이 전부 담겨 있는 듯했다.

"오오……!"

"그리고 한 번 만들었는데 두 번이라고 못 만들 이유가 없잖아?"

"그렇긴 합니다만……."

"서두르지 마. 일단은 몸 좀 추스르고 그때 다시 한번 진지하게 생각해 봐. 할 일은 산더미처럼 많으니까."

벽우진이 의미심장하게 웃었다.

199명이나 되는 속가제자들의 병기를 만들어야 하는 사람이 바로 배율석이었다. 그러니 심적으로 추스를 시간은 충분히 줘야 했다.

"알겠습니다. 그보다 장문인. 검의 이름을 지어주시지요."

"이름은 제작자가 짓는 게 낫지 않겠어?"

"만든 건 저이지만 주인은 장문인이시지 않습니까. 검 역시 그러길 바랄 겁니다."

우우우웅.

배율석의 말이 맞다는 듯이 검이 잘게 떨렸다.

그런데 배율석은 몰랐지만 벽우진의 양팔에 걸려 있는 일월쌍환 역시 은은하게 진동하는 중이었다. 말은 못 했지만 벽우진이 느끼기로 질투하는 듯했다.

'녀석들.'

평소에는 조용한 녀석들이 새 친구의 등장에 격하게 반응하는 모습에 벽우진이 속으로 피식 웃었다.

하지만 질투라고 할 것도 없었다. 배율석에게는 미안했지만 지금 들고 있는 검과 일월쌍환은 비교가 불가능했다. 신선이 만든 보패와 인간이 만든 검은 애초에 같은 선상에 둘 수 없었으니까.

'둘 다 조용히 있어.'

벽우진의 뜻이 전해진 것인지 투정 부리듯 번갈아가며 진동하던 일월쌍환이 조용해졌다.

그제야 벽우진은 찬찬히 검을 내려다봤다.

특별한 기운이나 힘이 담겨 있지는 않았지만 그렇다고 평범한 검은 아니었다. 신검은 아니더라도 능히 보검의 수준에는 어울리는 검. 그 검을 벽우진은 지그시 쳐다봤다.

"이름이라."

"천천히 생각해 보셔도 됩니다. 검이 어디로 도망가는 것은 아니니까요."

"무상검(無上劍)."

"예?"

"본 파의 상청무상검도(上淸無上劍道)와 궁합이 잘 맞을 것 같아서."

뜬금없는 말에 당황했던 배율석이 고개를 주억거렸다. 이어진 벽우진의 설명에 왜 무상검인지 이해했던 것이다.

"곤륜파 최고의 절학 중 하나지 않습니까."

"맞아. 본 파가 자랑하는 절학 중 하나이지. 천하에서 손꼽힐 만한 검공이기도 하고."

"흔히들 곤륜파하면 태허도룡검(太虛屠龍劍)을 생각하지만 그건 단순히 가장 많이 알려져서 그런 것뿐이다. 검공 중 최고를 꼽으라면 딱 두 가지지. 상청무상검도와 태청용형검(太淸龍形劍). 이 두 개가 최고야. 그리고 이 검은 그 두 가지 검공과 궁합이 좋아."

"용형검이라고 짓기에는 아무래도 형태가 수수하지요."

"그래서 더 좋아. 화려해 봤자 균형만 어긋나. 검은 그저 검일 뿐이지."

웅웅웅웅!

벽우진이 지어준 이름이 마음에 들었는지 무상검이 격렬하게 떨어댔다. 한데 그러면서도 벽우진의 손에 전해지는 부담은 전혀 없었다.

"여기 검갑입니다."

"되게 고급스러운데?"

"무상검을 담아야 하는데 아무렇게 만들 수는 없지요."

"내가 차고 다니기에는 너무 고급스럽지 않아?"

벽우진이 왼손에 검갑을 들고서 입맛을 다셨다. 아무리 일파의 수장이라고 하나 그래도 명색이 도인인데 검갑이 너무 화려한 것 같아서였다.

"다른 이도 아니고 대곤륜파의 장문령부인데요. 위신을 위해서라도 이 정도는 되어야 한다고 생각합니다. 외출 시에는 천으로 가리면 되니까요."

"흐음."

"세월이 흐르면 자연스럽게 고풍스럽게 변할 겁니다."

"그렇긴 하겠네."

벽우진이 고개를 끄덕였다.

지금은 너무 새것 같아서 화려한 느낌이지만 다음 세대, 그리고 100년이 지나면 소림사의 녹옥불장처럼 자연스럽게 세월의 미를 보여줄 터였다.

탁.

대답과 함께 벽우진이 무상검을 검갑에 넣었다. 그러자 마치 처음부터 하나였다는 듯한 모습이 눈에 들어왔다.

"잘 부탁드립니다."

"나야말로 고마워. 완성하기까지 엄청나게 힘들었을 텐데."

"힘들었지만 즐거운 시간이었습니다. 또 배운 것도 많고요. 물론 다시 만들라고 하면 못 만들겠지만요."

"동생을 만들면 되지. 형보다 뛰어난 동생이 어디 한둘이야?"

벽우진이 자신감을 심어주었다.

수많은 실패를 하겠지만 그럼에도 도전하고 또 도전하다 보면 언젠가는 성공할 터였다. 오늘 완성된 무상검처럼 말이다.

"그래도 부담감은 크게 없을 것 같습니다. 사실 최대한 빨리 만들어야 한다는 부담감이 없지 않아 있었습니다. 장문인은 있는데 장문령부는 없는 상태이니까요."

"이제부터는 편하게 만들어. 필요한 광물이 있으면 다 말해. 사천당가에서 구해올 테니까."

사천당가라는 말에 배율석이 눈을 빛냈다. 아무래도 당필교를 통하는 것보다는 벽우진이 직접 구하는 게 품질 면에서도 탁월할 게 분명해서였다.

거기까지 생각이 닿은 배율석은 이내 두 눈을 빛내며 필요한 것들을 벽우진에게 빠르게 말하기 시작했다.

벽우진은 서서히 내리는 눈발의 모습을 지그시 쳐다봤다. 바람결을 따라 이리저리 흩날리는 단순한 모습을 더없이 진지하게 응시했던 것이다.

"무슨 생각을 하는 걸까?"

"글쎄. 일정에 대해서 생각하시는 게 아닐까?"

"혹시 본산에 있는 속가제자들을 생각하시는 건 아닐까요?"

양일우의 중얼거림에 양이추와 심대현이 작게 대답했다. 그러면서도 셋은 연신 벽우진을 힐끔거렸다.

"혹시 깨달음을 얻은 건 아닐까? 불현듯 찾아오는 게 깨달음이라고 하잖아."

"그 정도 분위기는 아닌 거 같은데."

"신경 쓰지 말고 일단 밥부터 먹어라. 내일은 눈길을 걸어야 하니 평소보다 배는 힘들 것이다."

"예."

쓸데없는 소리 하지 말라는 듯이 진구가 퉁명스럽게 말했다.

그러자 세 사람이 입을 쏙 다물고서 점소이가 가져다준 음식들을 원탁 위에 적당히 정리했다. 인원이 적지 않은 만큼 모두가 편히 먹을 수 있도록 적절히 배치하는 것이 중요했다.

“근데 음식을 너무 과하게 시킨 것 같아요.”

“굳이 이렇게 비싼 음식 안 시켜도 되는데.”

객잔에서 일했던 적이 있는 심대혜와 심대현이 조심스럽게 입을 열었다. 한 끼 저녁으로 먹기에는 금액이 너무 과한 것 같아서였다.

“돈은 걱정하지 말 거라. 여비는 충분하다 못해 넘치니까.”

“사부님.”

어느새 생각을 정리한 모양인지 벽우진이 창밖을 주시하던 시선을 돌리며 인자한 목소리로 말했다. 두 아이가 왜 이렇게 말하는지 그는 알고 있어서였다.

“그래도 너무 과한 것 같습니다, 사부님.”

“왜? 못 먹을 것 같아?”

“어…….”

심대혜가 말끝을 흐렸다.

한창 자랄 때인 소년만 네 명이었다. 거기에 장정인 벽우진과 진구까지 있었기에 다 못 먹지는 않을 터였다.

하지만 낭비인 것도 분명했다.

탁.

하고 싶은 말이 있으나 차마 말을 잇지 못하는 심대혜의 모습을 보며 벽우진이 젓가락을 집었다. 그런 그의 얼굴에는 여전히 부드러운 미소가 맺혀 있었다.

“이건 낭비가 아니다. 하나하나 알아가는 과정이지.”

"과정이요?"

"그래, 너희들은 더 이상 객잔에서 일하던 점소이나 잡일꾼이 아냐. 나의 제자들이지. 또한 곤륜파의 일대제자들이고."

조용히 말을 듣고 있던 진구가 고개를 끄덕였다. 벽우진이 무엇을 말하고자 하는 것인지 단박에 이해한 것이다.

그러나 아이들은 아닌 듯 하나같이 모르겠다는 얼굴로 두 눈을 껌뻑거렸다.

"즉 이런 음식들에 익숙해져야 한다는 거다. 물론 지금 당장은 낭비처럼 보이겠지. 괜히 쓸데없는 데 돈을 쓰는 것처럼 보일 테고. 하지만 이건 절대 낭비가 아니야. 앞으로는 이보다 더한 음식들을 대접을 받을 테니까. 다만 겸손함은 잃지 말아야겠지. 너희들의 일거수일투족이 나와, 곤륜의 명예와 직결되니까."

"아!"

"그러니까 예행연습한다고 생각해. 식사 예절에 대해서 예지가 자세히 알려주고."

"네."

서예지는 다른 아이들과는 달리 이런 음식들에 익숙했다. 또한, 어려서부터 식사 예절에 대해서 깐깐하게 교육을 받았기에 교관으로서도 아주 적당했다.

"열심히 배우겠습니다!"

"저도요!"

"잘 부탁드립니다."

벽우진의 뜻을 알아서인지 아이들이 좀 전과는 달리 의욕적으로 소리쳤다.

특히 마지막 말이 아이들의 가슴에 깊게 박혔다. 자신들의 모든 언행이 벽우진과 곤륜의 명예에 직결된다는 말이.

"그렇다고 해서 너무 진지하게 받아들이지는 말고. 자연스럽게 배워. 지금 가장 중요한 것은 배를 채우는 것이니까."

"예!"

우렁차게 대답하는 아이들의 모습에 벽우진이 흐뭇한 미소를 머금었다. 서서히 곤륜의 기둥으로 자라나는 아이들을 보자 밥을 먹지 않아도 배가 불렀다.

"사부님, 이것 좀 드세요."

"고맙구나."

"헤헤헤! 많이 드세요."

진구의 옆자리에 앉아 있던 심소혜가 한 접시 가득 음식들을 담았다.

원탁에 놓인 갖가지 음식들을 조금씩 소담스럽게 담아 건네는 그 마음이 너무나 예뻐 벽우진은 절로 아빠 미소가 나왔다.

"소혜도 많이 먹으렴. 모자라면 얘기하고."

"네! 아, 호법님도 드세요."

가장 먼저 벽우진부터 챙긴 후 심소혜는 옆에 앉아 있는 진구에게도 벽우진 못지않게 푸짐하고 예쁜 한 접시를 담아 건넸다.

그 모습에 벽우진의 미소가 더욱 짙어졌다. 괄괄한 진구에게 스스럼없이 다가가는 게 너무나 예뻐서였다.

'친화력이 참 좋단 말이지.'

다른 제자들이 어려워하는 진구를 아무렇지 않게 대하는 심소혜의 모습에 벽우진은 자기도 모르게 고개를 주억거렸다. 가만히 보면 형제들의 성격이 전부 다 달랐다.

"고맙구나."

"많이 드세요, 호법님!"

"소혜도 먹어야지."

"저도 먹을 거예요."

"후후후."

늘 굳어 있던 진구의 얼굴에 훈풍이 돌았다.

다른 제자들에게는 너무나 엄한 진구였지만 심소혜만은 예외였다. 오죽했으면 그가 목말까지 태워줬을까. 그 정도로 심소혜는 어느새 그의 마음 깊숙이 들어와 있었다.

'이 또한 어떠하리.'

아직 4년이라는 시간이 남았지만, 진구는 왠지 모르게 그 시간이 오면 너무나 힘들 것 같았다. 심소혜와 떨어져야 한다는 게 그에게는 부담으로 다가왔다.

물론 언젠가는 이별을 해야겠지만 그게 4년 후라는 건 마음에 들지 않았다.

"자, 나를 보고 천천히 따라 해. 궁금한 거 있으면 바로바로 물어보고."

"예, 사저."

"넵!"

한편, 같은 원탁에 앉아 있던 서예지는 진지했다. 벽우진이 어떤 마음으로 이 음식들을 시키고 자신에게 가르치라고 했는지 모르지 않아서였다.

또한 동시에 그녀에게 말한 것이기도 했다. 어디를 가든 주눅 들거나 기죽지 말라고 말이다.

"맛은 나쁘지 않네."

"술 좀 시켜도 되오?"

"안 됩니다."

그런데 정작 벽우진은 열심히 식사 예절을 배우는 아이들과 달리 너무나 편하게 음식을 집어 먹고 있었다. 식사 예절 따위는 필요 없다는 듯이 말이다.

한데 재미있는 건 그 모습조차도 벽우진과 너무나 잘 어울렸다.

"딱 한 병씩 어떻소?"

"안 됩니다."

"허어."

단칼에 거절하는 벽우진의 모습에 진구가 입맛을 다셨다. 간만에 새로운 음식을 먹는 건데 너무 야박한 것 같았다.

하지만 벽우진은 단호했다.

"사천당가에 도착하면 드시죠. 그때는 마음껏 드셔도 됩니다."

"공짜라서 그런 것 아니오?"

"요거 맛있네."

벽우진이 생선을 튀긴 후 두반장으로 매콤하게 맛을 낸 생선 요리를 한 점 집었다. 누가 봐도 말을 돌리기 위한 행동이었다.

"제가 더 떠드릴까요?"

"괜찮아. 사부님은 팔이 길거든."

"우와아."

벽우진의 말에 필요 이상으로 놀라며 심소혜가 두 눈을 동그랗게 떴다. 팔다리가 긴 건 알고 있었지만, 이 정도로 길 줄은 몰라서였다.

하지만 아직 놀라기는 일렀다.

두둥실.

팔이 닿지 않는 음식 중 하나가 스르륵 떠오르며 벽우진의 앞접시로 날아가 부드럽게 안착하는 모습에 심소혜뿐만 아니라 다른 아이들도 박수를 쳤다.

"……쓸데없이 공력을 소모하는 것 같습니다만."

"전 괜찮습니다. 공력이 남아돌거든요."

"끄응!"

"잡것들 시선도 돌리고요."

벽우진이 싱긋 웃었다.

가벼운 허공섭물 한 번에 시끌벅적했던 1층이 한순간에 조용해졌다. 적어도 절정은 되어야 가까스로 펼칠 수 있는 허공섭물을 너무나 가볍게 펼치자 다들 입을 쏙 다물었던 것이다.

더불어 어쭙잖게 고수 행세를 하던 왈패들이 슬금슬금 객잔 밖으로 도망갔다.

"자, 먹자."

사건, 사고를 원천 봉쇄한 벽우진을 향해 빙긋 웃어 보인 서예지가 아무렇지 않은 얼굴로 다시 교육에 들어갔다.

그러자 많은 이들의 시선이 벽우진 일행에게로 집중됐다. 어느 곳의 고수인지 다들 궁금했기 때문이다. 하지만 누구도 다가와서 말을 걸지는 않았다.

사천성의 성도에 도착한 일행들이 해연히 놀란 눈으로 주변을 두리번거렸다.

감숙성의 성도인 난주에도 가봤지만, 이 정도는 아니었다. 물론 청해성의 성도인 서녕과는 아예 비교 불가였다. 그 정도로 확연히 다른 성도의 풍경에 아이들의 입은 저절로 벌려져 있었다.

"허어."

그리고 놀란 것은 진구도 마찬가지였다. 이 정도로 화려한 거리와 건축물들을 본 적이 없는지 그 역시 평소와 달리 두 눈을 정신없이 껌뻑이는 중이었다.

"확실히 다르긴 다르네. 분위기도 그렇고, 옷차림도 그렇고."

"곤륜산보다 좀 더 따뜻한 거 같아요."

"사람이 많아서 그런 걸 수도 있어."

"호호호."

서예지가 어색한 웃음을 흘렸다. 아무리 사람이 많다고 해도 기후를 바꿀 수는 없다고 생각해서였다.

그러나 서예지는 몰랐다. 벽우진이 진심으로 말했다는 사실을.

"우와, 당과다!"

"어디?"

"저기!"

"진짜네. 근데 여기 당과가 더 큰 거 같지 않아?"

"냄새도 달라."

저잣거리를 거닐던 아이들이 코를 킁킁거렸다. 청해성 저잣거리에서도 볼 수 있는 흔한 길거리 음식들이었지만 이상하게 냄새가 다른 것 같아서였다. 게다가 크기 역시 남다른 모습에 특히 심소천과 심소혜가 눈을 빛냈다.

"간식들도 매운 거 아냐?"

"설마."

"탕도 대체적으로 매콤했잖아. 어쩌면 당과도 매운맛이 첨가되어 있을 수도 있어."

"일리 있는 말인데."

양이추와 심대현이 진지한 얼굴로 중얼거렸다. 사천성의 성도로 오면서 들렀던 객잔이나 객점의 음식들은 하나같이 매콤했기에 가능성은 충분했다.

"뭘 걱정해? 맛보면 되지."

"어, 먹어도 될까요?"

"안 될 건 뭐야?"

맛이 궁금한지 좀처럼 시선을 떼지 못하는 아이들의 곁으로 진구가 선뜻 다가갔다. 그러고는 자신의 돈으로 당과를 비롯해서 꼬치류 등 여러 간식들을 모조리 샀다.

"너무 많지 않을까요?"

"한창 먹을 때니까 괜찮아. 그리고 또 언제 사천성 성도에 오겠어?"

"그렇긴 하네요."

조심스럽게 만류하던 서예지가 이내 고개를 끄덕였다.

확실히 다음에 또 이곳에 오리라는 보장이 없었다. 속가제자들인 그녀라면 모를까 다른 아이들은 본산제자였기에 서예지는 더 이상 만류하지 못했다.

"감사합니다!"

"잘 먹겠습니다."

"그래, 남기지만 말고."

아이들의 말에 진구가 일부러 퉁명스럽게 말했다. 심소혜를 제외하면 아직은 어색했기에 자기도 모르게 그리 말한 것이다.

"호법님도 하나 드세요!"

"난 괜찮아. 너무 달아."

"살짝 매콤해서 괜찮아요."

"먼저 먹었구나?"
"헤헤헤!"
당과를 권하던 심소혜가 살짝 민망한 웃음을 흘렸다. 자기도 모르게 본능적으로 하나를 먹고 말아서였다.
"근데 매콤하다고?"
"예, 제가 직접 먹여 드릴게요."
"크흠! 흠!"
손녀처럼 애교 넘치는 심소혜의 모습에 진구가 살짝 민망한 기색을 띠었다. 별것 아닌 건데 이상하게 얼굴이 붉어졌다.
"나는 안 주니?"
"사부님은 제가 드릴게요."
묘하게 잘 어울리는 심소혜와 진구의 모습에 벽우진이 장난스럽게 끼어들었다.
그런데 말이 끝나기 무섭게 벽우진의 앞으로 먹음직스러운 당과 하나가 번개 같이 쇄도했다. 바로 마치 기다리고 있었다는 듯한 서예지였다.
"응?"
"드세요."
"어……."
"설마 소혜가 아니라서 실망하신 건 아니죠?"
서예지가 당과를 흔들었다. 얼른 먹으라는 무언의 독촉이었다.
"농담으로 한 건데."

"그래도 맛은 봐보세요. 사부님도 사천성은 처음이시라면서요."

"초행길이긴 하지."

"지금이 아니면 언제 또 드셔보시겠어요? 혼자 오시면 아예 거들떠도 안 보실 거잖아요."

자신에 대해 너무나 잘 아는 서예지의 말에 벽우진은 더 이상 반항할 수 없었다. 그래서 어쩔 수 없이 당과를 받아 먹었다.

"음?"

"괜찮죠? 어른용 당과도 있더라고요. 단 거를 좋아하는 어른들도 있어서 그런가 봐요."

"맛있는데?"

벽우진의 두 눈이 동그래졌다. 단순히 단맛에 매콤한 맛만 추가되었을 거라고 생각했는데 그게 아니었다. 이 작디작은 당과에 우주가 담겨 있어 오묘하지만 맛있었다.

"의외죠?"

"응, 이건 우리 나이대도 먹을 수 있겠다. 물컹물컹해서 이빨이 없어도 먹을 수 있잖아."

서예지가 말없이 웃었다. 겉모습이 이십 대인 벽우진이 말하니 괴리감이 적지 않았지만, 나이를 생각하면 틀린 말은 아니었다.

"제가 돌아가면 한번 만들어볼게요."

"네가?"

"예, 만들 수 있을 것 같아요. 일반적인 당과는 의외로 만들기 쉽거든요. 재료를 구하기가 힘들어서 예전에는 만들지 못했지만, 지금은 얼마든지 만들 수 있으니까요."

의외로 잘 먹는 벽우진의 모습에 심대혜가 조심스럽게 입을 열었다.

당과는 아이들 간식이지만 그렇다고 어른들이 못 먹는 건 아니었다. 의외로 당이 떨어진다는 말과 함께 단 걸 찾는 경우도 많았기에 심대혜는 얼마든지 만들 수 있다는 표정으로 대답했다.

그런데 반응은 다른 쪽에서 나왔다.

"정말 만들 줄 알아?"

"네, 의외로 쉬워요. 이렇게 만들어지나 싶을 정도로요."

"그럼 나한테도 가르쳐 줄 수 있어?"

서예지가 눈을 빛냈다.

요리 실력이 많이 늘기는 했지만 그래도 아직 부족한 게 사실이었다. 금지옥엽이라는 말처럼 워낙에 곱게 자라서였다. 주방에 들어간 것도 곤륜파의 제자가 되어서야 들어갔기에 아직 갈 길이 멀었다.

"물론이죠. 별로 어려운 것도 아닌 걸요."

"고마워."

"애들이 좋아하겠네요. 안 그래도 군것질거리만 찾고 있었는데."

아귀처럼 시전에서 파는 온갖 음식들을 입에 쓸어 담고 있는 모습에 서예지가 작게 웃으며 말했다.

군것질은 좋지 않았지만, 평소에는 먹기 힘든 게 저잣거리의 음식들이었다. 그래서 서예지는 각자의 용돈 내에서 사 먹는 것은 말리지 않았다.

"흐음."

의외로 진구 역시 관심을 보이며 이것저것 먹고 있기도 했고.

물론 그의 곁에는 손녀처럼 심소혜가 찰싹 달라붙어 있었다.

"이것도, 이것도 먹어봐요!"

"맵지 않을까?"

"저 매운 거 잘 먹어요! 다 컸거든요. 헤헤헤!"

"그건 아니지."

진구가 어울리지 않게 인자한 미소를 지으며 심소혜의 머리를 쓱쓱 쓰다듬었다.

묘하게 어울리지 않는 요상한 모습이었지만 그럼에도 훈훈한 한 장면이었다. 전혀 닮지 않은 조손지간 같은 모습이랄까.

"이제 그만 들어가자. 성도에 오늘 하루만 머무는 게 아니니까."

"네!"

좀처럼 앞으로 나아가지를 못하는 제자들의 모습에 벽우진이 피식 웃으며 박수를 두어 번 쳤다. 시끄러운 시전이니만큼 박수로 아이들의 시선을 끌어당겼던 것이다.

이윽고 일행은 시전을 가로질러 당가타로 들어갔다.

··· 제7장 ···

패선 입성

당가타에 진입한 아이들이 하나같이 신기한 표정을 지었다. 묘하게 다른 분위기가 당가타에 있었기 때문이었다.

사천당가의 혈족들만 지낼 수 있다는 지역이라서 그런지 분위기가 다른 곳들과는 상당히 달랐다.

물론 겉으로 보기에는 장사도 하고 음식점도 있어 다른 거리와 크게 다른 점이 없었지만, 살갗에 닿는 분위기가 묘하게 차이가 났다.

"신기하네요. 거리 하나 사이로 이렇게 다른 분위기가 있을 줄이야."

"기본적으로 내공심법 정도는 다들 익히고 있으니까. 표사나 쟁자수와 비슷하다고 생각하면 된다. 전형적인 무인은 아니지만, 무공을 익히고 있는 사람들이라고나 할까나. 비록 수박 겉핥기식이긴 하지만."

"중간중간에 고수들도 있는 거 같아요."

"그게 사천당가의 저력이지. 혈족 중심의 가문이 지닌 힘이고. 일단 방계더라도 같은 핏줄이니까. 우리와는 결속력 자체가 다를 수밖에 없지."

서예지가 눈을 빛냈다.

오대세가, 오대세가 말은 많이 들었지만, 그녀조차도 이렇게 직접 본 것은 처음이었다.

물론 사천당가의 경우 태상가주인 당민호가 곤륜산에 올 때 당소윤과 그 외, 직계 손자들을 데려오기는 했지만 사실 그 때는 인원이 적어서 그런지 딱히 크게 다가오지 않았다. 다들 고수였지만 벽우진에 비할 바는 아니었고.

'가볍지만 천하를 뒤덮을 수도 있는. 그래, 구름 같은 느낌이야.'

독황이라 불리며 한 세대를 풍미한 당민호조차도 벽우진 앞에서는 존재감을 잃었다. 그리고 그 모습에 서예지를 비롯한 제자들의 어깨에는 힘이 들어갔고.

"기죽지 마. 우리도 곧 이렇게 될 테니까."

"맞아."

"잘 보고 배우자."

자신과 같은 생각을 했는지 심대혜가 말하자 여기저기에서 호응하는 말들이 들려왔다. 그리고 흐뭇해하는 벽우진의 모습도.

"자, 들어가자. 아직 사천당가는 모습도 드러내지 않았어."

"예."
"힐끔거려도 이상하게 생각하지 말고. 평소에는 외부인이 거의 없는 곳이라서 그런 거니까 다들 그러려니 해."
"네!"
우렁차게 대답하는 제자들을 이끌고서 벽우진이 앞장서서 휘적휘적 걸어갔다.
그런 그에게로 수십 쌍의 시선들이 날아와 박혔지만 정작 벽우진은 조금도 신경 쓰지 않았다. 다른 곳도 아니고 당가타이기에 그러려니 했던 것이다.
"우와, 미쳤다."
"이게 장원이라고? 이건 그냥 요새 아냐?"
"무슨 벽이 저렇게 높아? 장원이 아니라 성 같은데?"
모두가 초행길이기에 묻고 물어 사천당가의 정문이자 유일한 출입구에 도착한 아이들이 입을 쩍 벌렸다.
심지어 서예지마저도 놀란 표정을 숨기지 못했다.
그 정도로 장원의 규모가 어마어마했다. 장벽이라는 말이 떠오를 정도로 높고 두터운 담도 담이었지만 장원 안에는 망루까지 있었다. 심대현이 괜히 요새라는 말을 꺼낸 게 아니었다.
"근데 줄이 너무 심하게 긴 것 같소만."
"어?"
"진짜다. 호법님 말씀대로 줄 엄청 길다."
"입구가 하나뿐이라서 그런 거 아냐?"

"근데 문도 크네."

청해성 촌놈티를 여지없이 내며 아이들이 중얼거렸다.

넓은 당가타만큼이나 사천당가의 장원으로 들어가고자 하는 이들 역시 많았다.

정문 옆에는 쪽문도 있었는데 혈족들은 보통 그곳을 이용하는 모양이었다.

"우리도 기다려야겠죠?"

"아무래도? 순서라는 게 있으니까."

"저희도 마차를 준비할 걸 그랬어요. 편하게 앉아서 기다리게요."

심대혜가 지금이라도 늦지 않았다는 듯이 주변을 두리번거렸다. 인원이 많은 만큼 일단 줄을 서고 일부만 마차를 빌려오면 될 것 같아서였다. 정 구하기 힘들면 하나 마련해도 상관없었고.

"왠지 이곳에서는 마차도 비쌀 것 같아. 우리만 그렇게 생각하는 게 아닐 테니까."

"그러고 보니 그렇겠네."

심대현의 말에 심대혜가 미간을 좁혔다.

확실히 일리가 있는 말이었다. 자신이 생각해 낸 걸 다른 사람이 생각하지 못할 리가 없었다.

"우와!"

"누구지?"

"성도에 저만 한 미녀가 있었나?"

"도복을 입고 있는데, 저기 검에 달린 수실이 어느 문파인지 알고 있나?"

아이들이 어마어마한 줄의 행렬에 기가 질린 표정을 짓고 있을 때 주변이 웅성거렸다. 가만히 서서 순서만 기다리고 있으니 자연스레 미녀의 등장에 반색할 수밖에 없었다.

게다가 혼혈이지만 외모는 지극히 중원인을 닮은 심대혜의 모습도 주변 사람들의 관심을 끌었다. 중원인과는 확연히 다른 몸의 굴곡에 몇몇 남자들은 마른침을 삼켰다.

스스슥!

그런데 그때 사천당가의 정문에서 일단의 무리가 쏜살같이 달려 나왔다. 절도 있는 경신술을 선보이며 내원 소속의 녹의대(綠衣隊)가 모습을 드러낸 것이다.

"뭐지?"

"왜 갑자기 녹의대원들이 나오는 거야?"

한두 명도 아니고 무려 오십 명이나 되는 인원이 우르르 몰려나오는 모습에 대기하고 있던 이들이 화들짝 놀랐다. 아침 일찍부터 순서를 기다렸지만 이런 경우는 처음이었다.

"안녕하십니까!"

갑작스러운 상황에 벽우진도 신기한 눈으로 구경하고 있는데 바로 그 녹의대가 그의 앞에 멈춰 섰다. 그뿐만 아니라 벽우진을 향해 절도 있는 포권지례를 올렸다.

"처음 뵙겠습니다, 장문인. 녹의대를 맡고 있는 당추영이라고 합니다."

"응? 나한테 온 거야?"

"예, 모시러 왔습니다."

벽우진이 진심으로 놀란 표정을 지었다. 설마하니 도착하기 무섭게 자신을 데리러 올 줄은 몰라서였다.

그러다가 이내 당가타에서 느껴지던 시선들이 떠올랐다.

"당가타에서 보고가 들어간 모양이구먼."

"예, 태상가주님께서 각별히 모시라고 하셨습니다."

"쯧쯧. 또 애들 피곤하게 유난을 떨었구만. 네가 고생이 많다."

"아닙니다. 장문인을 모시게 되어 영광입니다. 꼭 뵙고 싶었거든요."

"봐서 뭐 해. 나도 팔다리 다 붙어 있는 똑같은 사람인데. 별거 없어."

벽우진이 피식 웃으며 고개를 저었다. 왜 이러는지는 이해가 가지만 그래도 너무 과한 것 같았다.

만약 저 줄의 끝에서 기다려야 한다면 짜증이 심하게 나기는 했겠지만, 그렇다고 이게 좋은 건 또 아니었다.

웅성웅성.

녹의대의 등장과 함께, 그것도 녹의대주가 직접 모시러 나오는 광경에 모두의 시선이 이쪽으로 쏠렸다.

"그래도 자랑은 할 수 있지 않겠습니까. 제가 직접 장문인을 모셨다고요."

"초대장을 보여줘야 하는 거 아냐?"

벽우진이 품속에서 당민호에게 직접 받았던 금색 비단으로 포장된 초대장을 꺼냈다.

그러자 다시 한번 소란이 일었다. 사천당가에서 뿌린 금색 초대장이 열 장 남짓이라는 걸 몇 명은 알고 있어서였다.

그렇기에 다들 휘둥그레진 눈으로 벽우진을 힐끔거렸다.

“다른 지역에서 장문인을 사칭하는 자들이 몇몇 있기는 한데, 적어도 성도에서는 그리 못 합니다. 장문인의 얼굴을 잘 아는 곳이 사천당가이니까요. 게다가 제자분들은 사칭하기도 힘들고요.”

“좀 특별하기는 하지.”

심대혜와 동생들을 슬쩍 바라보며 하는 당추영의 말에 벽우진이 어깨를 으쓱거렸다.

확실히 자신은 몰라도 저 사 남매를 따라 하기는 힘들 것 같았다. 외모가 비슷한 사람을 찾을 수는 있겠지만, 눈동자마저 똑같은 이는 없을 터였다. 따라 한다고 따라 할 수 있는 부분도 아니었고.

“모시겠습니다.”

“그래.”

당추영이 팔을 뻗으며 짧은 대화를 끝마치고 본래의 일로 돌아갔다. 그의 등장으로 이미 많은 이들의 시선이 집중되었기 때문이다.

다만 놀라운 것은 제자들의 반응이었다.

‘장문인이야 연세가 있으시니 딱히 놀라지 않는 게 당연하지만.’

당추영의 시선이 서예지를 비롯한 제자들에게 향했다.

패선이라 불리는 벽우진은 경지가 경지인 만큼 사람들의 시선이 집중된다고 해서 평정심이 흔들릴 리가 없었다.

하지만 제자들은 달랐다. 제일 나이 많은 이가 도일수였고, 그마저도 얼마 전까지 소규모 표국의 쟁자수였다. 그런데 누구 하나 당황하거나 놀란 기색을 띤 이가 없었다.

'패선의 제자라는 건가.'

이제 갓 열 살을 넘은 듯한 막내마저도 아무렇지 않게 싱글거리며 벽우진과 함께 걸음을 옮기는 모습에 당추영은 내심 고개를 주억거렸다. 확실히 남다르기는 한 것 같아서였다.

'무공도 그렇고.'

당추영의 얼굴에 언뜻 부러운 기색이 떠올랐다.

사천당가인 만큼 곤륜파에 대해서는 그 어느 곳보다 잘 알았다. 그리고 제자들에 대해서도.

서예지를 제외하면 본격적으로 무공을 수련한 지 1년도 되지 않았다는 것을 알고 있었기에 당추영은 부러운 마음을 감출 수가 없었다.

'저런 말도 안 되는 성장세라니.'

서예지만 하더라도 그와 비교해도 뒤떨어지지 않는 수준으로 보였다. 그런데 더 말이 안 되는 건 다른 제자들의 성취였다. 보고도 믿기 힘들 정도의 수준이었기에 새삼스레 패선이라는 두 글자가 당추영의 가슴 깊이 파고들었다.

'안목이 뛰어난 걸까, 아니면 제자들을 잘 키우는 걸까.'

어느 쪽이든 두려울 정도의 능력이기에 당추영은 태상가주의 결정을 이해할 수 있었다. 벽우진 같은 인물은 적으로 두기보다는 친구로 두는 게 여러모로 이득이었다.

○

"여기에서 머무시면 됩니다."

"그래, 안내하느라 고생했다."

"아닙니다. 당연히 해야 할 일을 한 것뿐입니다."

"녹의대주가 안내나 하는 자리는 아닐 텐데."

장원 내의 또 다른 장원이 있는 듯한 별채를 바라보며 벽우진이 씨익 웃었다.

그런데 재미있는 건 당추영도 마주 웃었다는 점이었다.

"그 정도로 장문인을 중하게 여기고 있다는 뜻이 아니겠습니까."

"뭐, 나야 편하게 왔으니까. 고맙다."

"필요하신 게 있으시면 언제라도 시비나 하인들에게 시키시면 됩니다."

"그래."

나타났을 때와 마찬가지로 당추영이 정중히 인사한 후 몸을 돌렸다. 그러자 썰물처럼 녹의대가 빠져나갔다.

"여기 너무 좋다."

"이런 공간도 있구나."

"대체 얼마나 넓으면 이렇게 꾸밀 수 있는 거지?"

"별채가 여기뿐만이 아닌 것 같은데?"

꽤나 큰 연못도 함께 딸려 있는 별채의 풍경에 아이들이 눈을 떼지 못했다. 그야말로 화려함의 극치라고 말해도 과언이 아닐 정도였기 때문이다.

게다가 이런 별채는 하나만이 아니었다. 적당한 간격으로 두어 개가 더 있었다.

"교각도 예뻐."

"다리를 건너서 가는 숙소라니."

특히 여자들의 반응이 뜨거웠다.

곤륜파도 풍광과 운치로 어디 가서 뒤떨어지지는 않지만, 대부분의 건물이 자연과의 조화에 중점을 두었다. 실생활의 편리성과 심미적인 측면에서는 아무래도 뒤떨어질 수밖에 없었고, 그 사실을 지금 여지없이 드러내고 있었다.

"확실히 건물이 예쁘긴 한 것 같습니다."

"이런 걸 건축미라고 하나?"

"저희도 한번 만들어볼까요?"

여자들만큼은 아니지만, 남자아이들도 관심을 보였다. 곤륜파에 비하면 확실히 배치나 구조가 잘빠진 느낌이 들어서였다. 그렇다고 공간이 없는 것도 아니었으니까.

"저는 저희 집도 좋아요. 일단 공기가 맑잖아요. 게다가 산에서 사는 친구들도 많고. 혁문이가 애기들 밥은 잘 주고 있는지 모르겠네요."

심소혜가 조막만 한 얼굴에 심각한 표정을 지었다. 가축들에게 사료를 잘 챙겨주고 있는지 걱정이 되었던 탓이다.

"일단 들어가자. 각자 머물 방도 정해야 하고."

"예!"

"나 신경 쓰지 말고 쓰고 싶은데 골라. 나는 아무 데서나 자도 되니까. 호법도 먼저 고르시지요."

"저도 상관없소이다. 다만……."

진구의 시선이 언제 걱정했냐는 듯이 언니들을 따라 교각을 뛰어가는 심소혜의 등으로 향했다. 말하지 않아도 어떤 의미인지 모를 수가 없는 눈빛이었다.

"제자를 여아로 들이시겠습니다. 하하."

"그것도 나쁘지 않다고 생각하오. 어차피 도(道)를 궁구하는 여정에 성별은 중요치 않으니."

진구가 특유의 호탕한 걸음걸이로 교각을 가로질렀다. 심소혜가 손을 흔들자 흐뭇하게 웃으며 발걸음을 서둘렀던 것이다.

그리고 그 모습을 벽우진이 묘한 얼굴로 쳐다봤다.

태상가주의 생일연으로 외당은 그야말로 정신없이 바쁜 하루하루를 보내고 있었다. 다른 이도 아니고 태상가주의 생일이었기에 찾아오는 손님들만 하더라도 엄청났다.

얼마 전까지 봉문했던 가문이라고는 보기 힘들 정도로 문전성시를 이루는 모습에 성도의 모든 사람들이 신기한 듯 사천당가를 주시하고 있었다.

반면에 그 분위기를 제대로 즐기지 못하는 이들 역시 존재했다.

또르륵.

세 사람이 모여 있었지만 들리는 소리라고는 차를 따르는 소리밖에 없었다. 무거운 고요가 방 안을 묵직하게 내리누르고 있었기 때문이다.

게다가 창문 역시 단단히 닫혀 있었기에 더욱더 무거운 분위기를 풍겼다.

"다들 고민이 많으신 것 같습니다."

"……아무래도 그럴 수밖에 없지 않겠습니까. 상황이 너무나 많이 달라졌으니."

이번에 새롭게 종남파의 장문인이 된 곽자량이 무거운 어조로 입을 열었다.

멸문지화는 가까스로 면했지만 북해빙궁의 공격으로 인한 피해가 어마어마했다. 거의 멸문지화를 당했다고 해도 과언이 아닐 정도로 말이다. 특히 고수들이 거의 전멸하다시피 했기에 곽자량은 앞이 캄캄했다.

"이런 때일수록 우리가 더욱 똘똘 뭉쳐야 하지 않겠습니까?"

오독문에게 큰 피해를 입은 점창파의 장문인 채중륭이 조심스럽게 입을 열었다. 지금 이 자리를 주최한 이답게 먼저 말문을 열었던 것이다.

그러면서 그는 앞에 앉은 두 사람을 연신 살폈다.

'자신감이 극도로 떨어져 있군.'

채중륭이 쓴웃음을 지었다. 그 역시 둘과 같은 처지였기에 누구보다 두 사람의 심정을 이해할 수 있었다.

하지만 중요한 건 이해하는 선에서 그치면 안 된다는 것이었다. 현재도 중요하지만, 그보다 더 중요한 건 미래였으니까.

"아마 두 분 역시 느끼고 계실 겁니다. 분위기가 너무나 많이 달라져 있다는 것을요."

"모르는 게 이상하지 않겠습니까. 이렇게 대놓고 차별을 하는데."

"대놓고까지는 아니지요. 엄밀히 말하면. 그저 우리가 그렇게 느끼는 것일 뿐."

공동파의 장문인이 된 목진자가 곽자량을 나무랐다.

아무리 그래도 너무 멀리 나간 것 같았다. 언뜻 보기에는 자격지심을 가진 것 같기도 했고.

"초대장만 봐도 알 수 있지 않소이까! 우리들 중에 금색 초대장을 받은 이가 있습니까?"

"화산과 소림 역시 일반 초대장을 받은 것으로 알고 있습니다."

"두 곳은 우리와 상황이 많이 다르지 않소? 솔직히 구대문파라고 해서 다 똑같은 구대문파가 아니니."

곽자량이 입술을 깨물었다.

세인들은 구대문파를 보며 정도의 기둥이니 중심이니 하면서

우러러보지만, 실상은 달랐다. 구대문파라고 해서 다 똑같은 게 아니었다. 그 안에서도 소위 말하는 급이 있었다.

"너무 민감하게 받아들이시는 것 같습니다."

"민감할 수밖에 없는 부분이지 않소? 두 분은 궁금하지 않습니까?"

채중륭이 고개를 슬쩍 숙였다.

말을 하지 않아서 그렇지 그 역시 궁금했다. 도대체 누구에게 금빛 비단으로 포장된 초대장을 보냈는지 말이다.

"저는 괜찮습니다. 안다고 해서 달라질 것도 없고요."

"서운하지 않소? 그래도 알고 지낸 세월이 있는데."

"알고 지낸 세월이 있는데도 불구하고 저희는 곤륜파와 사천당가를 내버려 두었죠. 대비할 시간이 필요하다는 욕심 때문에."

"그건……."

목소리가 높아지던 곽자량이 말끝을 흐렸다. 부정할 수 없는 사실이었기에 뭐라 반박할 수가 없었다. 게다가 곤륜파와 사천당가가 당했던 일을 이번에는 자신들이 당하기도 했고.

그렇기에 적어도 곤륜파와 사천당가에 따질 자격은 그들에게 없었다.

"서운해도 저희는 따질 자격이 없습니다. 그저 초대해 준 것에 감사해야지요. 더구나 점창파의 경우 사천당가 덕분에 오독문을 몰아내지 않았습니까. 저희는 곤륜파가 북해빙궁을 멸절시켜 주었고요."

"으음. 그건 사실이지만……."

"알죠. 잘 알고 있지요. 하지만 지금 중요한 것은 그게 아닙니다. 우리의 미래지요."

채중륭이 화제를 환기시켰다. 지금 이 자리는 잘잘못을 가리자는 자리가 아니었기 때문이다.

앞으로의 행보에 대해 논의하고자 만든 자리였기에 채중륭은 앞에 앉은 두 사람을 번갈아 쳐다봤다.

"안 그래도 채 장문인께 물어보고 싶었습니다. 어떤 미래를 논의하자는 것입니까?"

"다름이 아니라 구대문파의 자리에 관한 문제입니다."

"……?"

목진자가 두 눈을 끔뻑거렸다. 무슨 의미인지 이해하지 못한 것이다.

반면에 곽자량은 눈을 빛냈다. 목진자와 달리 그는 채중륭이 말하고자 하는 바를 바로 이해한 듯했다.

"구대문파라 함은 역사와 전통은 물론이고 중원에서 가장 강력한 힘을 지닌 무문들을 꼽는 것이지 않습니까. 그런데 안타깝게도 현재 저희들의 상황은 썩 좋지 않지요. 더구나 전례 역시 존재하지 않습니까."

"형산파를 말하는 것이구려."

"맞습니다."

적절하게 치고 들어오는 곽자량의 말에 채중륭이 고개를 주억거렸다.

정마대전으로 인해 곤륜파가 멸문지화를 당하자 그 빈자리를 형산파가 자연스럽게 채웠다. 팔대문파보다는 형산파를 받아들여 구대문파라는 이름을 유지하려 한 것인데, 그와 비슷한 상황이 지금 벌어지려 하고 있었다.

"일단 한 자리는 곤륜파가 차지할 테고. 정확하게는 복귀겠지요."

곽자량이 부러운 기색이 완연한 얼굴로 중얼거렸다.

비록 인원은 적지만 현재 곤륜파의 위상과, 장문인인 패선의 활약을 생각하면 다시 구대문파의 일원으로 복귀해도 이상할 것이 없었다. 북해빙궁주를 쓰러뜨린 것으로 이미 자신의 실력을 만천하에 드러내기도 했고.

"더구나 원래 구대문파의 일원이던 곤륜파였기에 거부감을 느끼는 이들도 없을 겁니다."

"문제는 우리들이지요."

"그렇습니다. 소림과 화산이 큰 피해를 입었다고 하지만, 우리들과는 상황이 다르지요."

"허면 두 자리가 남는데……."

곽자량이 깊은 한숨을 내쉬었다.

구대문파에서 밀려난다면 가뜩이나 안 좋은 상황이 더욱더 안 좋아질 게 분명했다. 그렇기에 반드시 현재의 위상을 유지해야만 했다.

"답은 하나입니다. 다른 곳을 밀어내야지요."

"어디를 말입니까?"

"가장 만만한 곳을 밀어내야 하지 않겠습니까."

채중륭이 굳은 얼굴로 말했다.

밀려나기 싫다면 밀어내야만 했다. 그래야 자신의 자리를 지킬 수 있으니까.

반면에 목진자는 두 사람과 생각이 달랐다.

"꼭 그래야 하겠습니까?"

"목진자께서는 생각이 다른 모양입니다?"

"두 분이 어째서 그렇게 생각하는지는 알고 있습니다. 저 역시 곤륜파와 형산파의 경우를 봤으니까요. 하지만 화무십일홍이라고 언제나 꽃이 만발할 수는 없습니다. 인생에 굴곡이 있는 것처럼요."

"그럼 귀 파가 물러나시겠습니까?"

채중륭이 단도직입적으로 물었다.

두 개뿐인 자리에서 공동파가 양보해 준다면 그것도 나쁘지 않았다. 일단 점창파가 구대문파의 한 자리를 유지할 수 있었으니까.

"……."

"역시 그건 싫지 않습니까?"

대답이 없는 목진자의 모습에 채중륭이 비릿한 표정을 지었다.

하지만 그 말을 듣고도 목진자는 별다른 대답을 하지 않았다. 대신 얼굴 가득 복잡한 표정을 지었다.

일개 장로였던 예전과 달리 지금의 그는 공동파를 대표하는 사람이자 많은 제자들을 이끌어야 하는 위치였다.

"우리 솔직해집시다. 장문인께서도 밀려나면 어찌 되는지 알지 않습니까. 곤륜파를 보십시오. 저렇게 다시 복구되는 건 정말 힘든 일입니다."

"……그렇지요."

한풀 꺾인 어조로 목진자가 대답했다.

정마대전의 시작을 알리고 가장 앞장서서 천년마교를 막아섰던 곤륜파는 말 그대로 멸문지화를 당했다. 본산이 불탄 것은 물론이고 본산제자, 속가제자 할 거 없이 전멸을 면치 못했다. 남아 있는 본산제자가 청민이 유일할 정도로 말이다.

"그마저도 패선이 돌아왔기에 가능한 일입니다. 만약 패선이 없었다면, 곤륜파의 장문인이 돌아오지 않았다면 어찌 되었겠습니까?"

"후우. 무슨 말씀이신지 알겠습니다."

"어쩌시겠습니까? 함께하시겠습니까, 아니면 이대로 일어나시겠습니까?"

채중룡은 선택을 강요했다. 함께하지도 않을 이한테 많은 정보를 공유할 수는 없었다.

사실 여기까지 말한 것도 위험하기는 하지만 그래도 이 정도는 공개해야 한다고 그는 생각했다.

'알려줘도 큰 문제가 없고 말이지.'

현재의 점창파가 예전 같지 않은 위세인 것처럼 공동파도 마찬가지였다.

만약 말이 새 나가도 그 영향력은 크지 않을 터였다. 현재 공동파의 입지를 생각한다면 목진자의 말을 믿기보다 의심부터 할 테니까.

'증거도 없고 말이지.'

앞날이 걱정되어 신세 한탄을 하기 위한 자리라고 곽자량과 말을 맞추면 이상한 사람이 되는 것은 목진자였다.

또한, 목진자의 말을 믿는다고 하더라도 심증만 있을 뿐 물증은 없었다. 그렇기에 깊은 내용이 나오기 전에 선택을 강요한 것이기도 하고.

"먼저 일어나 보겠습니다."

"혹시나 해서 말씀드리는데, 지금 나누었던 대화는……."

"걱정하지 마시길. 공동파의 장문인으로서 이 자리에서 있던 말은 하지 않겠습니다."

"감사합니다."

"그럼."

목진자는 망설임 없이 자리에서 일어났다. 그런 그의 눈동자에는 더 이상 고민이 서려 있지 않았다.

실리를 위해서라면 이 자리에 앉아서 두 사람과 뜻을 함께하는 게 맞았다. 장문인이라는 자리는 정치도 해야 하는 자리였으니까.

'하지만 그건 옳지 않아. 비록 정치는 못 할지라도 명예는 아는 장문인으로 남겠다.'

애초에 장문인은 자신의 자리가 아니었다. 다만 상황이 상황인지라 그가 앉게 되었을 뿐.

하지만 그렇다고 해서 자존심과 명예를 내버리고 실리만 좇고 싶지는 않았다. 이왕이면 당당한 장문인이 되고 싶었다.

'그분처럼 말이지.'

맨땅에서 지금의 위치까지 일파를 끌어올린 누군가를 떠올리며 목진자가 망설임 없이 방을 나섰다.

그리고 그 뒷모습을 두 사람이 어이없다는 듯이 지켜봤다.

"도대체 무슨 자신감인지 모르겠습니다."

"정도(正道)를 걷고 싶은 모양이지요."

"그렇다고 우리가 외도(外道)를 걸으려는 것은 아닌데 말이지요."

곽자량이 비아냥거리는 듯이 말했다.

일문을 이끌기 위해서 정치적인 역량은 필수였다. 무공이 천하를 떨칠 정도라면 마음대로 해도 상관이 없었지만, 그렇지 않다면 마음이 맞는 사람끼리 협력하는 것은 필수였다. 혼자는 약해도 모두는 강한 것처럼 말이다.

"알아서 뒤처져 준다면야 저희야 좋지 않겠습니까."

"소림과 화산은 빠른 시일 내에 복구가 될 테니까요."

"소림사는 소림무제 법무 대사가 건재하지 않습니까. 화산도 비록 검제가 돌아가셨다고 하나 제자가 중심을 잘 잡아주고 있고."

"하지만 그렇기에 더욱더 마음을 놓아서는 안 됩니다."

채중량이 목소리를 깔았다.

공동파가 빠졌다고 하나 아직 안도하기는 일렀다. 구대문파의 한 자리를 당당히 차지하고 있던 무문인 만큼 비록 큰 피해를 입었다고 해도 잠재력은 여전했기 때문이다. 본산제자들은 큰 피해를 입었지만 아직 속가제자들의 세력은 건재한 편이었다.

"그렇지요."

"때문에 한 가지 작업이 더 필요합니다."

"고견이 있으신 모양이군요."

곽자량이 눈을 빛냈다. 역시 아무 대책 없이 이 자리를 만들지는 않은 것 같았다.

"아무래도 곤륜과 형산은 불편할 수밖에 없는 사이이지 않습니까. 곤륜파가 몰락했다고 하나 어떻게 보면 곤륜파의 자리를 형산파가 차지한 꼴이니."

"설마……."

곽자량이 흠칫했다. 가만히 말을 들으니 불길한 생각이 떠올라서였다.

하지만 채중륭은 고개를 저었다.

"너무 앞선 생각을 한 것 같습니다. 제 말은 두 문파를 이간질시키자는 게 아닙니다. 그런다고 한들 싸움이 되겠습니까. 거리도 상당하고, 명분도 약한데."

"그렇긴 하지요."

곽자량이 다행이라는 듯이 안도의 한숨을 내쉬었다.

두 문파를 이간질시키기에는 위험 부담이 너무 높았다. 특히 지금과 같은 분위기에서 곤륜파를 적으로 돌리는 건 너무나 위험했다.

'도사답지 않게 패도적이다 못해 꼴통이라는 말까지 있으니.'

벽우진을 만나보지는 못했지만 들리는 말은 많았다.

난세의 영웅이라느니 호걸이라느니 하는 칭송도 많았지만 반면에 성격이 이상하다는 소문 역시 늘 따라다녔다. 일반적인 도사와는 거리가 멀다는 게 주된 내용이었다.

하지만 가장 큰 이유는 그가 패선이어서였다.

'소림무제도, 그리고 제왕검도 어쩌지 못한 북해빙궁주를 일대일로 쓰러뜨린 존재니까.'

모두가 쉬쉬하고 있지만 다들 알고 있었다. 현재 중원에서 가장 강한 자를 꼽으라면 패선이 반드시 들어간다는 사실을 말이다.

물론 무당권제 역시 건재하지만 그렇다고 패선보다 강하다고 장담하는 이는 적었다.

"하지만 분위기를 살짝만 조성한다면 상황이 흥미롭게 흘러가지 않겠습니까."

"흥미롭게라."

"둘 다 서로를 견제할 수밖에 없으니까요. 세력적인 부분으로 보면 형산파가 우세하지만 대표 고수를 생각하면 곤륜파가 위지요."

"서로가 서로를 신경 쓸 수밖에 없는 관계이기는 하죠."

곽자량이 고개를 주억거렸다.

곤륜파 입장에서는 형산파가 아니꼬울 수밖에 없었다. 자신들의 자리를 형산파가 빼앗아간 셈이니까.

"그러니 자연스레 틈이 만들어지지 않겠습니까. 처음에는 작았던 균열이 이내 장벽을 무너뜨리는 것처럼."

"두 곳이 치고받고 싸우면 그리될 가능성이 높지요."

"지금 저희에게 필요한 것은 혼란입니다. 체계가 잡히면 더 이상의 기회는 없습니다. 체계가 확실하게 잡히기 전에 확고하게 자리를 잡아야 합니다. 단 아홉 개뿐인 의자를 차지하기 위해서는."

채중륭이 혀로 입술을 핥았다. 반드시 그 의자를 차지하겠다는 의지가 그의 두 눈에서, 표정에서 분명하게 드러나 있었다.

"둘 중 어느 곳이든 상관없지요. 하나만 떨어져 나간다면."

"예상치 못한 곳이 떨어져 나갈 수도 있고 말이죠."

채중륭의 시선이 문 쪽을 향했다.

그리고 그 시선에 곽자량 역시 의미심장한 미소를 지었다.

번잡스러움과는 거리가 먼 별채에 자리 잡은 벽우진은 3층의 방을 사용했다. 가장 높은 방이자 3층에서 딱 하나뿐인 방이었다.

물론 벽우진이 결정한 것은 아니고 제자들의 의견이었다.

"난 딱히 상관없는데 말이지."

창문 밖으로 보이는 탁 트인 전경을 응시하며 벽우진이 중얼거렸다.

저 멀리 사천당가 소속의 하인, 하녀들이 정신없이 움직이는 게 보였지만 벽우진의 생각은 그들을 향해 있지 않았다. 시선은 전방을 향하고 있었으나 머릿속으로는 다른 생각을 하고 있었던 것이다.

"상단전, 상단전이라."

근래 들어 벽우진이 골똘히 생각하는 것은 바로 하나였다. 어떻게 하면 초대 곤륜파의 장문인을 뛰어넘을 수 있을 것인가. 오로지 이 생각뿐이었다.

"진짜 신선이셨던 것은 분명해. 그리고 상단전을 열었던 것도 확실하고. 하지만 연다고 해서 다가 아니지."

하단전은 무림에 존재하는 수많은 무인들이 사용하고 있었다. 그러나 단지 사용하는 것일 뿐 하단전을 제대로 활용하는 이는 손에 꼽았다. 그 손에 꼽은 이들이 현재 무림에서 고수이자 강자로 불리고 있고.

"시조께서 살아 계실 적에는 진짜 신선들이 존재했을 테지."

누군가는 말한다. 현재가 무림의 최전성기라고 말이다.

그러나 그 말은 언제나 늘 있었고, 전체적으로 따져봤을 때 진보한 것은 맞았으나 그건 평균적으로 봤을 때의 이야기였다.

"아예 사라졌지."

최상위층을 보면 얘기가 달라졌다.

가까운 예로 곤륜파의 시조 때만 하더라도 신선들이 실제로 존재했고, 보패라고도 불리는 신병이기들 역시 실재했었다. 하지만 지금은 보검과 명기들은 존재하지만, 신병이라 할 만한 것들은 없었다.

"최소한 시공간의 진은 만들고 싶은데."

누구에게는 꿈만 같은 경지에 닿아 있었지만 벽우진은 만족하지 않았다. 오히려 여기까지 왔기에 더욱더 높은 곳에 오르기를 갈망했다.

그리고 그 중심에는 자기만 당할 수는 없다는 이유도 존재했다.

"나만 당할 수는 없지! 그 좋은걸!"

벽우진이 느닷없이 소리쳤다. 심지어 주먹도 불끈 쥐고서 하늘을 향해 거칠게 내질렀다.

물론 뒷말에는 조금의 진심도 담겨 있지 않았다.

"뭐, 안전장치로는 확실하니까."

당한 사람은 분기탱천할 수밖에 없지만, 후대를 위해서라면 확실히 좋은 방법이었다. 시간의 흐름이 다르게 흐르기에 세월이 흐른다고 해서 진 자체의 힘이 약해지거나 흐트러지지 않았으니까.

만약 시조가 만들어둔 시공간의 진이 없었다면 지금의 벽우진도 없었고, 곤륜파도 없었을 것이다. 청민의 대에서 자연스럽게 끊어지며 곤륜파는 역사에만 남았을 터였다.

"무슨 혼잣말을 그렇게 해?"

"넌 문도 안 두드리냐?"

"나 오는 거 알고 있었잖아?"

"여기는 곤륜산이 아냐."

"밖에서는 기감이 반으로 뚝 떨어지냐? 둔해져?"

당민호가 방 안으로 들어오며 헛웃음을 흘렸다. 참, 말도 안 되는 소리를 너무나 당연하게 잘하는 것 같아서였다.

"밀도가 다르잖아, 밀도가. 이 좁은 장원 안에 천 명이 넘는 인원이 있는데. 당가타까지 합치면, 어후."

"여기가 좁다고? 오대세가 중에서 규모랑 면적만 따지면 우리가 제일 큰데? 공방도 있고."

당민호가 어이없다는 표정을 지었다. 순수 규모만 따지면 남궁세가보다도 더 큰 게 사천당가의 장원이었다. 괜히 요새나 성이라 불리는 게 아니었다.

"곤륜산에 비하면 조족지혈이지."

"……그건 그러네."

자존심과도 연관된 부분이었기에 발끈하던 당민호가 순간 고개를 주억거렸다. 비교 대상이 곤륜산이라면 사천당가의 본가도 작다고 할 수밖에 없었다.

"이 좁은 공간에 수많은 인간들이 다닥다닥 붙어 있으니 정신 사납다."

"그래도 난 모를 수가 없을 텐데. 워낙에 내 경지가 높아서 말이지."

"지금은 준할 만한 이들이 꽤 되던데?"

"뭐야? 둔해진 거 아니잖아?"

"정신 사납다고 했지 둔해졌다고는 말 안 했는데?"

특유의 빈정거림에 당민호가 못 당하겠다는 듯이 고개를 절레절레 저었다. 역시 벽우진은 벽우진이었다.

"소림무제는 물론이고 무당권제도 왔으니까. 남궁세가주 역시 왔고."

"그들만 온 게 아닌 거 같은데? 구파일방 오대세가는 다 온 것 같구만."

"맞아. 그리고 그들이 가장 만나고 싶어 하는 이들이 바로 너고."

"그래서 날 이곳에 처박아둔 거냐?"

벽우진이 일부러 퉁명스럽게 말했다. 소란스러운 걸 싫어하는 자신을 배려한 것도 있겠지만 차단시키려는 의도 역시 있을 게 분명했다.

"처박아두다니. 잠시 피신시켜 준 건데. 너 손님 많이 찾아오면 귀찮아할 거잖아."

"그래도 나름 궁금하기는 해. 강북 쪽 실세들은 한 번씩 만나봤지만, 강남 쪽은 아니니까."

"강남 쪽 실세는 네 눈앞에 있잖아?"

"아직은 아니지. 무당권제가 건재한데. 구파일방을 제외하더라도 제왕검이 떡하니 제 자리를 지키고 있고."

벽우진이 놀리듯이 손가락을 좌우로 까딱거렸다. 아직은 멀었다는 의미였다.

"글쎄. 내 생각은 좀 다른데. 지금이라면 할 만하다고 생각하거든."

"당가주가?"

"응, 멀쩡한 제왕검이라면 힘들겠지만, 왼팔을 잃은 제왕검이라면 얘기가 다르지."

"흐음."

벽우진이 묘한 표정을 지었다.

곤륜산에서 본 남궁진은 사실 위태위태해 보였었다. 아무래도 한쪽 팔을 잃은 지 얼마 되지 않아서였다.

하지만 그렇기에 벽우진은 어느 정도 짐작이 갔다.

"왜? 아닐 거 같아?"

"곤륜산에서 만난 이후로 다시 보지 못해 확신을 하지는 못하겠지만, 만만하게 봤다가 큰코다칠걸? 잃어야만 얻게 되는 것도 있으니까."

"음?"

당민호가 무슨 소리냐는 듯이 반문했다. 진짜 이해하지 못한 것이다.

하지만 벽우진은 더 이상 설명하지 않았다.

"뭐, 네 말마따나 만만해졌을 수도 있고."

"의뭉스럽게 말을 하다 마는 것은 뭐야? 할 거면 다 하지."

"내가 신인가. 나도 몰라. 그냥 예상만 하는 거지."

"그 예상을 말해보라고."

당민호가 닦달했다. 평소 본 가에서는 보기 힘든 모습이었지만 친구이기에 드러내는 모습이기도 했다.

"안 해. 틀리면 쪽팔리니까."

"참나."

"그리고 제왕검은 봤지만 네 아들은 못 봤잖아. 선불리 결론을 내릴 수는 없지, 암."

"안 그래도 내일 저녁에 보게 될 거다. 내 아들뿐만 아니라 다른 이들도. 현재 이곳에 구파일방과 오대세가의 수장들이 다 모여 있는 건 알지?"

당민호가 다시 진지한 얼굴로 돌아와 말했다.

그러나 벽우진은 심드렁한 얼굴이었다.

"자랑하는 거냐? 네 생일잔치에 특급 거물들이 다 모였다고."

"……그런 의미가 아니라. 다들 할 말이 있어서 온 거라는 생각은 안 들어?"

"할 말? 오독문?"

"그 문제도 있고, 정확하게는 구대문파에 대해서지. 자리는 아홉 개지만 현재 거론되는 문파는 열 군데이니까."

"호오. 나도 껴주는 거야?"

벽우진이 장난기 가득한 표정을 지었다. 설마하니 이런 얘기가 나올 줄은 몰랐다는 얼굴이었다.

"짐작 못 했어?"

"솔직하게 말하면 별다른 생각이 없었다고나 할까. 난 그냥 초대장 받아서 온 건데."

"……그럼 오늘 서운한 것도 없겠네?"

"뭘 그런 걸 일일이 신경 쓰고 살아. 청범이라면 모를까 난 그런 거에 관심 없어. 아, 녹의대주 덕분에 편하게 들어온 건 좋았어. 솔직히 기다릴 엄두가 나지 않더라고."

정문에서 봤던 그 긴 줄을 떠올리며 벽우진이 몸을 부르르 떨었다. 하루 종일 기다린다고 한들 순서가 오지 않을 것만 같아서였다.

"이해해 주니 고맙네. 문경이가 요즘 정말 바쁘거든. 워낙에 대단한 인사들이 찾아오기도 했고. 변명처럼 들리겠지만 나도 정신없었고."

"전체적으로 그래 보여."

벽우진이 신경 쓰지 말라는 듯이 늘어지게 누워서 손을 휘저었다. 기다리지 않고 바로 들어온 것만으로도 그는 정말 만족했다.

"마음 같아서는 내가 마중을 나가고 싶었는데……."

"그럼 더 큰 소란이 일었겠지. 오히려 잘했어."

"근데 초대장은 왜 꺼낸 거야?"

"당연히 보여줘야 하는지 알았지. 내가 뭐 어디 돌아다닌 경험이 있나? 처박혀 있던 경험만 있지."

당민호가 쓴웃음을 지었다.

생각해 보니 벽우진은 사천성에 온 것도 처음이었다. 나이는 그와 동갑이었는데 말이다.

"오전에는 구경 좀 시켜주마. 의외로 볼거리가 많아."

"제자들도 함께?"

"당연하지. 애들도 성도는 처음일 거 아냐?"

"돈도 네가 책임지는 거냐?"

벽우진이 눈을 반짝였다.

돈이 없는 건 아니었지만 그래도 아껴서 나쁠 것은 없었다. 게다가 성도의 주인이라 불리던 사천당가 아니던가. 하루 얻어 먹는다고 당민호의 주머니 사정이 나빠지지는 않을 터였다.

"걱정 마라. 손님에게 돈 쓰게 만들 정도로 우리 형편이 안 좋지 않으니까."

"좋았으!"

"한번은 제대로 구경시켜 주고 싶기도 하고. 어쨌든 우리는 여전히 동맹 관계잖아?"

크게 기뻐하는 벽우진의 모습에 당민호 역시 흡족한 미소를 지었다. 친구가 기뻐하니 그도 기분이 좋았던 것이다.

더불어 은근슬쩍 자랑도 하고.

··· 제8장 ···

그 사부에 그 제자들

기분 좋은 성도 나들이를 끝마치고 전야제 할 수 있는 연회에 초대받은 서예지는 시종일관 얼굴을 굳히고 있었다. 연회장에 도착하기 무섭게 별의별 남자들이 그녀에게 치근덕대고 있어서였다.

"정말 장난 아니네요."

"너도 만만치 않은 거 같은데?"

"그래도 사저만큼은 아니에요."

심대혜가 머쓱하게 웃으며 손사래를 쳤다.

그녀도 나름 미인이라 할 수 있었지만 그래도 청해일미라 불리던 서예지하고는 비교할 수 없었다. 더구나 혼혈이라는 점 때문에 스스럼없이 그녀에게 다가오는 남자들은 적었다.

"면사라도 쓸 걸 그랬나."

"쓴다고 해서 달라질까요?"

"더 티가 나겠지?"
"써도 알아볼 거예요."
서예지가 입맛을 다셨다. 동시에 후기지수라는 이들이 참으로 많이 살아남았다는 생각도 했다. 어디 가문의 자제다, 어느 무문의 일대제자다 등등 온갖 후기지수들이 인사하러 찾아오니 전쟁을 치렀다는 게 믿기지 않을 정도였다.
'정작 피를 흘린 이는 다른 곳에 있겠지.'
어떻게든 자신에게 다가와 말 한번 섞어보려는 승냥이 같은 남자들이 주변에 수두룩했다.
미모도 미모지만 현재 한창 중원을 떨쳐 울리는 패선의 제자라는 것도 그녀에게 몰려드는 이유 중 하나였다. 자고로 강자와 친분이 있어서 나쁠 것은 없었으니까.
"의외로 일우 오빠나 동생들은 인기가 없네요. 똑같이 사부님의 제자들인데."
"실질적으로 무공을 배운 지는 얼마 되지 않았으니까. 활약을 했다고 하지만 자세히 알려진 것은 없고."
"그래도 너무 관심이 없는데요. 다들 사저에게만 관심이 있고."
"다행스럽게도 여자들은 나에게 안 오잖아."
"나란히 서 있으면 비교되잖아요. 대신 질투의 눈빛은 가득한 걸요."
심대혜가 빙그레 웃으며 눈짓으로 이곳저곳을 가리켰다.
하나같이 화려하게 치장한 여인들이었다. 그러나 수수한

도복 차림의 서예지보다 주목받지 못했다. 목숨 걸고 치장했음에도 서예지의 미모를 넘어서지 못한 것이다.

“그럼에도 사매가 내 옆에 있다는 건 그만한 자신감의 표출이겠지?”

“저도 어디 가서 꿀리지는 않는다고 생각하거든요.”

“자신감 좋네. 아주 좋아.”

서예지가 옅게 웃었다. 처음 봤을 때와는 확연히 달라진 모습이 너무나 보기 좋았다. 바닥을 치던 자존감이 쑥쑥 자라나는 모습은 보기만 해도 기분이 좋아졌다. 충분히 그럴 만한 자격이 있는 아이였고.

“역시 사마세가는 보이지 않네요.”

“초대할 이유가 없지. 괜히 동맹이 아닌데. 얼굴에 철면을 깔고 왔어도 사부님이 가만히 계셨겠어?”

“아마 굴욕이라는 굴욕은 다 주지 않았을까요.”

“살아 있는 게 더 힘들다는 걸 몸서리치게 느꼈겠지.”

“여기 있었네.”

안 그런 척하면서도 서예지 역시 연회장을 샅샅이 살펴보고 있었다. 인원이 상당했지만 그래도 궁금해서였다. 혹시나 사마세가의 사람들이 와 있지는 않을까 싶어서.

그런데 그때 익숙한 목소리가 등 뒤에서 들려왔다.

“당 소저.”

“어때? 우리 집에서 마련한 연회장이.”

“화려하네요.”

직설적인 당소윤의 질문에도 서예지는 당황하지 않았다.

원래 성격이 이런 걸 알고 있기도 하거니와 당소윤과는 나름 꽤 오랜 시간을 함께했기에 낯설거나 불편하지는 않았다. 오히려 당소윤이 불편하다면 모를까.

"인기가 장난 아니던데?"

"당 소저도요."

"나야 여기 주인이라고 할 수 있으니까. 당연히 손님들이 모일 수밖에. 기본 예의라는 게 있으니까. 그보다 마음에 드는 사람은 있어?"

"……."

서예지는 대답하지 않았다. 굳이 대답할 필요가 없다고 생각해서였다.

그런데 묵묵부답에도 당소윤은 조금도 기분 나빠 하지 않고 오히려 재미있다는 듯이 웃었다.

"혼담 많이 들어온다고 들었거든."

"당 소저도 많이 들어오는 것으로 알고 있어요."

"나야 뭐, 늘 그랬고. 다만 아직은 생각이 없을 뿐. 그리고 나랑 결혼하려면 데릴사위로 들어와야 하잖아."

"저도 생각 없어요."

서예지가 단호하게 말했다. 그러면서도 그녀는 여전히 음식을 탐하고 있는 사제들의 모습을 확인했다.

처음에는 후기지수들에 관심을 보였지만 지금은 다들 먹는 데 집중하고 있었다. 그녀가 가르친 대로 기품 있는 식사 예절을 선보이면서 말이다.

"하긴. 아직은 어리니까."

"많이 어리진 않아요. 당 소저랑 두 살 차이니까요."

"그런데 꼭 그렇게 딱딱하게 예의를 차려야겠어? 이제는 편하게 말해도 되잖아."

"저는 이게 편해요."

손가락을 대면 베일 듯한 날카로운 단호함에 당소윤이 서운하다는 표정을 지었다. 비슷한 또래이기에 자신도 할아버지처럼 서예지와 친근한 사이가 되고 싶은데 상대방은 아무래도 그렇지 않은 것 같아서였다.

'내가 뭐 잘못했나?'

당소윤이 곰곰이 과거를 곱씹었다.

하지만 딱히 서예지나 다른 아이들에게 실수한 것은 떠오르지 않았다. 오히려 대련을 자주 했기에 함께 보낸 시간은 많은 편이었고.

'대체 왜 그러지? 아직 시간이 더 필요한가?'

당소윤이 입술을 삐죽 내밀었다.

자신은 친해지고 싶은데 서예지는 아닌 것 같았다. 심대혜야 물에 물 탄 듯, 술에 술 탄 듯 처음부터 자연스러웠고.

하지만 일정 선을 넘지 않는다는 점에서 거리를 두는 건 비슷했다.

"음식은 어때? 봉문 후 처음으로 여는 큰 행사라 진짜 많이 신경 썼는데."

"맛있어요. 기대했던 것 이상으로요. 아이들도 잘 먹고 있고요."

"진짜 맛있었어요!"

"완전 꿀맛이에요!"

"후식이 많아서 행복해요, 헤헤헤!"

묻기 무섭게 여기저기에서 대답이 들려왔다. 빠른 속도로 음식들을 비우던 아이들이 일제히 대답했던 것이다.

특히 과일류가 가장 빠르게 비워지고 있었다.

"다행이네. 숙소는 어때? 할아버지께서 특히 신경 써서 배정했는데."

"저희는 물론이고 사부님도 만족스러워하세요. 일단은 조용하니까요."

"그 부분에 가장 큰 중점을 두었지. 일단 본 가에서 가장 중요한 손님이기도 하고. 아마 지금쯤 아빠를 만나고 계실 거야. 근데 진 호법님은?"

"별채에 혼자 계세요. 조용히 있고 싶다고 하셔서요."

"그래?"

당소윤이 의외라는 표정을 지었다. 벽우진을 보좌해도 모자랄 판에 혼자 있다고 하자 약간 이상했다.

"생각이 많으셔서 그래요. 요즘 제자 문제로 고민이 깊으시거든요."

"아하."

진구의 성격상 고민하는 모습이 쉽게 연상되지 않았지만,

그 역시 사람이었다. 고민이 없을 리가 없었다. 또한 호법들에 대해서 다른 이들보다 좀 더 알고 있는 당소윤이었기에 더 이상 깊게 묻지 않았다.

한편 당소윤이 서예지와 함께 있자 시간이 흐를수록 주변의 시선이 집중되기 시작했다. 사천당가의 금지옥엽인 당소윤이 스스럼없이 다가가 대화를 나누자 다들 호기심 어린 시선을 보냈던 것이다. 게다가 셋 다 미녀들이었기에 자연스레 시선이 집중되기도 했고.

"오랜만입니다."

"안녕하세요."

말 걸 기회를 노리던 남자들이, 은근슬쩍 접근하던 이들이 썰물처럼 물러났다. 사천당가의 소가주인 당주혁이, 후기지수들의 정점이라 할 수 있는 구룡오화들을 이끌고서 세 여인에게 다가갔기 때문이다.

특히 당주혁은 연회장에 들어와서 가장 먼저 서예지에게 인사했다.

"음식은 좀 입에 맞으십니까?"

"이미 내가 물어봤어."

"아, 그래?"

당소윤의 말에 당주혁이 무안한 듯 웃었다. 너무 진부한 질문을 던진 것 같아서였다.

"둘째 오빠는?"

"관심 없다고 수련 중이다. 어떻게든 날 이겨먹겠다고."

"또 폐관에 들어간 거야?"

"그건 아니고 연공실에서 개인 수련. 내일 아침에는 나올 게다. 할아버지를 봐야 하니까."

대답하며 당주혁이 주위를 슥 훑어봤다.

연회장에 들어오면서부터 느끼긴 했지만, 확실히 이곳에 시선이 집중되어 있음을 느낄 수 있었다. 그것도 남녀를 불문하고 말이다.

'확실히 대단한 미녀이기는 하지. 오화(五花)와 비교해도 뒤처지지 않는 미모이니까. 분위기도 남다르고 말이지.'

예전에는 무위로 인해 상대적으로 하향된 평가를 받았지만, 지금은 달랐다. 당소윤에 필적할 정도로 무공에도 물이 올랐기에 오화와 비교해도 뒤떨어지지 않는 후기지수가 서예지였다.

'후후후!'

그 사실을 증명하듯 구룡이라 불리는 이들조차도 서예지에게서 시선을 떼지 못했다. 함께 있는 오화도 아름답지만 서예지도 그 못지않자 다들 놀란 것이다. 게다가 패선의 제자였기에 더더욱 집중된 시선을 받았다.

툭.

"아, 소개해 드리는 걸 제가 깜빡했군요. 여기, 서 소저는 청해성 청하상단의 금지옥엽이자 곤륜파 장문인의 첫 번째 제자십니다."

온갖 감정이 뒤섞여 있는 구룡오화의 시선을 지켜보고 있을 때 당소윤이 팔꿈치로 큰오빠의 옆구리를 때렸다. 지금은 구경만 하고 있을 때가 아니었다.

"처음 뵙겠습니다. 서예지입니다."

"양일우입니다."

"양이추라고 합니다."

서예지에 이어 아이들이 차례대로 포권을 했다. 먹는 걸 멈추고 구룡오화와 인사를 나누었던 것이다.

"반갑습니다. 남궁세가의 남궁혁입니다."

"안 그래도 만나 뵙고 싶었는데 오늘 이렇게 기회가 닿게 되네요. 구양세가의 구양검입니다."

아이들의 인사가 끝나기 무섭게 구룡오화도 차례대로 자신을 소개했다.

하지만 반가워하는 이들이 있는 반면에 못마땅해하는 이들 역시 존재했다. 남몰래 구양검에게 연모의 정을 품고 있던 표향림이었다.

그녀는 형산파의 제자였기에 더더욱 서예지가 마음에 들지 않았다.

"이제 그만 이동하죠. 반가운 얼굴들이 많은데."

"맞아요. 너무 한곳에만 있는 것도 좋지 않으니까요. 더구나 당 소협께서는 다른 분들도 신경 쓰셔야 하잖아요."

갑자기 등장한 서예지로 인해 다섯 명의 여인들이 똘똘 뭉쳤다.

미모로는 강호에서도 손꼽히는 그녀들이었지만 그럼에도

서예지의 외모는 위협적이었다. 더구나 한창 무림을 뜨겁게 달구는 패선의 제자였기에 그녀들은 이 자리가 불편했다. 늘 주인공이었던 그녀들이었기에 새로운 미녀의 등장은 달갑지 않았기 때문이다.

"괜찮습니다. 시간은 많으니까요."

"우리까지 함께 이동할 필요도 없고 말이지."

동갑내기인 남궁혁이 당주혁의 어깨에 팔을 올렸다.

나이도 같지만 이름도 끝 자가 같기에 처음 본 순간부터 둘은 친해졌고, 지금은 죽마고우나 마찬가지였다. 가문은 선의의 경쟁 중이었음에도 불구하고 말이다.

"맞습니다. 어차피 어디에 있는 사람들이 다 몰릴 텐데요."

구양검이 자신만만한 표정을 지었다.

구룡에 뽑히고 나서 어느 곳을 가든 늘 중심에는 그가 있었다. 그런 만큼 꼭 이동할 필요는 없었다.

"저희들이 불편하다면요?"

"예?"

그때 서예지가 담담한 어조로 입을 열었다.

예전이었다면, 벽우진을 만나기 전이었다면 이 자리 자체를 영광이라 생각하며 어쩔 줄 몰라 했겠지만, 지금은 아니었다.

중요한 건 이들과의 인연이 아니라 사제들이었다. 생각지도 못한 구룡오화의 등장으로 장내의 시선들이 모조리 쏠리자 다들 당황하고 있었다.

"듣자 하니 말이 좀 심한 것 같은데."

저벅저벅.

갑자기 집중된 수많은 시선에 막내인 심소혜가 체한 듯 얼굴이 하얗게 변했을 때, 근처에 있던 거구의 장한 한 명이 얼굴을 있는 대로 찡그리며 성큼성큼 걸어왔다.

구룡오화가 관심을 보여주는데 감사해하지는 못할망정 축객령을 내리니 그의 입장에서는 어이가 없었다.

아무리 패선의 제자라고 하나 그렇다고 저들이 패선인 것은 아니었다. 더구나 후기지수로서 공식적으로 모습을 드러낸 것은 이번이 처음이었기에 거한은 무서운 얼굴로 서예지에게 다가갔다.

"그쪽이 낄 상황은 아닌 것 같습니다."

"뭐라고?"

"저희들끼리 대화 중이지 않습니까."

서예지를 향해 성큼성큼 다가오는 거한을 향해 도일수가 조용히 막아섰다. 위협적인 접근에 먼저 나선 것이다.

그런데 그게 신경을 건드린 모양인지 거한이 인상을 썼다.

"사부가 패선인 게 벼슬이라도 되는 모양이군."

"부럽다면 부럽다고 하시죠. 그렇게 비비 꼬아서 말하지 말고. 그리고 그전에 예의부터 차려주었으면 좋겠습니다만."

"허!"

거한이 어처구니없다는 표정을 지었다.

불과 얼마 전까지만 해도 별 볼 일 없었던 녀석이 명문세가 출신인 자신을 똑바로 마주 보고 말을 한다는 게 믿기지가 않았다. 패선의 제자라는 신분이 아니었으면 이 자리에 있지도 못할 녀석이 말이다.

하지만 그것보다도 더 기분 나쁜 것은 이 모든 상황을 표향림이 지켜보고 있다는 점이었다.

'여기서 확실하게 보여줘야 해.'

그가 나선 것은 다른 이유가 아니었다. 좋아하는 여인이 냉대를 받는 모습에 열불이 뻗쳐서 나선 것이었다.

더구나 강호는 무력이 곧 법이기도 했고, 명분은 만들기 나름이었다.

"지금까지의 언행이 무례하다고 생각하지 않으십니까?"

"내가?"

"예, 지금 말하고 있는 이 순간도."

"난 그렇게 생각하지 않은데. 내 나이와 신분이라면 충분히 이래도 된다고 생각하는데 말이지. 그리고 먼저 무례를 범한 쪽은 저쪽이다."

거한의 시선이 서예지에게로 향했다. 지금의 발단은 바로 그녀로부터 시작되었기 때문이다.

"제 생각은 다릅니다만."

"그건 네 생각이고. 중요한 건 내 생각이지."

"……."

뜻을 꺾지 않겠다는 의지가 다분한 거한의 모습에 도일수의 눈빛이 가라앉았다. 말로는 해결이 될 것 같지 않다는 생각이 든 탓이다.

"내가 원하는 것은 간단해. 일단 내 앞에서 비키고, 표 소저에게 저…… 여자가 사과를 하는 거다."

거한이 도중에 말끝을 살짝 흐렸다. 마음 같아서는 저 계집이라고 하고 싶었지만 다른 이도 아니고 이 연회장의 주인이라고 할 수 있는 당주혁이 함께 있었고, 또한 서예지가 손님 자격으로 참석한 것이었기에 가까스로 호칭을 바꿨다.

패선의 제자들은 크게 신경 쓸 필요가 없었지만 당주혁은 달랐다. 전통의 강호이자 늘 오대세가의 수좌를 차지하고 있던 남궁세가를 뛰어넘을지도 모르는 게 현재의 사천당가였기에 눈치를 안 볼 수는 없었다.

"제가 왜 그래야 하죠?"

"실례를 저질렀으니까."

"만약 제가 사과한다면, 당신도 우리에게 사과할 건가요?"

"내가 왜?"

거한이 무슨 말이냐는 듯이 반문했다. 도저히 이해가 되지 않는 말이었다.

그 모습에 서예지는 물론이고 도일수도 어이없다는 표정을 지었다. 거한이 시종일관 억지만 부리고 있었기 때문이다.

"당신도 우리에게 무례를 저질렀으니까요."

"아니, 다르지. 난 잘못된 것을 바로잡으려고 나선 것뿐."

"억지군요."

"억지가 아니다. 맞는 말이지. 그러니 얼른 표 소저에게 사과해라."

거한이 퉁방울만 한 눈을 부라렸다.

하지만 기세까지 실린 그의 안광에도 서예지는 눈 한번 깜빡이지 않고 오히려 가소롭다는 표정을 지었다.

"그렇게는 못 하겠네요."

"뭐라고?"

휘익.

서예지는 더 이상 대화할 필요를 못 느끼겠다는 듯이 손을 휘저었다. 말이 통하지 않는, 억지를 부리는 이와 대화하는 것만큼 피곤한 일은 없었다. 더구나 예의를 차리지 않는 이에게 굳이 예의를 지킬 생각도 없었다.

"이 계집년이……!"

"말조심해라. 네가 그딴 식으로 불러도 되는 분이 아니니."

"뭐, 뭐?"

언기준의 얼굴이 시뻘겋게 달아올랐다.

무시하는 서예지도 서예지지만 곧바로 반말을 하는 도일수의 모습에 극도로 흥분한 언기준의 큼지막한 콧구멍에서 연신 뜨거운 콧김이 뿜어져 나왔다.

"주둥아리 함부로 놀리지 말라고."

"이 새끼가!"

언기준은 폭급한 성격을 오늘도 여지없이 드러내며 도일수를 향해 대뜸 주먹을 날렸다.

그 모습에 장내에 있던 모든 이가 놀랐다. 설마하니 언기준이 다짜고짜 주먹을 내지를 줄은 몰라서였다.

스윽.

그러나 더 놀라운 광경은 그 이후에 벌어졌다. 기습과도 같은, 솥뚜껑만 한 언기준의 주먹을 도일수가 고개만 살짝 꺾는 것으로 너무나 쉽게 피해낸 것이다.

"지금부터는 정당방위야."

"어?"

도일수의 얼굴에 싸늘한 기색이 서렸다.

다짜고짜 주먹질부터 하는 모습에 언기준이 자신을 비롯해서 사형제들을 어떻게 생각하는지 알 수 있었다.

그리고 이럴지도 모르는 사태에 대비해서 벽우진은 분명하게 말했었다. 부당하다고 생각되면 절대 참지 말라고.

'수습은 생각하지 말라고도 말씀하셨지.'

퍼어억!

고개만 까딱여서 주먹을 피한 도일수가 발을 들었다. 그러고는 훤히 열린 언기준의 복부를 향해 시원스러운 앞차기를 날렸다.

"커헉!"

발바닥으로 찍어 차는 깊숙한 일격에 언기준이 볼썽사납게 바닥을 나뒹굴었다.

동시에 장내에 소란이 일었다. 갑작스러운 싸움에 모두가 놀란 탓이었다.

"공력 안 실었어. 일어나."

"크헝헝!"

거구의 언기준이 울부짖으며 언제 바닥을 굴렀냐는 듯이 노호성을 터뜨렸다. 그리고 사납게 달려들었는데, 그 기세가 심상치 않았다. 그는 진짜로 도일수를 죽이겠다는 듯이 전신에서 살기를 줄기줄기 뿜어내고 있었다.

"위험……!"

그 살벌한 기세에 주위에 있던 몇몇 후기지수들이 당혹성을 토해내며 소리쳤지만, 그보다 언기준의 쇄도가 먼저였다. 그는 마치 맹수처럼 도일수에게 짓쳐 들었다.

스륵.

하지만 그 맹렬한 움직임에도 도일수는 전혀 당황하지 않았다. 대신 차분한 얼굴로 검집 채 검을 잡았다. 좋은 날 피를 보는 건 아니었기에 검을 뽑지는 않았던 것이다.

"죽여 버리겠다!"

흉흉한 살기를 줄기줄기 내뿜으며 언기준이 연신 양 주먹을 휘둘렀다. 진주언가권(晉州彦家拳)의 절초들이 연거푸 뿌려지며 도일수의 전신 사혈을 노렸다.

언기준은 진짜로 죽이겠다는 듯이 치명적인 살초만 펼쳤으나, 그 살벌한 공격에도 정작 도일수에게 닿는 것은 없었다.

"느리네."

"이 자식이 감히……!"

도일수의 입가에 옅은 미소가 떠올랐다.

남들이 보기에는 속절없이 밀리는 것처럼 보이겠지만 실상은 달랐다. 그저 후기지수의 수준을 살펴보는 것에 지나지 않았다. 사천당가의 잔치에 초대받을 정도의, 전통 있는 명문정파 후기지수의 수준이 어느 정도인지 알아보기 위해 지켜보는 것뿐이었다.

"심지어 허접하기까지 해서 실망스러운데."

"크아아앙!"

긴장감이라고는 눈곱만큼도 느껴지지 않는 도일수의 모습에 언기준이 이성을 잃은 채 더욱 거칠고 사납게 쌍권을 휘둘렀다.

어떻게든 한 방만 먹이면 된다는 생각에, 그다음은 일사천리라고 생각했기에 일단은 한 방만 맞으라는 식으로 두 주먹을 내질렀다.

하지만 그런 방식의 공격은 겉보기에는 화려하고 강력해 보일지 모르나 결과적으로는 제 살 파먹기였다. 동작이 큰 만큼 체력 소모 역시 극심했으니까.

푹.

더구나 제자들 중에 가장 경험이 많은 도일수에게는 더더욱 그 빈틈이 도드라져 보일 수밖에 없었다.

심지어 도일수에게 몸소 가르침을 내려주는 이는 벽우진이었다.

"큭!"

전방을 가득 채우는 두 주먹 사이의 작은 빈틈으로 파고들어 심장을 찌르는 검 끝에 언기준이 움찔거렸다. 조금만 세게 찌르면 단숨에 절명할 수 있는 치명적인 부위가 바로 심장이었기 때문이다. 그래서 언기준은 반사적으로 멈칫거릴 수밖에 없었다.

"이미 죽은 거 알지?"

"감히 버러지 따위가!"

도일수의 이죽거림에 언기준이 포효했다. 운 좋게 한번 성공한 것으로 마치 자신이 아래인 양 쳐다보는 게 참을 수 없어서였다.

그러나 도일수의 공격은 지금부터가 시작이었다. 애초에 이대로 끝내기 싫은 건 도일수도 마찬가지였다.

퍼퍼퍽!

그리고 매타작이 시작되었다.

이미 충분히 눈에 익었기에 도일수는 언기준의 공세를 모조리 피해내며 검을 휘둘렀다.

검집에 들어가 있는 검을 몽둥이처럼 사용하며 언기준의 거구를 말 그대로 두들기는, 묘하게 박자감이 있는 매타작에 주위에 있던 후기지수들이 멍한 표정을 지었다.

"허!"

"저게, 말이 되나?"

"패선의 제자들은 무공을 수련한 지 얼마 되지 않은 것으로 알고 있는데……."

언기준이라면 구룡에 비할 바는 아니지만 나름 실력을 인정받는 후기지수였다. 구룡은 힘들더라도 그 언저리에는 충분히 들어갈 수 있는, 후기지수 중 상위 스무 명 정도를 꼽으면 반드시 들어가는 이 중 한 명이었다. 본 가가 있는 진주에서는 단연 손꼽히는 후기지수이고.

그런데 그 언기준이 도일수에게 두드려 맞고 있었다.

"쯧쯧! 저렇게 보는 눈이 없어서야."

반대로 당소윤은 두들겨 패는 소리를 제외하면 적막감이 내려앉은 연회장에서 크게 혀를 찼다.

아는 만큼 보인다고 그녀는 왜 언기준이 도일수에게 달려들었는지 그 이유에 대해서 잘 알았다. 도일수의 경지가 보이지 않으니 자기보다 못할 거라고 지레짐작하고 덤벼든 것이 분명했다. 그 결과는 지금 모두가 보고 있는 그대로이고.

"다행스럽게도 손속에 사정은 두는구나."

"정말 다행이죠. 장문인이셨다면 일단 사지부터 분질러 놓았을 텐데."

"……설마."

당주혁이 흠칫하며 대답했다. 아무리 막 나가는 벽우진이라도 친구 생일잔치에 그럴 거라고는 생각되지 않아서였다.

하지만 당소윤은 고개를 저었다.

"장문인은 충분히 그러고도 남으세요. 죽이지는 않으시겠지만 죽고 싶을 정도로 고통스럽게 만들었을 걸요. 얼마나 성격이 단호하신데."

"컥! 켁! 끅! 읍!"

당소윤과 당주혁이 대화를 하는 사이에도 매타작은 계속해서 이어졌다.

금방 끝낼 수 있음에도, 그만한 격차가 나는데도 도일수는 공격을 멈추지 않고 가히 폭력이라고 해도 과언이 아닐 정도로 언기준을 두들겨 팼다.

"조금 심한 거 같은데……."

"하면 변 공자가 말리겠소?"

"으음!"

지극히 차분한 신색으로 언기준을 짓밟는 도일수의 모습에 누구도 선뜻 나서지 않았다.

일단 포악한 성격 덕분에 언기준과 친한 이가 드물었을뿐더러 명분은 도일수와 서예지가 가지고 있어서였다. 게다가 이곳의 주인은 따로 있기도 했고.

"덩치에 비해 엄살이 심한데."

"이 노옴……!"

멍투성이가 된 얼굴로 언기준이 노성을 터뜨렸다.

반격다운 반격은 하지도 못한 채 일방적으로 두드려 맞는 것과 달리 아직은 두 눈에 힘이 실려 있었다. 아직도 자신이 패배했음을 인정하지 않는 것이었다.

"고작 이 정도에 신음을 흘리는 것을 보면."

빠각!

도일수는 검집으로 때릴 것처럼 하면서 발끝으로 언기준의 정강이를 때렸다.

"끄윽!"

정강이에서부터 시작된 찌르르 울리는 고통에 언기준이 몸을 부르르 떨었다.

지독한 고통에 순간적으로 무방비 상태가 된 그 기회를 도일수는 놓치지 않았다.

퍼퍼퍼퍽!

그리고 비 오는 날에 먼지 나도록 팬다는 속담처럼 진짜 시원스럽게 두들겼다. 지켜보는 이가 섬뜩할 정도로 말이다.

"마지막 기회다. 사저께 사과해라."

"시, 실타!"

"그렇다면야."

입술이 불어터져서인지 새는 발음으로 대답하는 언기준의 두 눈에는 아직도 악이 서려 있었다. 이렇게까지 당했음에도 그는 포기하지 않았다.

그런데 대단한 건 도일수였다. 그는 이런 반응을 예상했다는 듯이 더 이상 묻지 않고 매타작을 이어갔다.

"말려야 하는 것 아닙니까?"

그 광경에 언기준과 그나마 친분이 있던, 구룡 중의 일인 황보추가 조심스럽게 당주혁에게 말했다. 이쯤에서 수습을 하는 게 좋을 것 같아서였다.

다른 날도 아니고 사천당가 태상가주의 생일연이었다. 유혈사태까지는 가지 않았지만, 그래도 지금의 사태는 썩 좋지 않았다.

"내가 왜 말려야 하지?"

"예?"

"무시를 당한 건 나 역시 마찬가지인데."

황보추가 두 눈을 끔뻑거렸다. 이런 대답이 나올 줄은 정말 꿈에도 예상하지 못했다는 표정이었다.

웃긴 건 주변에 모여 있는 이들의 반응이었다.

"아무 생각 없이 나섰던 것은 맞지. 적어도 너에게 언질 정도는 주었어야지. 아니면 눈치라도 주던가."

"눈짓도 없었고, 전음도 없었지. 저 녀석에게 보이는 것이라고는 좋아하는 여자와 마음에 안 드는 여자, 그리고 건방진 놈뿐이었지."

북풍한설과도 같이 서늘한 당주혁의 말에 표향림이 남몰래 아랫입술을 깨물었다.

하지만 남들이 보기에는 평상시의 모습과 크게 다르지 않았다. 눈꼬리가 살짝 떨리는 것을 제외하면.

"내 말이. 적어도 이 연회장의 주인은 너인데 말이야."

"오히려 곤륜파 쪽에서 내 입장을 잘 배려해 주었지. 장문인의 성격을 생각하면 일단 검부터 뽑아도 이상하지 않았을 텐데."

"……근데 그 정도로 성격이 대단하셔?"

남궁혁이 진심으로 궁금한 표정을 지었다.

부친이야 곤륜산에서 직접 만나본 적이 있다고 하지만 그는 아직 대면하지 못했다. 더불어 본 가로 복귀한 후 아버지가 짧게 했던 한 마디가 아직도 뇌리에 선명하게 남아 있었다.

'천외천(天外天)이라고 하셨었지.'

비록 삼제에 비해 손색이 있다는 말과 함께 오왕에 속해 있는 부친이었지만 그는 알고 있었다. 아니, 믿었다. 삼제라 해도 부친과의 승부에서 승리를 쉽게 점칠 수 없다는 사실을 말이다. 또한 남궁진 역시 결과는 붙어봐야 하는 것이라고도 했고.

'그런데 그렇게 말씀하셨던 아버지가 보는 순간 승리를 장담할 수 없다고 하셨지.'

대결에는 변수가 수없이 많았다. 그 변수를 통제 안에 두고, 자기중심대로 과정을 만들어가는 게 바로 고수였다. 때문에 1푼이라도 승산이 있다면 결과는 붙어봐야 아는 법이라고 남궁진은 늘 말했다.

한데 그리 말했던 남궁진이 벽우진에 대해 말할 때는 순수하게 인정하는 표정을 지었었다.

"보통이 아니시지. 평소에는 참 한량이 그지없는 모습인데, 무공에 관해서는 엄청 엄하셔. 완벽주의자라고나 할까. 성격도 칼 같으시고. 호불호가 그렇게 명확하신 분도 없을 거야."

"괴팍하다는 말이 사실인가 보네."

"면전에서 그 말을 하면 아마 어느 순간 땅바닥이 코에 닿아 있을 거야."

"어, 음. 당연히 그렇게 못 하지. 배분 차이가 얼만데."

"만약에 만나게 되면 조심해. 괜히 까불거리다가 한 대 맞지 말고. 네가 남궁세가 소가주인 건 그분께 아무런 상관이 없어. 참을 이유 또한 없고. 거슬리면 주먹부터 휘두르니까."

진심이 담긴 당주혁의 조언에 남궁혁은 고개를 주억거렸다. 세간에 떠도는 소문의 절반만 맞는 말이라도 무조건 조심해야 했다.

"아마 크게 관심은 없을 거예요. 그냥 남궁세가의 소가주구나 싶을 걸요. 다음에 알아본다는 보장도 없고."

"인정. 나도 마찬가지일걸. 소윤이 너야 자주 보니까 아시겠지만."

"저도 따로 뵌 적은 없어요. 늘 할아버지랑 함께 보는 거죠."

"그게 나중에는 정말 큰 도움이 될 거야. 장문인이 알고 있는 사람이니까. 과거 소림무제와 무당권제와 친분이 있다고 사람들이 떠벌리고 다니는 것처럼."

쿵!

그때 묵직한 소리에 반사적으로 고개가 돌아간 남매의 시선이 한 곳을 향했다.

그리고 그건 구룡오화도 마찬가지였다.

"치워."

흰자위가 보이는 채로 기절해서 바닥에 엎어진 언기준의 모습에 당주혁이 차가운 목소리로 지시했다. 그러자 혹시 모를 사태에 대비해 연회장에 배치되어 있던 당가의 무사들이 황급히 언기준을 데리고 밖으로 나갔다.

"끝끝내 사과는 안 하고 쓰러졌네."

"나중에 따로 받아내야지. 주고받는 게 확실한 우리니까."

"맞아요."

누가 사천당가 혈족 아니랄까 봐 죽이 척척 맞는 두 남매의 모습에 구룡오화가 어색하게 웃었다.

구룡오화 중에는 한 성깔 하는 이들도 분명히 있었지만 그럼에도 두 남매와는 비교할 수 없었다. 괜히 사천당가라는 말이 있는 게 아닌 듯한 모습에 다들 멋쩍게 웃기만 할 뿐 선뜻 입을 열지 못했다.

"소란을 일으켜서 죄송해요."

불편한 적막감이 연회장 내에 내려앉을 때 서예지의 청아한 목소리가 울려 퍼졌다. 모두가 얼이 빠져 있는 것과 달리 그녀는 자신의 할 일을 잊지 않았다.

"아뇨. 괜찮습니다. 시작은 언가 놈이 했는데요. 오히려 대응이 늦어진 점에서 사과드리겠습니다. 죄송합니다."

당주혁이 뒤늦게 정신을 차리고 고개를 숙였다. 연회의 주인으로서 이 사태를 미연에 방지하지 못한 책임이 그에게도 있어서였다.

더구나 다른 손님들도 아니고 곤륜파에서 온 이들이었기에 당주혁은 더더욱 미안했다.

"뒤처리는 걱정하지 마. 본 가에서 확실하게 진주언가에 항의할 테니까."

"그전에 사부님께서 나서시지 않을까 싶은데요."

"그래서 우리가 나서야 한다는 거야. 장문인께서 나서시면 조용히 끝나지는 않을 테니까."

담담하지만 그렇기에 더욱 서늘하게 파고드는 당소윤의 말에 여기저기에서 침 삼키는 소리가 들려왔다. 벽우진의 성격에 대해서는 그들도 전해 들은 바가 많아서였다.

"하긴."

"장문인 성격에 이런 일이 벌어졌는데 가만있으시겠어? 아마 진주언가의 숙소부터 날리지 않을까 싶은데."

당소윤이 사뭇 진지한 표정을 지었다.

지금껏 보아온 벽우진의 성격을 떠올리면 그러고도 남았다. 이곳이 사천당가라고 해도 말이다. 더구나 실수는 진주언가 측이 먼저 하기도 했고.

"그래도 말을 안 할 수는 없어요."

"그전에 마무리 지을게. 그러니까 같이 가자. 이왕이면 할아버지와 함께."

서예지가 고개를 주억거렸다.

사천당가의 입장이라는 것도 있었고, 앞으로는 세간의 인식도 신경 써야 했다. 다시 구대문파의 한 자리를 차지하기 위해서는 말이다.

"자자, 다시 음악 틀어!"

한 사내의 욕심으로 인해 벌어진 갑작스러운 소동에 연회장의 분위기가 착 가라앉자, 당주혁이 박수를 쳐 잠시 멈춰졌던 연주를 속행시켰다.

이윽고 아름다운 운율과 함께 착 가라앉았던 분위기가 서서히 달아오르기 시작했다. 흔치는 않지만 그렇다고 아예 없는 일도 아니었기에 다들 다시 연회를 즐기기 시작했다.

"안녕하십니까."

"처음 뵙겠습니다, 육룡방의……."

"백도문의 조형일이라고 합니다. 얘기는 많이 들었습니다."

소란이 가시기 무섭게 서예지의 곁으로 수많은 귀공자가 모여들었다. 미모도 미모지만 언기준을 앞에 두고도 일절 긴장하지 않는 강단 있는 모습에 많은 이들이 호감을 보였다.

그리고 서예지만큼은 아니지만 언기준을 가볍게 상대했던 도일수에게도 몇몇 여인들이 관심을 보였다. 일단 패선의 제자라는 점에서 합격점을 주었던 것이다.

'시끄럽네.'

도일수만큼은 아니었지만 그래도 제법 또래들과 함께 어울리는 아이들의 모습을 확인하며 서예지가 속으로 중얼거렸다.

자기에게 다가온 이들의 검은 속셈을 그녀가 모를 수가 없었다. 이미 수도 없이 겪은 일이기도 했고. 예전과 다른 점은 모여든 이들의 신분이 확 달라졌다는 것뿐.

"잠시만요."

강호에서도 명망 높은 가문과 명문대파 출신의 후기지수들이 어떻게든 그녀의 환심을 사고자 이런저런 말들을 늘어뜨리고 있을 때 한 명의 사내가 모습을 드러냈다.

놀랍게도 그의 등장에 주변을 가득 채우고 있던 남자들이 쓴웃음을 삼키며 좌우로 벌어졌다. 지금 서예지에게 말을 건 이가 다름 아닌 구양검이었기 때문이다.

구룡 중에서도 상위권의 실력을 가진 것으로 알려져 있고,

비록 오대세가에는 들지 못했지만 십대세가를 꼽으면 반드시 들어가는 구양세가 적자의 등장에 후기지수들이 하나같이 아쉬운 표정을 지었다.

"오랜만입니다, 구 소협."

"반갑습니다, 민 공자."

서예지에게로 걸어가는 동안 많은 이들이 그에게 알은척을 해왔다.

물론 그중에 구양검이 기억하는 이는 손에 꼽았다. 워낙에 많은 사람을 만났기에 인상 깊게 남아 있는 이가 아니면 기억하기가 쉽지 않았던 탓이다.

"하하하! 나중에 식사라도 한 끼 같이하시죠!"

"그러죠."

부드러운 미소를 머금고서 대꾸한 구양검이 드디어 서예지의 앞에 섰다. 제법 많은 인파를 가로지르고서야 그녀에게 도착했던 것이다.

"이제야 다시 뵙네요."

"무슨 일이시죠?"

오로지 자신만 직시하며 성큼성큼 다가온 구양검을 향해 서예지가 의아한 얼굴로 물었다. 인사는 아까 전에 충분히 한 걸로 알고 있어서였다. 그렇다고 구양검과 따로 친분이 있는 것도 아니었고.

"꼭 일이 있어야지만 대화를 나눌 수 있는 건 아니지 않습니까. 물론 그렇다고 해서 아무 이유 없이 서 소저를 찾아온 것은 아니지만요."

구양검이 여유롭게 웃으며 대답했다. 그런 그의 얼굴에는 자신감과 여유가 한껏 깃들어 있었다.

"이유요?"

"예, 서 소저와 따로 대화를 나누고 싶었거든요. 관계를 진척시킴에 있어 대화는 절대적인 부분이니까요."

"……."

서예지가 미간을 좁혔다. 설마하니 이렇게 직설적으로 말할 줄은 몰라서였다.

그런데 구양검은 그런 그녀의 반응조차도 귀엽다는 듯이 싱긋 웃고 있었다.

"친해지고 싶거든요, 서 소저랑."

생글거리는 얼굴로 구양검이 훅 들어왔다.

그런데 그 모습이 장난스러워 보이지 않았다. 여유 있으면서도 진지한 모습이라고나 할까. 보통의 여인이었다면 아마도 지금 이 순간 심장이 크게 뛰었을 터였다.

"죄송하지만 저는 시간이 조금 필요할 것 같은데요."

"이해합니다. 관계는 한쪽이 강요하면 안 되는 것이니까요. 다만 저는 제 솔직한 마음을 꺼내 보인 것뿐입니다. 무인으로서도 서로에게 큰 도움과 자극이 되지 않을까 싶어서요."

"저를 너무 과대평가하시는 것 같습니다."

"그럴 리가요. 저는 언기준과 다릅니다."

구양검이 단호하게 고개를 저었다.

뇌와 눈에 근육만 찬 언기준과 달리 그는 안목이 있었다. 적어도 상대를 제대로 볼 줄은 알았다.

"무슨 뜻이죠?"

"저희는 서로에게 좋은 대련 상대가 될 것 같은데, 아닌가요?"

구양검이 의미심장한 표정으로 말했다. 마치 다 알고 있다는 표정으로 말이다.

하지만 서예지도 만만치 않았다. 지금껏 살아오면서 익힌 처세술은 누구에게도 뒤지지 않았으니까.

"기회가 생긴다면 한 수 가르침을 받겠습니다."

"저는 지금 당장에라도 괜찮습니다."

구양검이 눈을 빛냈다. 대련한다는 핑계로 단둘이 오붓하게 있을 수 있는 기회였으니까.

그리고 그 시간은 자신에게 있어 더할 나위 없이 유익할 터였다.

'보면 볼수록 마음에 든단 말이지.'

구양검의 시선이 빠르게 서예지를 훑었다.

오화라 불리는 여인들은 외모만 뛰어나지 않았다. 무공 역시 동 나이대에서는 상당한 수준이었다. 하지만 무인이라기보다는 곱게 자란 규수와도 같았다.

'그러나 서 소저는 달라.'

무공을 익힌 양갓집 규수와 같은 분위기의 오화들과 달리 서예지는 미모도 미모지만 누가 봐도 무인이라는 느낌이 들 정도로 날카로운 기도를 뿌렸다. 잘 정련된 검객과도 같은 느낌이라고나 할까. 그래서인지 분위기도 독보적이었다.

거기다 신분 역시 크게 뒤떨어지지 않았다.

'하북팽가가 무너지고 황보세가가 예전 같지 않은 지금이야말로 본 가가 치고 올라갈 때다.'

구양검의 머리가 빠르게 회전했다.

처음에는 미모, 두 번째는 분위기에 호감을 느꼈다면 세 번째는 현재의 상황이 그를 적극적으로 만들었다. 청해성 제일가는 상단의 금지옥엽이자 어쩌면 당대의 천하제일인에 제일 가까운 무인의 제자가 서예지였다.

그 말은 서예지를 품에 안으면 청하상단과 패선의 도움도 받을 수 있다는 말이었다.

'패선의 영향력이라면, 가능하다.'

구양검이 눈을 번뜩였다.

청해제일상단인 청하상단과 구대문파의 복귀가 확실한 곤륜파의 조력이라면 구양세가가 오대세가의 한 자리를 차지하는 게 꼭 불가능할 것 같지만은 않다는 생각이 들었다. 그렇다고 그의 재능이 부족한 것도 아니었고 말이다.

'개인의 무력도 중요하지만, 그 이상인 것이 바로 세력이 주는 힘이니까.'

남궁세가와 제갈세가의 위상은 너무나 견고했다. 그리고 사천당가의 기세는 너무나 매서웠고.

하지만 다른 두 가문이라면 구양검도 할 만하다는 생각이 들었다. 물론 그전에 확실하게 서예지의 마음을 빼앗는 게 먼저였다.

"그건 힘들 것 같습니다. 사제들을 챙겨야 해서요."

"저녁때는 어떻습니까? 식사 후에 가볍게 몸을 푸는 것도 나쁘지 않을 것 같은데요. 제가 제대로 식사 대접을 하겠습니다."

구양검은 최대한 멋들어진 미소를 지으며 말했다. 보통은 이렇게까지 말하면 넘어왔기에 그는 속으로 거의 다 되었다는 생각을 했다.

하지만 그 자신만만한 표정이 사라지는 데는 그리 오랜 시간이 걸리지 않았다.

"죄송합니다."

"예?"

"선약이 있어서요."

"그럼 내일이라도……."

처음으로 당황한 기색을 띠며 구양검이 말을 이었다. 말을 꺼낸 이상 확실하게 약속을 잡을 필요가 있다고 생각해서였다.

그리고 본능적으로 지금이 아니면 다음번에는 기회가 없을 것 같다는 생각이 들었다. 자신이 하는 생각을 다른 이가 하지 못할 리가 없었다.

'남궁 형의 눈빛도 심상치 않았고 말이지.'

구양검은 남궁혁의 눈동자에서 창졸간에 흐르던 호기심을 분명하게 확인했었다. 그가 생각하던 것을 남궁혁 역시 똑같이 떠올렸을 터였다.

때문에 구양검은 이대로 대화를 마무리 지을 수 없었다. 선수를 놓치면 그대로 끝날 것 같았다.

"죄송하지만 힘들 것 같습니다."

"실례가 안 된다면 그 이유를 들을 수 있겠습니까?"

구양검의 말에 주위에서 귀를 기울이던 많은 후기지수들이 놀란 표정을 지었다. 천하의 구양검이 이렇게 저자세로, 또한 적극적으로 한 여자에게 들이댈 줄은 몰라서였다.

더불어 은근히 구양검에게 연심을 품고 있던 여인들이 활활 불타오르는 눈빛으로 서예지를 힐끔거리며 질투와 질시가 가득한 눈으로 일거수일투족을 주시했다.

"시끄러운 걸 별로 좋아하지 않아서요. 이런 자리가 아직은 부담스럽기도 하고."

"그러니 더더욱 익숙해지기 위해 노력해야 하지 않겠습니까? 앞으로 이런 자리가 빈번해질 텐데요. 사형제들도 마찬가지고요."

혼혈이라서 그런지 이상하게 잘 어울리지 못하는 사형제들을 한번 바라보며 구양검이 말했다.

불편하다고 해서 언제까지 피할 수 있는 건 아니었다. 오히려 더욱더 이 자리에 익숙해져야 했다. 그녀 본인은 물론이고 곤륜파를 위해서라도 말이다.

"알고 있습니다. 하지만 서두를 필요는 없다고 생각합니다. 저희는 이제부터 시작이니까요."

"제가 도움을 드릴 수 있습니다. 나름 명성도 있고요. 하핫!"

경직된 분위기를 풀 요량인지 구양검이 평소와는 다르게 너스레를 떨었다. 농담이라도 하면서 분위기를 좀 부드럽게 만들기 위해서였다. 어떻게든 대화를 이어가려는 속셈도 있었고.

"마음만 감사히 받겠습니다, 그럼."

서예지가 짧게 고개를 숙이며 몸을 돌려, 좀처럼 다른 이들과 어울리지 못하는 사 남매에게로 다가갔다.

그 모습에 구양검이 입맛을 다셨다.

"쉽지 않군."

"이제야 마음에 드는 여성이 생긴 모양이야?"

"매력적이잖아?"

"그건 인정."

뻘쭘하게 서 있는 구양검의 곁으로 구룡 내에서 가장 친한 사이라고 할 수 있는 단리경이 다가왔다. 무인이라기보다는 문사가 더 잘 어울릴 정도로 호리호리한 체격이었는데 성격 역시 생긴 대로 유들유들했다.

"근데 신기하네."

"왜? 더 도전하고 싶어져? 꺾고 싶어?"

"응, 왜 풍류 공자들이 정복하고 싶다고 말하는지 알 거 같아."

"어이쿠. 이거 큰일 났네. 여자에 관심 없던 맹룡(猛龍)이 첫눈에 사랑에 빠질 줄이야. 이거 수많은 여인들이 눈물로 밤을 지새우겠는데."

"사랑은."

구양검이 피식 웃었다. 앞서가도 너무 앞서간 거 같아서였다.

"근데 왜 하필 서 소저야?"

단리경이 은근한 어조로 물었다.

굳이 서예지가 아니더라도 구양검이라면 다른 여인을 충분히 만날 수 있었다. 오화 중에서 고를 수도 있었고.

구양검은 몰랐지만 그를 연모하는 이도 있었기에 단리경이 궁금하다는 듯이 물었다.

"글쎄. 그냥 느낌이 좋았어."

"원래 그렇게 시작하는 거야. 근데 의외네. 그렇게 미인들이랑 우르르 몰려다녔는데 정작 꽂힌 건 다른 여자라니."

"원래 미래는 알 수 없는 법이지."

"갑자기 웬 낭만?"

단리경이 어처구니없다는 표정을 지었다. 낭만이라는 단어와는 정말 어울리지 않는 게 바로 구양검이어서였다.

"분명한 건 아직 사랑은 아니라는 거다. 정확하게는 호기심 겸 관심이랄까."

"원래 그렇게 시작하는 거야. 한 주먹이었던 게 어느 순간 대야만큼 커지고, 결국엔 가슴을 가득 채우는 거지. 쯧쯧! 그나저나 불쌍하네. 너 잡을 기회만 노리는 여인들이 한둘이 아닌데."

"사돈 남 말 하고 있네. 너야말로 조심해라. 들고 있는 부채처럼 미소를 살랑살랑 뿌리지 말고."

"에이. 아는 사람끼리 왜 그래? 그냥 가벼운 만남이야, 만남. 우리가 아무나 만날 수 있나. 단순히 사랑한다고 결혼할 수 있는 것도 아니고."

단리경이 은근한 눈빛으로 주변을 훑어봤다.

그러자 그와 눈이 마주친 여인들이 하나같이 얼굴을 붉혔다. 언제라도 단리경이 손을 뻗으면 맞잡겠다는 듯이 말이다.

주류에 편승하고 싶어 안달이 난 듯한 그 모습에 단리경은 그저 옅은 미소만 지었다.

"고집을 부린다면 가능은 하잖아?"

"근데 그러지 않을 거잖아. 네가 괜히 서 소저에게 넘어간 것도 아니고. 계산 다 끝나서 그런 거 아냐?"

"맞아. 미리 침 발라놓은 거야. 워낙에 노리는 이들이 많아서."

"어쭈. 나에게 통보까지."

단리경이 기가 찬다는 표정을 지었다. 하지만 얼굴에는 미소가 가득했다.

"잘 알아들었네."

"걱정하지 마. 미녀인 것은 분명하지만 안타깝게도 내 취향은 아냐. 난 이상형이 확실하다고."

"다행이네."

"그래도 응원은 안 해줄란다. 아니꼬워서 못 해주겠어. 흐흐흐!"

"상관없어."

구양검이 어깨를 으쓱거렸다.

중요한 건 서예지의 마음이었지 단리경이 아니었다. 그리고 농담인 것을 알았기에 구양검도 히죽 웃었다.

"쉽지는 않을 거야. 내가 보기에 만만치 않아 보이거든."
"네가 말하지 않아도 알고 있다."
"너무 연연하지는 마. 여자는 많다."
단리경이 구양검의 어깨를 두드렸다. 나름 응원한다는 의미였다. 가시밭길을 선택한 친구에게.
"그것도 잘 알고 있다."
"그럼 다행이고."
멀어지는 서예지와 그 사형제들을 주시하며 구양검이 씩 웃었다. 그런 그의 두 눈동자에는 짙은 승부욕이 서려 있었다.

··· 제9장 ···

화려한 복귀

드르륵.

"나다. 들어간다?"

"어."

문이 열리며 당민호가 모습을 드러냈다.

그런데 방 안으로 들어온 그는 눈살부터 찌푸렸다. 회의장에 가는 걸 뻔히 알 텐데도 벽우진의 복장이 너무나 너저분해서였다.

"자고 있었냐?"

"아니, 전력으로 휴식 중."

"매일 쉬는 중이잖아?"

"뭘 쉬어. 여기 와도 내가 할 일이 얼마나 많은데. 명상도 해야 하고 애들도 돌봐야 하고. 진 호법도 틈틈이 신경 써야 하고. 조금 여유로워졌을 뿐이지 안 바쁜 건 아냐."

벽우진이 얄미운 표정을 지으며 손가락을 휘저었다. 그야말로 마빡에 꿀밤을 때리고 싶은 표정이었다.

"그래도 너무 편한 복장 아냐?"

"도사가 도복을 입었으면 되었지 뭘 더 바라? 그렇다고 내가 비단옷을 입으리?"

"그건 아니지만 그래도 깔끔하게 입는 게 좋지 않겠어?"

"내가 왜? 나보다 연배 높은 사람 있어?"

"응, 한 분."

벽우진이 두 눈을 끔뻑거렸다. 자신보다 나이가 많다면 거의 백 세에 가깝다는 소리였기 때문이다.

"누구?"

"무당에서 오신 분이 있어. 우리보다도 반배분 위야. 나도 어렸을 적에 뵙고 이번이 처음이고."

"헐."

"신경 쓰는 척하지 마. 너 그런 거에 전혀 눈치 안 보잖아."

당민호가 가증스럽다는 표정을 지었다. 그가 아는 벽우진은 배분이 높다고 해서 눈치 보는 이가 아니었기 때문이다.

"그래도 예의는 지켜야지."

"오시긴 했는데 오늘 자리에는 참석하지 않으실 수도 있어. 연세가 많으시기도 하고."

"우리 대호법님 봐봐. 무인에게 있어 나이는 중요치 않아. 그리고 볼일이 있으니 무당산에서 여기까지 오지 않으셨겠어? 거리가 가까운 것도 아닌데."

"흠."

당민호가 진지한 얼굴로 고개를 끄덕였다. 안 그래도 그 역시 그 부분에 대해서 생각하고 있어서였다.

"일단 가자. 다들 모여 있다며?"

"영광으로 알아. 내가 직접 데리러 온 건 네가 유일하니까."

"흥. 영광은 무슨. 내가 사고 칠까 봐 원천 봉쇄하려는 거 아냐."

당민호가 뜨끔한 표정을 지었다. 그의 속내를 너무나 정확히 읽혔기 때문이다.

"무슨 소리."

"지금 심장이 엄청 빨리 뛰는데?"

"그걸 네가 어떻게 알아?"

"난 들려. 다."

벽우진이 씩 웃었다. 마치 네가 무슨 생각을 하는지 다 알고 있다는 표정이었다.

"얼른 가자. 다들 기다리고 있어."

"당연히 기다려야지. 오늘의 주인공은 난데. 내일은 너고."

"그래, 그래."

당민호가 앞장서서 걸어갔다.

그리고 그 뒤를 벽우진이 사사건건 놀리며 뒤따랐다.

널찍한 대회의장에 서른 명가량의 사람들이 앉아 있었다. 놀랍게도 강호에서 난다 긴다 하는 수장들이 모두 모여 있었던 것이다.

하지만 직사각형의 길쭉한 탁자를 사이에 두고 마주 앉은 이들의 표정은 각기 달랐다. 편하게 인사를 나누는 이가 있는 반면에 잔뜩 긴장해 있는 이가 있었고, 또 어떤 이는 호기심이 가득한 표정을 짓고 있었다.

"제갈가주는 두 번이나 만나보지 않았습니까. 어떻습니까, 곤륜파 장문인은?"

특히 채중륭이 가장 활발하게 입을 열었다.

그는 친근하게 다른 이들과 인사를 나눈 후 자연스럽게 벽우진에 대해 얘기를 꺼냈다.

그리고 그 모습을 목진자가 담담한 얼굴로 지켜보고 있었다.

"무엇이 말입니까?"

"정말 소문대로입니까? 당가의 태상가주께서 직접 데리러 가신 걸 보면 어느 정도 맞는 말 같기도 한데……."

채중륭이 말끝을 흐렸다.

그러면서 그는 은근슬쩍 형산파의 장문인인 군남생을 쳐다봤다. 아무래도 이 자리가 가장 불편한 사람은 그일 수밖에 없어서였다.

"저도 궁금하네요."

"으음."

벽우진과 껄끄러울 수밖에 없는 관계인 군남생마저 얘기해

달라는 듯이 말하자 제갈현이 미간을 좁혔다. 과연 자신이 말을 해도 되는지, 말을 하면 어느 선까지 해야 하는지 정확히 감이 잡히지 않아서였다.

어찌 됐든지 간에 그는 제삼자였기에 아무래도 조심스러울 수밖에 없었다. 더구나 그 당사자가 천하의 벽우진이었기에 제갈현은 더더욱 고민스러웠다.

"성격들 급하기는. 어차피 좀 있으면 보게 될 텐데."

"개왕께서도 한 말씀 해주시죠?"

"글쎄다. 나는 직접 보는 게 가장 좋다고 생각해서. 괜히 이러쿵저러쿵 말해봤자 선입견만 생길 거 아냐. 그럴 바에는 그냥 직접 겪어보는 게 가장 낫지."

"허어."

채중룡이 장탄식을 흘렸다. 결과적으로 아무것도 알아낸 게 없어서였다.

"만나보시면 알게 되실 겁니다. 곧 오실 테니."

"태상가주님께서 도착하셨습니다."

당문경의 담담한 말이 끝나기 무섭게 문 너머에서 총관의 목소리가 들려왔다. 드디어 모두가 기다리던 이가 도착한 것이었다.

달칵.

모두의 시선이 출입문으로 집중된 순간 미약한 마찰음과 함께 문이 열렸다.

그리고 당민호와 함께 벽우진이 모습을 드러냈다.

저벅저벅.

모든 이의 시선이 집중되었음에도 벽우진은 태연하게 발걸음을 옮겼다. 그러고는 당문경의 옆에 비어 있는 자리 중 한 자리에 너무나 자연스럽게 앉았다.

“처음 뵙겠습니다. 당문경입니다.”

“어, 그래.”

“꼭 뵙고 싶었습니다.”

“민호랑 똑 닮았네.”

중년이었을 적의 당민호가 저러지 않을까 싶을 정도로 너무나 흡사한 당문경의 외모에 벽우진이 살짝 놀랐다. 역시 피는 못 속이는 것 같았다.

“감사합니다.”

“내가 마지막인가?”

“예.”

“좋네. 더 이상 기다리지 않아도 되고.”

자기 집 안방인 양 너무나 편한 자세로 의자에 앉은 벽우진이 주변에 앉은 이를 찬찬히 둘러봤다. 아는 얼굴도 있었지만, 대부분은 처음 보는 얼굴들이었다.

“오랜만에 뵙습니다, 장문인.”

“아아.”

“늦었지만 북해빙궁을 격퇴해 주셔서 감사합니다.”

들었던 대로 너무나 젊은 벽우진의 모습에 처음 본 이들이 놀라고 있을 때 거의 끝자리에 앉아 있던 목진자가 자리에서 일어나 고개를 숙였다. 곤륜파가 북해빙궁을 물리쳐 준 덕분에 빠르게 피해를 복구할 수 있었기에 그 인사를 하는 것이었다.

"고마워할 거 없어. 우리한테 와서 싸운 것뿐이니까."

"그래도 감사합니다. 그로 인해 본 파가 덕을 본 것은 사실이니까요."

"그렇게 생각하고 싶으면 그리해."

벽우진이 심드렁하게 대답했다.

말했던 대로 어쩔 수 없이 싸우게 된 것이지 도와주려고 싸운 게 아니었다. 때문에 벽우진은 목진자가 굳이 자신에게 감사할 필요는 없다고 생각했다.

"저리 말하는 데 좀 좋게 받아주면 덧나냐? 앞으로 계속 얼굴을 봐야 하는 사이인데."

"그건 모르는 거지. 오늘 이 자리가 마지막이 될 수도 있고."

핀잔을 주는 당민호의 말에 벽우진이 의미심장한 표정을 지으며 주변을 훑었다. 정확하게는 강남에 자리 잡은 무가의 주인들과 명문대파의 수장들을 찬찬히 둘러봤다.

그러자 눈이 마주친 이들이 반사적으로 벽우진에게 고개를 숙였다.

"정마대전 때의 일은, 정말 죄송하게 생각하고 있습니다."

"저희가 생각이 짧았습니다."

"늦었지만, 사과드리겠습니다."

벽우진의 눈빛이 무엇을 뜻하는지 모르지 않기에 연판장에 서명을 했던 이들이 하나둘 사과를 해왔다. 제갈현이 말했던 대로 벽우진을 만나자 그 약속을 지켰던 것이다.

물론 순수하게 사과를 하는 이도 있었지만 떨떠름한 기색을 숨기지 않으며, 어쩔 수 없다는 듯이 고개를 숙이는 이들도 있었다.

"역시 사람 마음이라는 게 간사하다니까. 뒷간에 들어가기 전이랑 후가 너무나 다르잖아?"

제각각 다른 반응의 모습에 벽우진이 이죽거렸다. 급한 불이 꺼지자 태도가 확연히 달라졌음을 느낄 수 있었기 때문이었다. 일부는 자신이 곤륜파에 있으니 어쩔 수 없이 사과하는 기색이 역력했다.

"절대 그렇지 않습니다!"

"저희는 진심으로 과거의 잘못을 뉘우치고 있습니다!"

물론 진심으로 사과하는 이 역시 존재했다. 그렇기에 벽우진의 심유한 시선이 몇몇 이에게 향했다.

하지만 그 시선에도 몇몇은 헛기침을 하며 고개를 돌렸다. 마치 더 이상 할 말은 없다는 듯이 말이다.

"당가주."

"예, 장문인."

벽우진의 시선이 상석에 앉아 있는 당문경에게로 향했다. 엄연히 공적인 자리인 만큼 친우의 아들이 아닌, 사천당가의 수장으로 대우해 주었던 것이다.

"당가는 사과를 받았나?"

"받기는 했습니다."

"이렇게?"

당문경이 어깨를 으쓱거렸다. 그러나 그것만으로도 대답은 충분했다.

"심정은 이해하나, 너무 과민 반응을 보이시는 것 같습니다."

"이 문제는 이쯤에서 정리하는 게 어떻겠습니까?"

기이하게 흘러가는 분위기에 강남 무림 쪽에 속해 있는 수장들이 조심스럽게 입을 열었다. 아무래도 민감한 부분일 수밖에 없기에 이쯤에서 정리하고자 했던 것이다.

이 자리는 과거의 잘잘못을 따지기 위한 자리가 아니라 미래를 대비하고 논의하는 자리였다. 그런 만큼 많은 이들이 지금의 상황을 상당히 불편해했다.

"사과를 했으니 끝났다?"

"그런 말이 아니오라……."

"케케묵은 일보다는 미래에 대해 얘기를 나누는 것이 좀 더 건설적이지 않겠습니까?"

"참으로 편한 사고방식인데. 사과만 하면 모든 것이 해결되는 모양이야."

혁련세가주와 공손세가주가 당혹스러운 표정을 지었다. 아무리 괴팍한 벽우진이라도 장소가 장소이니만큼 어느 정도는 성격을 죽일 줄 알았다. 지금 이 자리에 모여 있는 이들은 현 무림을 대표한다고 해도 과언이 아닌 사람들이었으니 말이다.

그런데 이상한 것은 사천당가의 반응이었다.

'왜 지켜보기만 하는 거지?'

혁련세가의 주인인 혁련준경이 의아한 눈으로 당문경과 당민호를 쳐다봤다. 이 자리에서 유일하게 벽우진을 말릴 수 있는 두 사람이 가만히 있는 게 이해가 되지 않아서였다.

"말이 너무 과한 것 같소이다."

"과하다?"

"여기 모인 이들의 체면도 있는데, 너무 몰아붙이는 것 같소."

찬물이라도 끼얹은 것처럼 착 가라앉은 분위기 속에서 군남생이 입을 열었다.

지금껏 조용히 있는 것과 달리 정면으로 벽우진에게 반박하는 모습에 방 안의 이목이 집중되었다.

"내가 과하다?"

"그렇소이다."

"그럼 어떻게 해야 할까? 마음에도 없는 사과를 받아들여야 하나? 이 정도에 감지덕지하면서?"

"그런 뜻이 아니라 대인배의 아량을 보여주시는 게 더 좋지 않겠습니까. 오늘 이 자리는 미래를 논의하기 위한 자리이기도 하지만 친목을 도모하기 위한 자리이기도 하니. 굳이 서로 얼굴을 붉힐 필요가 있겠소이까."

"저도 군 대협과 같은 생각입니다."

"맞습니다. 굳이 초면에 얼굴을 붉힐 필요는 없다고 생각합니다."

"허허! 좋은 게 좋은 것이지 않겠습니까?"

형산파와 좋은 관계를 맺고 있던 몇몇 무가와 문파들이 은근슬쩍 군남생의 의견에 동조하며 그에게 힘을 실어주었다.

"한마디로 적당히 해라? 그만 참으라는 말로 들리는데?"

"그런 뜻이 아니라, 진정할 필요는 있다는 뜻이었소. 너무 흥분한 것 같아서 말이오."

군남생이 짐짓 타이르듯이 말했다.

배분도, 무경도 벽우진이 그보다 우위에 있었지만 군남생은 여유로웠다. 사방이 적으로 휩싸인 벽우진과 달리 그에게는 든든한 우방들이 많아서였다.

"내가 흥분했다라……."

"과거의 일은 이쯤에서 털어내는 게 좋지 않겠소이까. 이미 흘러간 일에 연연하기보다는 미래를 함께 대비하고 준비하는 게 훨씬 효율적이라고 생각하오."

군남생이 그리 말하며 대범하게 웃었다. 백도무림의 수뇌부가 모여 있다고 해도 과언이 아닌 이 자리에서 나름 대인배다운 면모를 보였다고 생각해서였다.

더구나 그 상대가 벽우진이었기에 군남생은 더더욱 기꺼웠다.

'무공이 다가 아니야.'

군남생이 벽우진을 쳐다보며 비릿하게 웃었다.

북해빙궁을 무너뜨릴 정도로 혁혁한 전공을 세웠지만, 세상을 움직이는 건 무공만이 아니었다. 그 사실을 군남생은 벽우진에게 알려줄 작정이었다.

'아무리 개인이 뛰어나도 혼자서는 한계가 있는 법이지. 그래서 독불장군이 오래 가지 못하는 것이고.'

혼자만의 힘으로는 한계가 있었다. 그래서 사람들이 모여 세력을 이루는 것이고.

벽우진이 아무리 대단한 무인이라고 한들 그 역시 사람이었다. 사천당가가 함께한다고 하지만 고작 둘만으로는 대세를 거스르기 힘들었다.

'오늘 그 사실을 확실하게 알려주지.'

이 자리에 오기 전에 군남생은 속으로 다짐한 게 있었다. 벽우진에게 그 어떤 것이라도 밀리지 않겠다고, 절대 주도권을 주지 않겠다고 말이다.

그래야만 지금의 자리를 유지할 수 있었다.

'차라리 다른 곳을 노리라고.'

비릿한 미소를 지으며 군남생이 벽우진을 쳐다봤다.

힘들게 구대문파의 일좌를 차지한 만큼 그는 절대 양보할 생각이 없었다.

"그러기 싫다면?"

"예?"

"아무래도 생각이 너무 다른 모양이야."

스읙.

벽우진이 자리에서 일어났다.

앉은 지 반 각이 채 흐르기도 전에, 찻잔에 차를 따르기도 전에 의자에서 일어나는 모습에 근처에 앉아 있던 제갈현이 벌떡 일어났다.

"자, 장문인!"

"역시 괜히 온 거 같아. 그냥 조용히 생일연만 보고 갔어야 했는데."

"잠시만 기다려 주십시오!"

"생각이 다르다잖아? 근데 내가 왜 앉아 있어야 하지?"

벽우진의 싸늘한 시선이 군남생을 비롯해서 그에게 동조한 이들에게 향했다.

그 모습에 채중릉과 곽자량이 속으로 쾌재를 불렀다. 이보다 더 좋을 수가 없었다.

하지만 겉으로는 그 속내를 완벽히 감추었다.

"생각이 다르니 더욱더 조율을 해야 하지 않겠습니까. 그러니 그 부분은 저에게 맡겨주시면……."

"빈승은 생각이 다릅니다. 나갈 사람은 벽 장문인이 아닙니다."

어느 정도 예상을 하기는 했으나 생각보다 더 격렬한 반응에 제갈현이 안절부절못할 때 법무 대사가 조용히 입을 열었다.

그러자 모두의 시선이 그에게로 집중되었다. 갑자기 끼어든 것도 끼어든 것이지만 법무의 시선이 벽우진이 아니라 군남생을 향해 있어서였다.

"방장님?"

"과거의 과오를 제대로 뉘우치지 못하는 이들과 어찌 미래를 논한단 말이오."

군남생을 비롯해서 그 주위에 앉아 있던 이들의 동공이 커졌다. 지금 법무 대사는 벽우진이 아닌 그들보고 나가라 하는 것이었기 때문이다.

그 모습에 그들은 물론이고 다른 무문의 수장들도 놀란 표정을 지었다.

"저 역시 같은 생각입니다."

"나, 남궁가주!"

군남생이 비명을 지르듯 남궁진을 불렀다. 설마하니 남궁진이 동조할 줄은 몰라서였다.

"불편한 사람이 자리를 피하는 게 맞다고 생각하거든요. 더구나 벽 장문인은 당가주께서 힘들게 모신 분인데 지금 나가면 저희가 내쫓는 것으로 밖에는 보이지 않겠습니까."

"저도 같은 생각입니다."

목진자가 슬그머니 남궁진의 말에 맞장구를 쳤다.

형산파를 밀어내려고 하는 게 아니라 객관적으로 봤을 때 벽우진의 요구는 타당했다. 그리고 만약 벽우진이 북해빙궁과 싸우지 않았고, 사천당가가 나서지 않았다면 형산파는 아직까지도 오독문의 절독에 시달리고 있을 터였다.

으드득!

하나둘 동조하는 수장들의 모습에 군남생이 이를 갈았다.

방금 전과는 상황이 너무나 달라진 걸 피부로 느낄 수 있어서였다. 단지 벽우진이 일어난 것뿐인데 말이다.

"어쩌시겠습니까?"

"……제갈가주께서도 제가 나가길 바라시는 겁니까?"

"아니요. 전 장문인의 결정을 존중합니다. 앉아 있으셔도 되고, 나가셔도 됩니다. 다만, 앉아 있으시려면 장문인께서 결단을 내려야 하지 않을까 생각합니다."

담담했지만 그 안에 담긴 의미는 확실했다.

때문에 군남생의 얼굴이 벌겋게 달아올랐다. 자존심이 극도로 상한 것이었다.

"이게…… 제갈세가의 선택입니까?"

"너무 예민하게 반응하시는 것 같습니다. 중원의 미래를 위해서인 만큼 이왕이면 좋게 풀고 지나가는 게 낫지 않겠습니까."

"하하하하!"

군남생에 파안대소했다. 자신이 했던 말을 고스란히 듣게 되자 어처구니가 없었던 것이다.

그와 동시에 그는 깨달았다. 애초부터 주도권은 벽우진에게 있었다는 사실을.

"중원의 미래를 위해서는 형산파와 장문인의 도움이 절실합니다."

"제가 보기에는 아닌 것 같소만. 이미 대안이 있는 것 같기도 하고."

"대안이라기보다는 모두가 다 함께 힘을 합치는 게 좋지 않습니까. 오늘 이 자리는 그것을 의논하기 위한 자리이고요. 만약 처음부터 우리가 함께 힘을 합쳤다면 북해빙궁과 오독문이 혈맹을 맺었더라도 이렇게까지 큰 피해는 입지 않았을 것입니다."

제갈현의 표정이 진지해졌다.

허둥지둥대느라 생각보다 더한 피해를 입었다. 겨우겨우 정마대전의 피해를 복구한 상태에서 말이다. 그리고 그 말은 천년마교 입장에서는 기회라는 뜻이기도 했다.

“굳이 그럴 필요가 있을까 싶소만. 곤륜파와 사천당가만 합류해도 해결될 것 같소이다. 제갈가주도 아시다시피 현재 본파는 피해가 상당한 편이라.”

군남생이 비아냥거렸다.

하지만 그 말에도 제갈현의 표정은 담담했다.

“한 손이 아쉬운 상황이라는 것을 장문인께서도 알고 계시지 않습니까.”

“그런 것치고는 너무 차이가 나는 것 같소이다.”

군남생이 한쪽 입꼬리를 잔뜩 올린 상태로 벽우진을 쳐다봤다. 어느새 자리에 늘어지게 앉아 있는 그를 말이다.

“말 드럽게 많네.”

“지금 뭐라 했소?”

“말이 드럽게 많다고. 불만이 있으면 내게 직접 말해. 괜히 제갈가주에게 뭐라 하지 말고. 뒤에서 쫑알쫑알 되게 시끄럽네.”

벽우진이 새끼손가락으로 귀를 팠다. 일파의 장문인이라는 놈이, 그것도 무인이라는 녀석이 아이처럼 어리광이나 부리고 있는 모습을 보자 어이가 없어서였다.

“말이 심하지 않소!”

“그럼 나에게 그따위로 대답한 너는 잘한 거고?”

"예의를 지키시오!"

금방이라도 터질 것처럼 시뻘겋게 달아오른 얼굴로 군남생이 소리쳤다. 수장들이 다 모여 있는 곳에서 모욕을 당하자 더욱 수치스러웠던 것이다.

하지만 그 모습에 벽우진은 오히려 조소를 흘렸다.

"본 파로 인해 조마조마한 건 알겠는데, 그래도 상황을 좀 가리지 그랬어. 아니면 연기라도 잘하거나. 그렇게 흥분하니까 더 없어 보이잖아."

"벽 장문인!"

"근데 웃긴 게 뭔 줄 알아? 넌 그렇게 분노하면서도 나가지 않는다는 거야. 여기서 나가면 너에게 이득 될 게 없다는 사실을 너 스스로가 알고 있는 거지. 네가 견제해야 할 곳은 본 파만이 아니니까."

까드득!

군남생이 시퍼런 광망을 토해내며 이를 갈았다.

하지만 극도로 흥분했음에도 그는 손을 쓰지 않았다. 아직까지는 한 가닥 이성이 남아 있기 때문이었다.

"그런데 어쩌나. 난 물러나거나 양보할 마음이 전혀 없어. 난 본 파의 선조들과는 좀 많이 다르거든."

쿠웅!

살기등등했던 군남생의 신형이 한순간에 허물어졌다. 그는 곧 돌 맞은 개구리마냥 땅바닥에 무기력하게 엎어졌다.

"크으윽!"

"이러기도 싫고 저러기도 싫으면 그냥 내가 선택해 줄게. 그대로 엎어져 있어. 최소한 네가 원하는 대로 무슨 대화가 오가는지는 들을 수 있잖아?"

"자, 장문인!"

느닷없이 바닥으로 쓰러진 군남생의 모습에 양옆에 앉아 있던 이들이 화들짝 놀랐다.

하지만 그것은 잠시뿐이고 이내 격렬하게 흔들리는 눈으로 벽우진을 쳐다봤다. 그들도 고수이기에 벽우진이 어떤 수법으로 군남생을 제압했는지 알았던 것이다.

"크아악!"

모두가 토끼 눈을 하고서 벽우진을 쳐다보고 있을 때 군남생이 악을 썼다.

무겁게 짓누르는 이 중압감에서 벗어나고자 포효 같은 기합성을 내질렀으나, 단전에 자리 잡은 공력을 모조리 끌어 올렸음에도 그의 전신을 짓누르는 중압감은 조금도 가시지 않았다. 오히려 더욱더 무겁게 그를 짓눌렀다.

"잘됐네. 이참에 확실하게 짚고 넘어가자고. 내가 불편하거나 아니꼬운 이들은 나가. 굳이 서로 불편하게 있을 필요는 없잖아? 마음 같아서는 내가 나가고 싶은데, 안타깝게도 날 붙잡는 이들이 너무 많네?"

"……."

몇몇의 얼굴이 새카맣게 변했다. 모두 다 군남생에게 동조했던 이들이었다.

하지만 안색만 바뀌었을 뿐 누구 하나 엉덩이를 들지 않았다. 이제는 다들 알고 있는 것이었다. 무게 추가 어디로 기울어져 있음을.

"이이익!"

그리고 그 모습을 군남생도 보고 있었다. 벽우진이 친절히 고개를 들 수 있게 만들어준 덕이다.

군남생은 배신이라도 당한 것처럼 얼굴을 처참하게 일그러뜨렸다. 자신을 지지하던 이들조차 결국은 스스로의 이익을 위해 몸을 돌렸음을 알 수 있어서였다.

"인간이 참 간사하지?"

부르르르!

또 다른 분노에 휩싸이던 군남생이 갑자기 오한이라도 든 것처럼 몸을 떨었다. 아까 전에 했던 말이지만, 그때는 이해되지 않던 말이 지금은 너무나 와닿아서였다.

"그쯤 해둬. 그 정도면 알아들었겠지. 정 못 참겠으면 이젠 나가겠지."

"안 그래도 그러려고 했어."

"허억! 헉!"

엎어져 있던 군남생이 격렬하게 심호흡을 하며 몸을 일으켰다. 내내 전력으로 공력을 일으키고 있었기에 짧은 시간이지만 극도로 지친 것이었다.

"나갈 거면 나가고, 앉을 거면 앉고. 하지만 더 이상의 무례는 좌시하지 않을 걸세."

당민호가 냉엄하게 말했다.

형산파의 입장을 충분히 이해하기는 했지만 그럼에도 군남생의 태도는 절대 옳지 않았다. 만약 이럴 것이었다면 연판장에 서명하지 말았어야 했고.

"소란을 일으켜서 미안하네. 알겠지만 내가 좀 성격이 괴팍하잖아? 이해해 줬으면 해."

"아닙니다. 오히려 많이 참아주셨다는 거 알고 있습니다. 나름 깔끔하게 정리가 되기도 했고요."

벽우진의 사과에 당문경이 손을 휘저었다. 이 정도면 정말 얌전하게 마무리된 것이나 마찬가지였기 때문이다.

"나가실 분은 안 계십니까?"

조용해진 실내를 둘러보며 제갈현이 입을 열었다. 정확하게는 군남생을 비롯해서 불만을 토로하던 이들을 한 번씩 쳐다보면서 말이다.

'확실히 편하긴 하네.'

과정이 조금 과격하기는 했지만, 효과는 확실했다. 어수선했던 분위기가 단 한 번에 정리가 되었기 때문이다.

물론 벽우진에게 명분이 있기는 했었지만 이러한 결과를 만들어낸 것은 압도적인 무력이 있었기에 가능했다.

지금만 하더라도 감히 벽우진과 눈을 마주하는 이가 없었다.

'그 대단한 구파일방과 오대세가의 수장들이 모두 모여 있는데 말이지.'

오죽했으면 굴욕을 당했던 군남생조차도 군말 없이 앉아

있을까.

거기다 벽우진은 영악하게도 군남생과 그를 따르는 이들을 너무나 쉽게 갈라놓았다. 원망의 화살이 자신이 아닌 배신자들을 향하게 한 것이다.

'확실히 보통이 아니라니까.'

일수에 좌중을 휘어잡아 버리는 벽우진을 힐끔거리며 제갈현이 목을 가다듬었다. 정리가 되었으니 이제는 본격적으로 회의에 들어가야 했다.

"회의를 시작하시죠."

"알겠습니다. 그럼 첫 번째 안건부터 말씀드리겠습니다. 북해빙궁과 오독문을 물리치기는 했으나 상황은 확실하게 끝난 게 아닙니다. 중원을 침공했던 북해빙궁의 전력은 전멸했지만, 맥이 끊어진 것은 아닙니다. 아마도 소궁주가 새로이 궁주의 자리에 올랐을 것입니다. 거리도 있고, 피해가 상당한 만큼 아직까지는 시간이 있습니다만, 오독문은 다릅니다."

"중추적인 전력이 고스란히 남아 있지."

무당권제가 씁쓸한 표정을 지으며 말을 받았다. 오독문을 밀어내기는 했으나 가장 중요한 핵심 전력을 놓친 상태였기 때문이다.

그리고 그 말은 언제라도 다시 침공하는 게 가능하다는 뜻이기도 했다.

"맞습니다. 당장은 힘들겠지만, 강시가 아니라면 금세 전력을 충원하여 다시 침공해 올 수도 있습니다. 북해빙궁과 마찬가지로 본진이 건재하니까요."

"으음!"

"하지만 그렇다고 저희가 쳐들어갈 수 있는 상황도 아니지 않습니까?"

조용히 듣고 있던 곽자량이 굳은 얼굴로 물었다.

마음 같아서는 당장 복수를 하고 싶지만, 여건이 여의치가 않았다. 두 곳 다 대략적인 위치만 알려져 있을 뿐 정확하게 어디에 있는지 아는 사람은 없었으니까.

물론 마음먹고 수색한다면 못 찾을 것도 없지만 그러기에는 시간도, 인력도 부족했다.

"그렇기에 준비를 해야 한다고 생각합니다."

"준비요?"

"예, 중원을 노리는 곳은 북해빙궁과 오독문만이 아니니까요."

"아!"

여기저기에서 탄식이 흘러나왔다. 제갈현이 무엇을 말하고자 하는 건지 뒤늦게 파악한 것이다.

반면에 어느 정도 짐작하고 있던 이들은 말없이 고개를 주억거렸다.

"해서 만약의 사태에 미리 충분히 대비해야 한다고 생각합니다. 무림맹을 결성하는 것도 한 가지 방법일 수도 있고요."

"정신이 없어서 거꾸러지기는 했지요."

남궁진이 아쉬운 표정을 지었다.

워낙에 북해빙궁과 오독문의 기세가 대단해서 무림맹을 결성하지 못했었다. 그러기에는 시간적 여유가 너무나 없었기에.

하지만 지금은 가능했다.

"꼭 무림맹을 결성하지 않더라도 유기적인 연락 체계를 만들어두면 좋지 않을까 생각합니다. 아무래도 저희 입장은 공성보다는 수성의 입장이니까요. 물론 그러면서 전력을 빠르게 회복해야 하고요."

"더 이상 곤륜파와 사천당가가 겪었던 일이 발생하지 않도록. 다른 곳들도 느끼셨겠지만, 미래는 어떻게 될지 모릅니다. 적들은 예상치 못한 곳에서부터 침공해 들어올 수 있습니다."

"으음!"

이어지는 당문경의 말에 목진자와 채중룡이 침음성을 흘렸다. 정말 생각지도 못한 순간에 습격을 당해 큰 피해를 입은 게 바로 공동파와 종남파였다. 그리고 그러한 일은 다른 문파나 세가들도 겪을 수 있었다.

"하니 그에 따른 부분을 이번에 제대로 조율을 했으면 합니다. 저희는 어떻게 보면 공동체이지 않습니까."

"의견을 나눠보지요."

나도 당할 수 있다는 생각이 들어서인지 회의는 그 어느 때보다 높은 집중도를 보이며 이어졌다.

특히 북해빙궁과 오독문에게 큰 피해를 입은 이들이 가장 적극적이었다.

'적어도 소문이 과장되지는 않았군.'

뜨거운 열기로 진행되는 회의에도 무당권제라 불리는 혜량의 시선은 시종일관 한곳에 집중되어 있었다.

처음부터 관심이 있었지만 형산파의 장문인을 기도 하나로 제압하는 모습을 보자 온몸의 피가 끓었다. 적은 나이가 아님에도 호승심이 들끓었던 것이다.

동시에 소문이 결코 과장되지 않았음을 느낄 수 있었다.

'강해. 어쩌면 나보다도 더 강하겠는데.'

세인들이 삼제(三帝)라 하여 소림의 무제, 화산의 검제 그리고 그를 권제라 부르며 치켜세웠다.

하지만 그는 그걸 딱히 좋아하지 않았다. 이왕이면 셋 중 하나보다 최고, 혹은 단 한 명이 더 좋았기 때문이다.

물론 무도(武道)를 궁구하는 도인으로서 과한 호승심은 삼가야 했지만 어쩔 수 없었다. 그는 도인이지만 동시에 무인이기도 했으니까.

때문에 그는 내심 삼제 중에서 자신이 가장 강하지 않을까 생각했다. 같은 선상에 있는 소림무제가 제왕검과 함께 북해빙궁주를 상대했고, 그 북해빙궁주를 벽우진이 쓰러뜨렸다고 하나 그는 솔직히 자신도 그리할 수 있었을 거라고 생각했다.

그러나 그 생각은 벽우진이 군남생을 제압하는 걸 보는 순간 산산이 박살 났다.

'도전자라.'

이제는 너무나 낯설게 느껴지는 위치였지만 이상하게도 혜량은 심장이 두근거렸다. 벽우진을 뛰어넘고 싶다는, 자신을 증명하고 싶다는 승부욕이 불타올랐다.

스윽.

그때 벽우진의 시선이 그에게로 향했다. 따가운 시선을 느낀 듯 고개를 돌린 것이다.

그리고 그 시선을 혜량은 피하지 않았다. 오히려 도전적인 눈빛을 가득 담아서 마주 봤다.

'어차피 내가 잃을 것도 없고 말이지.'

나이로 보나, 배분으로 보나 그가 아래였다. 그런 만큼 비무를 해서 패배한다고 해도 잃을 건 없었다. 이미 패선이라는 별호가 중원 전역을 떨쳐 울리기도 했고.

다만 그는 활활 불타오르는 호승심으로 인해 이곳에 오기 전 사백이 했던 말을 깜빡하고 있었다.

"그럼 이쯤에서 회의를 마무리 짓도록 하겠습니다."

"고생하셨습니다."

"얼추 정리가 된 듯한 느낌이군요."

혜량이 딴생각을 하는 사이 회의는 어느새 끝을 향해 달려가고 있었다.

그런데 몇몇 이들의 얼굴에 묘한 기색이 서렸다. 하고 싶은 말이 있지만 정작 자신이 꺼내기는 부담스럽다는 표정이랄까.

그러나 제갈현은 그 기색을 읽었음에도 딱히 묻지 않고 회의를 마무리 지었다.

… 제10장 …

무당에서 온 손님(1)

"잘했다."

짧지 않았던 회의를 끝내고 당민호는 아들과 벽우진을 이끌고 자신의 방으로 이동했다. 따로 대화를 나누기 위해서였다.

"웬일이래? 난 네가 뭐라 할 줄 알았는데."

"적당했어. 과하지도, 모자라지도 않았으니까. 만약 그때 네가 주변 이들 때문에 참았다면 더욱더 얕잡아 보였을 거야. 그렇다고 네가 두들겨 팬 것도 아니고. 그냥 무력시위를 한 것에 불과하잖아? 군남생이야 치욕스럽겠지만 그렇다고 따질 수 있는 것도 아니고. 명분은 너에게 있었으니까. 게다가 나이로든 배분으로든 네가 위인데. 손찌검을 했다면 모를까 난 적당하다고 생각해."

"갑자기 낯선데."

차를 한 모금 들이켜며 벽우진이 의외라는 표정을 지었다.

회의를 끝내고 따로 보자고 한 게 잔소리를 하기 위해서일 거라고 생각했는데, 당민호가 예상과 정반대의 말을 하고 있었기 때문이다.

"뭐, 네가 참을 거라고는 생각하지 않았지만. 난 내심 어느 순간에 끼어들어서 말려야 하나 생각했었거든. 근데 의외로 손속에 사정을 두어서 안심했지."

"내가 그렇게 막 나가지는 않아. 나 그렇게 폭력적인 사람 아니다. 이유 없이 손을 쓰진 않는다."

"알지. 잘 알고 있지. 그런 성격이었으면 패선이라 불렸겠어? 대마두가 되었겠지."

"흥."

대마두라는 단어에 벽우진이 코웃음을 쳤다. 진짜 하고 싶은 말이 그 세 글자라는 걸 눈치채서였다.

"네 성격은 아는데, 그래도 너무 적을 많이 만들지는 마. 어찌 됐든지 간에 앞으로는 함께 가야 하는 이들이야. 굳이 친해질 필요는 없지만, 그렇다고 척을 질 필요도 없어."

"분명한 건 확실하게 아군이라고 할 수도 없다는 거지."

"잘 알지. 그래도 너무 날을 세우지는 말라고. 적당히 이용하는 게 더 낫지 않아? 너한테야 아무것도 하지 못하겠지만, 아이들한테는 아니지."

"흠."

벽우진이 고개를 주억거렸다.

확실히 당민호의 말도 일리가 있었다. 지금이야 자신이라는 존재 때문에 찍소리도 못 하겠지만, 나중에는 다를 터였다. 사람이라는 게 도움을 받은 기억보다는 굴욕을 당한 기억이 더 오래 남기도 했고.

당분간은 형산파의 사정도 있으니 납작 엎드려 있겠지만, 만약 곤륜파가 조금이라도 삐끗한다면 복수하겠다고 달려들 터였다.

"그렇다고 네가 다 때려 부술 수 있는 것도 아니고."

"못 할 건 없지."

"할 수는 있겠지. 하지만 그 순간 곤륜파는 더 이상 백도를 표방한다고 말할 수 없을 거야. 도가라는 느낌보다는 패도적인 무문으로 사람들에게 인식이 될 테고."

"말이 그렇다는 거지."

벽우진이 어깨를 으쓱거렸다.

말만 그렇게 했지 실제로 형산파를 찾아갈 생각은 없었다. 분명한 명분이 있다면 또 모르겠지만.

"내일 연회장에서 잘 다독여 줘. 한마디로 천 냥 빚을 갚는다는 말도 있잖아."

"정말 말도 안 되는 소리지. 말이 어떻게 천 냥의 가치가 있어?"

"……말이 그렇다는 거지. 꼭 그렇게 트집을 잡아야 해?"

"생각은 해보마."

친구 아니랄까 봐 쉴 새 없이 티격태격하는 두 사람의 모습에 당문경이 미소 지었다. 늘 조용히 있던 부친이 벽우진으로 인해 활기차진 것 같아서였다. 그게 너무나 보기 좋았다.

'실력도 두말할 필요가 없고 말이지.'

당문경은 군남생을 너무나 손쉽게 제압하던 광경을 떠올렸다.

강하다는 말은 많이 들었지만 실제로 만난 건 오늘이 처음이었다.

첫인상은 의외로 평범했다. 괴팍하고 종잡을 수 없는 성격이라는 보고와 달리 벽우진의 첫인상은 생각했던 것보다 훨씬 더 젊어 보인다는 것 말고는 딱히 특징이 없었다. 그의 수준으로 벽우진의 무위를 가늠해 본다는 건 말도 되지 않았고.

한데 존재감을 드러내자 그렇게 두려울 수가 없었다.

'아무리 군남생이 구대문파에서 말석에 가까운 위치라고 하지만 단순히 기도만으로 그렇게 쉽게 제압할 줄이야.'

구대문파 중에서나 처지는 것이지 군남생이 이룩한 무경은 결코 얕지 않았다. 만약 무공이 보잘것없었다면 장문인이 되지 못했을 것이고, 더욱이 말석이라도 구대문파의 일좌를 차지하지 못했을 것이다.

그런데 벽우진은 그 군남생을 단순히 눈빛과 기도만으로 제압했다.

'도대체 어느 정도의 경지면 그게 가능한 걸까.'

고수들에게 있어 한 수 차이는 천양지차라 해도 과언이 아니었다. 하지만 오늘 벽우진이 보인 정도의 현격한 차이를 보이려면 한두 수 차이로는 어림도 없었다.

그래서 당문경은 궁금했다. 벽우진이 대체 어느 경지까지 올라 있는지 말이다.

'정말, 혹시 천하제일인은 아니겠지?'

문득 드는 생각에 당문경이 침을 삼켰다. 강한 것은 분명하지만 그래도 너무 앞서 나가는 것 같아서였다. 현재 천하에서 손꼽히는 고수인 것은 분명했지만 아직은 그 정도까지는 아니라고 생각했다.

"어쨌든 축하한다."

"뭐가?"

"다시 복귀한 거. 기분이 남다르지? 곤륜파로서는 58년 만에 구파일방과 오대세가의 수장들이 모두 모인 자리에 참석한 거잖아."

"딱히."

벽우진이 시큰둥한 표정을 지었다.

다른 이들이라면 기뻐서 방방 뛰겠지만, 그는 아니었다. 고작 그 자리에 참석하려고 곤륜파의 장문인이 된 것이 아니었으니까.

"이제부터가 시작이야. 독불장군이 나쁜 건 아니지만, 우군을 만들어서 나쁠 것은 없잖아? 믿을 수 있는 우호 세력이 많아서 나쁠 것은 없어. 생각지도 못한 도움을 받을 수도 있고."

"그렇기도 하겠지. 근데 딱히 그럴 필요가 없을 것 같아서."

"자신감은 진짜."

"그리고 속세에 있는 당가와 우리는 상황이 조금 다르니까."

"다를 게 뭐가 있어. 다 사람 사는 곳인데. 도사들은 뭐 산에서 수련만 하나. 사람을 아예 안 만나는 것도 아니고. 게다가 적어도 강북 무림 쪽은 너에게 호의적이잖아."

군남생이 벽우진에게 대들 수 있었던 건 곤륜파보다 형산파를 택하리라는 계산이 깔려 있었기에 가능했다. 곤륜파의 성장세가 무섭다고 하나 적어도 아직까지는 형산파에 비할 바는 아니었으니까.

다만 그가 간과한 것은 바로 벽우진에게 호감을 가지고 있는 이들이 꽤나 많다는 점이었다. 그것도 비중이 상당한 이들로 말이다.

"구대문파에 복귀하는 것만으로는 성에 안 찬다는 거냐?"

"당연히. 내가 장문인으로 있는데 고작 그 정도에 만족할 수는 없잖아? 그리고 피차 마찬가지 아냐?"

"후후후."

당민호가 말을 아꼈다. 하지만 웃음만으로 대답은 충분했다.

"근데 만만치 않을 것 같은데. 오늘 제왕검을 보니까."

"확실히. 기도가 제대로 정련되어 있더라. 역시 만만한 가문이 아냐."

당민호는 물론이고 당문경도 입맛을 다셨다.

왼팔을 잃은 만큼 무경을 회복하는 데 시간이 오래 걸리지 않을까 했는데. 웬걸, 남궁진은 그 짧은 시간에 적응을 끝마친 느낌이었다.

"그래도 포기하지 않을 생각입니다. 애초에 쉬울 거라고 생각하지도 않았고요."

"노력하는 데 의의가 있는 거니까."

"맞아. 그나저나 앞으로 상황이 재미있게 흘러가겠어. 밀려

나지 않으려는 자와 차지하려는 자들의 경쟁이 살벌할 것 같거든. 너야 그런데 딱히 신경 쓰지 않겠지만."

"내가 그걸 걱정할 시기는 지났지. 더구나 애들 싸움에 어른이 끼어드는 거 아니다."

"푸하하하!"

당민호가 파안대소를 터뜨렸다. 너무나 어울리는 말에 웃음이 절로 나왔던 것이다.

그리고 그가 생각하기에도 밀려날 걱정을 해야 하는 건 곤륜파가 아니라 점창파와 종남파, 형산파였다.

"소림사는 걱정할 필요가 없고. 화산파도 보아하니 애가 나쁘지 않아."

"맞아. 두 곳 다 회복하는 데 시간이 필요할 뿐 큰 문제는 없지. 똥줄 타는 쪽은 다른 세 곳이고. 근데 이상하게도 제갈현이 말을 안 꺼냈단 말이지."

"좋은 날을 앞두고 괜히 분위기를 나쁘게 만들 필요는 없으니까."

"흐음. 굳이 그렇게 하지 않아도 되는데 말이지."

똑똑똑.

당민호가 진심으로 아쉽다는 표정을 지었다. 제일 재미있는 구경거리 중 하나가 싸움 구경인데 그것을 놓쳐서였다.

그런데 그때 누군가가 문을 두드렸다.

"가주님, 설우입니다."

"들어오게."

문밖에서 들려오는 익숙한 음성에 당문경이 입을 열었다.

그러자 문이 열리며 총관을 맡고 있는 당설우가 모습을 드러냈다.

"보고드릴 것이 있어 찾아뵈었습니다."

"급한 일인가 보군."

"예, 정확하게는 벽 장문인께 드릴 보고가 있습니다."

"나에게?"

느긋하게 차를 음미하던 벽우진이 눈을 동그랗게 떴다. 사천당가의 총관이 자신에게 보고할 게 있다고 하자 의아했던 것이다.

그리고 그건 당문경과 당민호도 마찬가지였다.

"혹시 진 호법이 사고 친 거 아냐?"

"설마. 피곤하다고 숙소에 남아 있겠다고 했는데."

벽우진이 미간을 좁혔다.

아닐 거라고 말했지만, 가능성은 충분하다 못해 넘쳤다. 젊은 혈기 저리 가라 할 정도로 변덕이 심하기도 했고.

"후기지수들이 모인 연회장에서 소란이 좀 있었습니다."

to be continued

Wish
Books
무공을 배우다
목마 퓨전 판타지 장편소설
WISHBOOKS FUSION FANTASY STORY
"무(武)를 아느냐?"
잠결에 들린 처음 듣는 목소리에 눈을 떴을 때,
눈앞에 노인이 앉아 있었다.
"싸움해 본 적 있나?"
"없는데요."
[무공을 배우다.]
20년 동안 무공을 배운 백현,
어비스에 침식된 현대로 귀환하다!
'현실은 고작 5년밖에 지나지 않았다고?'